启真馆 出品

三味
书屋

好书不已

简 平 著

ZHEJIANG UNIVERSITY PRESS
浙江大学出版社

目　录

书·事

一本最豪华的书的悲喜历程

沉没在大洋，焚毁于战火

世界上没有一本书会像它这样让人悲叹绝望，也这样给人以温暖和希望；世界上没有一本书会在经历如此悠长的岁月后，依然让出版家和读者追索不已，传承的薪火从来不曾死灭——这本书便是由英国书籍装帧艺术家弗朗西斯·桑格斯基于1911年制作完成的豪华版《鲁拜集》。

这是世界出版史上最为豪华的一本书，迄今为止，在超过一千多个版本的《鲁拜集》中独树一帜，熠熠生辉。《鲁拜集》是12世纪波斯诗人奥玛·海亚姆的四行诗集，优美的诗句中蕴含着惊世骇俗的思想。自1859年爱德华·菲茨杰拉德将其译成英文后，从此名声大振，各种版本纷纷出笼，自成一体。其中最为著名的版本是1884年美国波士顿霍顿·米福林公司出版的对开本，由画家兼作家伊莱休·维德绘制插画并装帧设计，当时只印一百本。

考察一部世界出版史，便可发现，书籍装帧艺术的发展经过了相当漫长的阶段。一开始，只是一个"灰姑娘"，并没有得到足够的重视。直到 19 世纪末，由于新技术、新工艺的出现，同时受到英国艺术与工艺运动的影响，才终于登堂入室，获得了其在整个书籍出版环节中应有的地位。正是在这样的背景下，两位初出茅庐的年轻的书籍装帧师弗朗西斯·桑格斯基和乔治·萨克利夫雄心勃勃地创立了桑格斯基与萨克利夫手工书籍装帧公司（桑－萨公司），意欲大展身手。

　　有一天，桑格斯基在伦敦萨瑟伦书店闲逛，一眼看到了那本插图版《鲁拜集》，就此停下脚步。他立刻下决心要以该版《鲁拜集》装帧出一部世界上最豪华的书来。1909 年，桑格斯基开始了他的辉煌工程，显而易见，他被《鲁拜集》中所散发的浪漫的神秘主义色彩和东方风情所打动，他尤其喜爱作为东方元素的孔雀，既喻示高傲自珍和尘世的浮华，也表现出对天堂的惊鸿一瞥。两年之后，当这本拼接嵌入四千九百六十七块各种颜色的羊皮，烫有一百平方英尺 * 的金叶脉络，镶嵌一千零五十颗各种宝石的《鲁拜集》问世后，当即引起轰动，被命名为《伟大的奥玛》，被认为达到了书籍装帧艺术的最高峰。

---

*　一平方英尺 = 0.0929 米。

但是，这本富丽堂皇、美不胜收的豪华之书却是命运多舛，悲剧横生。

1912 年 3 月 29 日，被桑格斯基标价为一千英镑的该书，在索斯比拍卖会上竟然以四百零五英镑的低价为美国纽约商人加布里埃尔·维斯拍得，令尽心尽力的制作者们黯然神伤。豪华版《鲁拜集》于 4 月 10 日踏上了前往美国的旅程，而搭载它的同样是当时世界上最为豪华的邮轮泰坦尼克号。四天之后，泰坦尼克号撞上冰山，在三个小时内迅速沉没，那本装在橡木盒子中的《鲁拜集》也随之沉入大西洋底。当时出版的《书籍装帧月刊》这样写道："当代最豪华的书，与最豪华的邮轮一同沉没于汪洋之中，这也许是它最好的归宿。"

得知如此噩耗，桑格斯基痛心疾首，但他意志坚定，仅仅十天之后，《每日电讯报》刊登桑–萨公司的声明："再造一本这样的书"。但是，意外的事情发生了，两个多月后，年仅三十七岁的桑格斯基为救一位落水妇女而溺水身亡。

1924 年，萨克利夫的侄子斯坦利·布雷进入桑–萨公司做学徒。1932 年的一天，他在公司档案中发现了豪华版《鲁拜集》的设计图和烫金版，于是，他下定决心，继续桑格斯基的梦想。他独自用了七年时间，终于重新制作完成了此书。当时正值二战爆发，布雷将它放入一个金属箱子里，藏于地下室中。结果，遭遇德军空袭，地面上的熊熊大火将密封后藏在地下室的《鲁拜集》烤成了焦炭，这本豪华之书再次蒙难。但正如后来收购了桑－萨公司的英国SSSZ书籍装帧公司总经理罗勃·谢泼德所指出的，尽管豪华版《鲁拜集》可能再也无法重见天日，但它依然是对一种卓越艺术创造力的礼赞，依然被公认为代表了书籍装帧工艺的最高成就。

中国书人的希望之旅

2014 年仲秋的一个黄昏，中国读书界有名的"书虫"杨小洲踱着散漫的步子，像一百多年前的桑格斯基那样，走进伦敦那家从维多利亚风格的绿色橱窗里透出奶黄色灯光的萨瑟伦书店。仿佛时光倒转，他同样在一幅嵌在镜框中的彩图前停住了脚步。这幅有三只蓝色开屏孔雀的彩图正是沉入大西洋底的世界上最华贵的《鲁拜集》的封面，由 SSSZ 公司参照桑格斯基当年留下的照片，利用电脑技术复原而成。他俯身细看，叹为观止。当店主告诉他此图可随购买罗勃·谢泼德所著《随泰坦尼克沉没的书之瑰宝》限量版一书附送，他毫不犹豫地买了下来。

杨小洲回国后便将此番邂逅告知了海豚出版社社长俞晓群。俞晓群是位有理想、有情怀的出版家，近年来，面对纸质书籍受到电子出版冲击的现况，深感若要守护阵地，必须要重视书籍装帧，以纸质书不可替代的精美与电子出版物抗衡，但目前中国尚缺此种艺术，所以他近年来致力于西方书装研究，力图能有所作为。当他听了杨小洲的叙说后，当即决定让杨小洲再度出使英伦，摸清《鲁拜集》版本情况。他这样问杨小洲："你拿回了豪华本《鲁拜集》的封面，那么，这本书的'书芯'是什么样的呢？是否还有存世呢？"这不啻是个非凡的引导。

回返伦敦萨瑟伦书店的杨小洲按照俞晓群的要求，不仅搞清楚了那本豪华版《鲁拜集》的"书芯"正是1884年美国米福林公司出版的对开本插画版，而且还戏剧性地在书店秘不示人的一只书柜底部的暗柜里，寻获到了当时限量出版一百本的带有画家伊莱休·维德签名的唯一一本存书。杨小洲后来在《伦敦的书店》一书中动情地写道："一百多年来她安静地守候在萨瑟伦书店暗柜中观花开花落，看流水情长。"面对如今已陡然升值的书价，俞晓群在电话里只轻轻地说了三个字："买回来。"

于是，一直为世界所关注和期待的豪华本《鲁拜集》在中国开始了它的后续故事。

举重若轻的俞晓群决定出版完整叙述豪华版《鲁拜集》传奇经历的罗勃·谢泼德所著《随泰坦尼克沉没的书之瑰宝》中文版，同时决定为深层次展开书籍装帧艺术的学术研究，邀请谢泼德前来中国举办"英国19世纪书籍装帧艺术及其高峰"的专题讲座，时间定于2015年3月中旬，在北京国家图书馆和上海思南公馆分别举行两场。正所谓"好事多磨"，就在中国方面一切准备就绪，只待飞机落地，苏格兰风笛响起时，不料，去过世界众多国家的谢泼德在伦敦希斯罗机场登机时受阻，因为他竟然不知道应该事先去中国使领馆办理入境签证。这下可好，原先的计划都被打乱了，真是令人哭笑不得。好在已是"势不可挡"，最终，谢泼德顺利成行，于3月31日和4月1日分别在上海和北京开讲，听众踊跃。谢泼德在讲座中说道："豪华版《鲁拜集》的意义不仅在于捕捉到时代美学的精髓，也恰好站在了当时书籍装帧的转折点上。"

在俞晓群和杨小洲看来，如今出版业也正处于一个转折点上。当年，豪华版《鲁拜集》的诞生，深受英国艺术与工艺运动的影响，而这一运动的主旨在于试图改变文艺复兴以来艺术家与手工艺人相脱离的状态，弃除工业革命所导致的设计与制作相分离的恶果，强调艺术与手工艺的结合，主张恢复手工业传统，反对机器美学。现今，电子技术的迅猛发展，使纸质书籍面临前所未有的挑战，但纸质书籍并不是只能消极地等待被电子书所淘汰，它完全可以凭借其特有的审美功能遗世独立，而书籍装帧艺术正是重要而可靠的一大保证。今天的纸质出版既赋予书籍装帧更多的责任，同时也赋予书籍装帧艺术更大的发展空间。谢泼德也认为，网络、电子书的兴起其实对传统书籍装帧艺术具有推动作用，因为均质化的电子阅读使得人们对于纸质书的外观要求更高。

正是基于这样的认识，中国出版人作出了令世界为之激动的决定——海豚出版社将与SSSZ公司合作，再度制作豪华版《鲁拜集》，其"书芯"即为1884年美国米福林公司出版的伊莱休·维德插画版，形式依旧是硕大的对开本，而其装帧设计将会承继桑格斯基的金碧辉煌，再现其原来的壮观风貌。在俞晓群的指挥下，中国书籍装帧师们已经开始工作，据杨小洲透露，他们借助电子显微镜和电脑分析技术，发现了先前所有文档都没有记载的一个秘密：桑格斯基豪华版《鲁拜集》的"书芯"中的插图，并不是铅印的，而是运用类似拓印的方式所实现的六十四幅石版画原作的本态，因为上面既没有印刷颗粒，也没有网纹，只有拓印所留下的压痕。

我们有理由期待这次东西方书籍装帧艺术家的别有意义和价值的文化合作，有理由相信人类的阅读会薪火相传，而有美感，有温度，可以真实触摸和拥有的纸质书籍将永不沉没。

2015 年 4 月

查令十字街 84 号

　　年初的时候，我在英国伦敦拍摄一部以书籍为主题的纪录片时，自然想到了那部曾打动过无数读者的美国女作家海莲·汉芙的自传体小说《查令十字街84号》：住在纽约的海莲很偶然地在一本杂志上发现了英国伦敦一家旧书店登的广告，里面有她踏遍纽约各个角落也没找到的书，于是她设法和旧书店的老板弗兰克取得联系，并开始了长达二十年的书信往来。海莲一心想去伦敦见弗兰克，但捉襟见肘的经济使她难了此愿，多年过后，她终于实现了心愿，但一切都为时已晚，弗兰克去世了，书店也紧接着倒闭，正面临着拍卖。小说中将那家旧书店的地址标记为伦敦查令十字街84号。

　　于是，我便去寻找查令十字街84号——我并不知道这是不是小说中虚构的一处地址。没有想到，我真的找到了，但是，小说中那令人不安的结局也就昭然若揭：此地没有旧书店，而是一家全世界身影满地的麦当劳快餐连锁店，真是令人大跌眼镜，顷刻间，那个甘苦交织、催人泪下的爱情故事化为九霄云烟。

忽然，我发现就在位于街角的这栋楼房左侧的大理石墙面上，高高地嵌着一块浑圆的铜质铭牌，上面这样写道："查令十字街84号，马克斯与科恩书店旧址，因海莲·汉芙的书而名满天下"。蓦然间，我感受到一种莫名却又深刻的默契从我心里涌过。这时，我已知道了这个地方先前是家餐厅，之前是个酒吧，再之前是家唱片店，而马克斯与科恩书店于1930年辗转迁址于此，1977年便已歇业……但这又有什么关系呢，查令十字街84号是个特别的象征，呈现着有理想、有情怀的人们对于文化的向往和热爱，对于书籍这一人类文明成果的尊敬和承继。

其实，当初海莲写她的自传体小说时，之所以会用上这个地址，并不是空穴来风，因为查令十字街的确是一条举世闻名的书街，犹如美国纽约的16英里图书长廊，日本东京的神保町，我们上海的福州路。这条街上以及两旁的巷弄里，书店林立，满眼皆书，爱书人到了这里，简直就像到了天堂一般。所以，海莲写下这个地址也就自然而然的了，何况那时84号真是一家旧书店，也即马克斯与科恩书店，而隔壁86号的普尔书店同样也是一家旧书店。说起来，查令十字街书店业发端于维多利亚女王盛期，在20世纪30年代到50年代，这里曾聚集了60余家专营二手书和珍稀古籍的书店，蔚为壮观，成为英伦的一个文化地标。虽说如今也躲不过实体书店萎缩的命运，但查令十字街就像一枚书签，夹在了我们留着很多有关书籍的美好记忆的时光里。

　　事实上，在伦敦寻找查令十字街 84 号的人并不只我一个，那些在查令十字街上左顾右盼的人，许多都是来自世界各地的书迷，他们怀着一颗朝圣之心在这里寻找着，而"查令十字街 84 号"已然成为全球爱书人之间的一个心照不宣的暗号，他们都希望在这段特殊的传奇里彼此问候，相互取暖。我想，人生虽短，却可以凭借书籍而悠然漫长，所以，如果有机会，读书人真的应该去一次查令十字街，这是全世界书籍暨阅读地图最熠熠发光的一处所在，我相信，我们每个人都能够在这里续演自己有书相伴的生活故事。海莲在书中说："如果你们恰好路经查令十字街 84 号，请代我献上一吻。"我站在高高的铜质铭牌下面，尽力地踮起脚尖，用手指轻轻滑过铜牌上最后一行的每个字母，宛如一吻。

2016 年 6 月

唐吉诃德的战队

2016 年，当全世界都在纪念逝世于 1616 年的莎士比亚和汤显祖的时候，我想到了一位同样在这一年离世的文学大师，他便是西班牙的塞万提斯，与英国的莎士比亚、中国的汤显祖一样，他也留下了杰出的戏剧和诗歌作品，不过，他的长篇小说成就更大，如《唐吉诃德》被认为是世界文学史上的第一部现代小说，为人类留下了一笔极其瑰丽的文化遗产。

就在塞万提斯逝世四百周年的纪念日子里，我来到了西班牙，来到了他创作《唐吉诃德》时所在的马德里。我本想去他的坟地祭拜，在墓碑前献上一束鲜花，可是我却被告知一生坎坷，多次深陷囹圄的塞万提斯去世后，因被草草埋葬，以致迄今都无法找到他的坟茔。但是，我却看到，在这座城市，到处都有唐吉诃德的身影，雕塑、画像、书籍、纪念品……无所不有，作为塞万提斯创造的一个文学形象，他已深入人心，而且长远流传，生生不息。

别林斯基曾经说过，堂吉诃德是一个"永远前进的形象"，我对这句话的理解是，随着时代的演变和发展，人们对于唐吉诃德的认识和诠释将会不断地被赋予新意。说起来，我最早读《唐吉诃德》的时候，是受到文学批评史一边倒的影响的，所以，在我的眼里，唐吉诃德和他的战队是一群愚蠢落伍、脱离实际、沉溺幻想、自说自话、迂腐顽固之人，所以四处碰壁、笑话百出。当我读到唐吉诃德将旋转的风车当作威权的巨人，因而率领桑丘·潘沙向其发起进攻，结果屡战屡败，弄得遍体鳞伤时，我不由得为他们的疯癫荒唐大笑起来。

许多年过去了，我渐渐地发现自己在重新审视唐吉诃德这个文学形象，受尽嘲讽、已然过时的"骑士精神"貌似也杀了一个回马枪。我们为什么要奚落嘲笑唐吉诃德？不就是他的固执，他的坚守吗？不就是他与同时代人格格不入、一意孤行、不随波逐流吗？除却他返回过去时代的臆想，难道他不是一个执守于自己的信念和意志的理想主义者吗？在今天这么一个普遍缺失理想的时代，我倒觉得他令人肃然起敬。不是吗？他嫉恶如仇，英勇无畏，坚信正义，忠于爱情，他之所以骑上一匹瘦弱的老马，手执一柄生锈的长矛，戴着破了洞的头盔，要去当游侠，是因为他想除强扶弱，为天下百姓打抱不平。看到了这一点，也就会认识到正是残酷而不公的现实造就了他的失败，这样，嘲笑便随即被唏嘘所替代。事实上，这就是世界上至今有那么多的读者喜欢这位一败涂地的疯子英雄的原因，因为他有理想和信念，有善良和正义，尽管这一切在现实面前往往不堪一击。

但是，不堪一击就不要坚持、坚守了吗？说到底，人类永远是在前行的路上，在这个意义上，任何当下都会变为过去，任何现实总需突破而有所发展。何况现实本身存在各种各样的问题，并不完美，所以本就不该抱残守缺。如果是这样的话，那么，我们还是需要有唐吉诃德的，还是需要明知会碰得头破血流但依旧为理想而战的精神的，即使被认为执迷不悟，也当无怨无悔。

所以，我不想再看到唐吉诃德孤军奋战，不想再听到对理想主义者的嘲讽、讥刺和挖苦。如果我们都屈从降服于现实，都因明哲保身膜拜实用主义而成为极端的功利主义者或曰精致的利己主义者，都不敢想象更好的未来并有所作为，那么我们的社会还会有进步吗，我们还会有更加璀璨的明天和朗朗乾坤吗？

所以，我倒是希望唐吉诃德的战队能够强盛起来；所以，我想身体力行，勇敢地加入到唐吉诃德的战队之中。

于是，我便蠢蠢欲动起来；于是，我也遍体鳞伤，我也成了一个笑话。

那次，我在接受担纲一部电视连续剧的总制片人的任务后，决定义无反顾地抗击当今只重"颜值"不重"演技"、破坏艺术创作规律的失控局势，不让"小鲜肉""小鲜花"只靠个脸蛋就恶狼般地漫天要价，导致后期制作捉肘见襟、粗制滥造、烂片充斥，观众怨声四起。我放言道："我们不靠颜值，要靠精彩的表演和精良的制作取胜！"我强调在遴选演员方面，不要高价演员，而是要合适的演员，高价完全不等同于合适，合适的才真正是最好的。有人提醒我说，你这无异于唐吉诃德，对我的决定忧心忡忡。可我偏偏像唐吉诃德一样走火入魔，要与几乎无法遏制的不堪现实来一场较量。结果，在一个浅薄的看脸的时代，我们精心制作的电视剧由于没有那几个如今霸屏的高价明星，被认为缺乏收视率的保证而几乎播出不了。就这样，我在自己的职业生涯中造成了一次悲剧性的"滑铁卢"，近乎一败涂地，完全陷入绝境。

有一天，我们小区那儿开出了一家"皮鞋美容店"，可以擦鞋、修补、上色等等，我觉得挺好的，一双皮鞋哪怕再便宜，也该好好保护，以延长使用寿命，节约资源。说实话，如今浪费现象太过普遍，社会上不以浪费为耻，甚至还以嘲笑节约为时髦，铺张浪费比比皆是，什么挑战吉尼斯纪录的"最大份炒饭"，什么无端起哄的"双十一剁手"。更有统计说，我国每年在餐桌上浪费的食物，相当于两亿多人一年的口粮。鉴于杜绝浪费，我便成了那家"皮鞋美容店"的忠实顾客，把家里那些或是脱了胶，或是掉了跟，或是磨破了皮的鞋子一双双地拎过去修理。不日，店主推出一项措施，凡购买"预付卡"者，可以享受各种优惠。我倒并非完全是贪小便宜，因为每次付钱够麻烦的，所以便买了"预付卡"，充了几百元钱。当时就有人告诫我，万一店主卷钱走人，那岂不是追也追不回来了。我说，我相信店主总有最起码的信用和良知。人家说，你太善良了，你就是个唐吉诃德，就在跟这个连基本的道德底线都可肆意践踏的世道战风车。真的很不幸，在一个夜雾弥漫的晚上，那家"皮鞋美容店"的夫妻店主双双携款而逃，天明时分，我这个唐吉诃德颓败而无奈地站在一地狼藉的店门前。

如此孤独地大战风车，结局如同文学批评史上评论家对唐吉诃德写下的评语："他完全失掉对现实的感觉而沉入漫无边际的幻想中，唯心地看待一切，由于他的美好愿望不切实际，战术荒诞可笑，因而处处碰壁，吃了许多亏，闹了许多笑话，好心不得好报，甚至险些丧命。"

那么，我应该丢盔弃甲，在吃尽苦头后重新回到初始，并承认自己先前是个不自量力的疯子，幡然醒悟后心安理得地同流合污？

我想，我还是应该选择执迷不悟。那是因为，我还是相信希望就在前方，相信理想的力量，相信艺术的魅力，相信道德的光亮。所以，时至今日，我依然站在唐吉诃德的战队里，继续着我的风车大战，好在我清晰地听到了由远而近、越来越多的志同道合者的战马嘶鸣。

那天，在马德里，我走进一家有百年历史的铜盘制作工坊，里面全是唐吉诃德的纪念铜盘。我精挑细看，选中了一只黑漆底色的烫金铜盘：唐吉诃德与桑丘·潘沙骑在马上，手执长矛，身后是一轮光芒四射的太阳。正在做着手工活的中年店主见我将那铜盘捧在手中，立刻站起身来，走到我的身边。店主指着铜盘后面的手写签名告诉我说，这是他爸爸亲手制作的，因为年龄大了，所以这是他最后的作品，他自己甚为满意，所以才签下名字。我问他，我能见见你的爸爸吗，因为我很想知道他是如何看待唐吉诃德的。店主想了一下说，那我去叫他。不一会，一位年近八十的长者从楼上缓缓走了下来。我迎上前去，他笑着对我说，我知道你要问我的问题了，我想跟你说，唐吉诃德虽然没有足以不朽的业绩，但他却有着一种伟大的精神，他是一个英雄。

是的，我想，唐吉诃德是个英雄，而塞万提斯更是位英雄，因为是他创造了"永远前进"的唐吉诃德。

2016 年 9 月

这里是罗卡角

这里是罗卡角，也就是说，我此时此刻已经站立在欧亚大陆的最西端了。紧临悬崖的一处岩石角上立着一块朴素的石碑，上面铭刻着一行数字和一行文字。数字是地理位置：北纬 38 度 47 分，西经 9 度 30 分；文字是葡萄牙最著名的诗人卡蒙斯写于《卢济塔尼亚人之歌》中的名句：陆止于此，海始于斯。陡峭的悬崖畔，大西洋苍茫浩渺。

罗卡角是葡萄牙境内的一处海岬，位于辛特拉山地西端，与其他海角的不同之处在于险峻，这是一个海拔约 140 米的狭窄悬崖，像一把利刃直插大西洋。所谓海角，其实是陆地的一部分延伸，该叫陆角才是。"罗卡"的意思是岩石，的确，这里山势险要，岩石兀立，站在断崖上，看着席卷而来的汹涌海浪被岩石撞得如翡翠般碎裂，真是惊心动魄。我顺着重重的岩石堆往下走，大洋之岸曲折逶迤，越是挨近渐渐淹没于海中的岩石，越有走到路之尽头的感觉。前面真的一点陆地都没有了，与天衔接的是茫茫汪洋。但是，海洋是另一条路，是可以继续往前走的。我觉得或许人在这个时候，最能感受到什么叫绝人处而豁然开朗。

迎着扑面而来的大西洋的澎湃之风，我想，其实，天之涯、海之角，虽说多为形容，但确实有着可循的边际，那么，一切都不能因为虚幻而可以轻蔑的了。在我看来，边际也就是界限，而界限也是一种底线。因文学上的成就而被尊为"葡萄牙国父"的卡蒙斯在他的那部描写航海家达·伽马远航印度的长诗《卢济塔尼亚人之歌》中，曾鞭笞过那些妒忌心极强，喜欢挑拨离间、玩弄阴谋、利欲熏心，以将他人之事搞乱搅黄为乐的人。他认为，这样的人就是越过底线的，阻碍了人类对世界的探索和发现，只能导致进步的中断和发展的衰退。因而在他的诗中，他为他们设置了自我毁灭的最后结局。我忽然想到，事实上，如今，这样的人非但没有绝迹，甚至越来越肆无忌惮，我们看到碰触人类道德底线的事情时有发生，让人不寒而栗。越过底线，那就什么都崩塌了。

公元1443年，在恩里克王子的指挥下，从罗卡角出发的葡萄牙航海家穿越西非海岸的博哈多尔角，开启了欧洲人探访未知大陆的先河，也开启了一个大航海时代。而在此之前，这里是已知的"世界尽头"。正是这样的开辟，据说使诗人卡蒙斯得以在一百多年后通过海路到达中国的澳门，在沙梨头的一个简陋的石洞里开始了史诗《卢济塔尼亚人之歌》的创作。据说，卡蒙斯还在这里收获了爱情，他的众多美丽的情诗便是献给一位中国姑娘的。他在其中的一首诗中这样描写爱情："爱情是不见火焰的烈火，爱情是不觉疼痛的创伤，爱情是充满烦恼的喜悦……"根据传说，卡蒙斯后来从澳门去印度，走的还是水路，结果途中船只在湄公河翻沉，他救出了诗稿，但与他同行的那位中国姑娘却遇难丧生。不管这一传说是否真实，但卡蒙斯由此启程，上演了无数生死不渝爱情故事的罗卡角至今依旧是充满浪漫色彩的地方，礁石悬崖，海风猎猎，碧草青青，一座灯塔，一个十字架，一片大洋，令人心驰神往。

岸边最高处，便是罗卡角的灯塔，红顶白墙，在经过海风涤荡后的阳光下格外显眼。灯塔指处，是遥远的大西洋彼岸，更是每一个从海上而来之人坚信的方向。我想象着当灯塔在黑夜中射出悠长的光束时，该是怎样的明亮而温暖，让人即使独处天涯海角，也不会孤寂，不会迷失，不会止步。

2017 年 1 月

"海狼"杰克·伦敦

可以说，我是读了美国作家杰克·伦敦的《海狼》后，才坚定起一个理想来的。那时，我才刚刚二十出头，在一家房管所里修房、筑路、种树，再加上还受到莫名其妙的钳制，精神压抑，一直梦想着有朝一日离开那个地方。可是，那时候没有自由选择工作这一说，所以，我不敢想象什么是自己最理想的职业。直到有一天，我读到了《海狼》。

《海狼》是杰克·伦敦在 1904 年创作出版的长篇小说。作品描写了在一艘名为"幽灵号"的猎豹船上发生的，令人惊悚地反抗暴力统治和刻骨铭心的爱情故事。"海狼"是"幽灵号"船长拉森的绰号，他崇尚丛林法则，残酷的现实使他觉得只有自身强大才能战胜别人，因此时刻处于一种不断战斗的状态，冷酷无情，暴力至上，人性和兽性在他的身上不断激烈地鏖战。而那位因海难被拉森救起的韦登，原本是一个有着渊博学识和良好教养的学者，但他被拉森强行奴役后，为了能够生存下去，免受羞辱和折磨，不得不接受了拉森的人生哲学：强权则王，懦弱则寇。最后，韦登和同样被奴役的女子莫德奋起反抗，修复了撞损的"幽灵号"，扬帆归航，终于弱者战胜了强者，文明战胜了野蛮。其实，我对"海狼"生活信条中的弱肉强食并不太以为然，因为我从来相信善良、正义和道德的力量，但"海狼"另一面所体现的不畏艰难、顽强的生活态度却是打动我的。而这部小说的作者杰克·伦敦恰恰正是这样的人。

就在创作这部小说的同时，杰克·伦敦接受赫斯特报系的聘请，赴远东采访日俄战争，成了一名战地记者。当他来到东京后，发现日本政府并没有打算将记者们送往前线，而是隐瞒消息，制造歌舞升平的假象，让记者们天天去舞厅边跳舞边等待消息。杰克·伦敦以他的敏感捕捉到战争迫在旦夕，他悄悄地溜到长崎，搭上一艘开往朝鲜的船只。到达釜山后，他想方设法弄到了一条无篷的小船，雇了三名船员，凭借自己十七岁时便在一艘捕猎船上当水手的经验，驾船驶进黄海，在零下四十度的严寒和惊涛骇浪里搏斗了六天六夜，终于到达仁川。这时他已遍体鳞伤，脚、手指和耳朵都冻伤了，携带的行李也坠入大海，但他继而骑马急行军赶往平壤，这是当时一个战地记者所能够到达的最北点。战争果然爆发了，他从那里发出了近百篇前线报道文字和图片。当他回到东京时，那拨还在等待的记者们依然在华尔兹圆舞曲中悠闲迈步。《海狼》中那些在海上搏击的惊心动魄而引人入胜的场景描写，就来自于杰克·伦敦的亲身经历，在我看来，他才是真正的"海狼"。我读着《海狼》中这样的句子："他的生命在暴风中熄灭了，可是他还活着，有无限的信念，现在力量不再支配他了，但他成了自由的精神。"蓦然间，一个清晰而坚定的理想在我心里升腾起来——我要竭尽全力，成为一个像杰克·伦敦这样的记者。

多年之后，我真的实现了这个理想，如今我已是一个高级记者（编辑），虽然我远未达到杰克·伦敦的成就，但不管怎样，我一直追随着他，并践行勇敢、坚毅、公正、悲悯这些一个记者必须具备的基本素质。其实，这也是一个人的品质，正像杰克·伦敦在《海狼》中所说："大海一浪赶一浪，向天际边滚滚而去，天空没有了，就连我们的桅杆顶也看不见了，但还有一个明朗的所在。这就是世界，就是宇宙本身。"

2017 年 4 月

失之书

近日，在北京与张冠生先生见面聊天，他曾长期为社会学家费孝通教授做助手，新近写了一本很特别的书，以书话体的形式为费孝通立传。

张冠生跟我说起一件费孝通丢失译稿的往事。1935 年夏天，新婚燕尔的费孝通与妻子王同惠在蜜月中合译完成《甘肃土人的婚姻》。这是比利时传教士许让用法文出版的一部甘藏边境地区土族研究专著，此书引起当时在燕京大学社会学系读书的王同惠的关注，她向费孝通提议一起翻译，作为他们爱情的纪念。费孝通在清华园完成体质人类学学业后，得到恩师吴文藻先生帮助，去广西大瑶山进行考察，王同惠决定与他同行。赴桂前，两人在未名湖畔举行了婚礼，随后去太湖鼋头渚小住，正是在此两人译竣了此书。不料，当他们进入瑶山工作时，费孝通误踏虎阱，身负重伤，王同惠下山求援，途中坠崖落水，以身殉职，是日，他们新婚仅 108 天。自此以后，费孝通备受磨难，两人天作之合的译稿亦成人世飘萍，失落无踪。

1978年，费孝通的"第二次学术生命"即将降临，他从中央民族学院被调往中国社会科学院。离开民院二号楼时，费孝通整理办公室书架上久置未动的旧书积稿，蓦然发现了淹埋于书架底层的一部译稿，正是《甘肃土人的婚姻》。他百思不得其解，历经瑶山遇险、昆明日军轰炸、"文革"抄家，这部译稿居然能逃过历劫，只能说是天定的因缘。面对发黄变脆的稿纸，费孝通悲欣交集，可当时他是"脱帽右派"，不敢奢想出版之事。直到1998年，经沈昌文先生力促，这部译稿才得以出版，列入辽宁教育出版社俞晓群先生主持的"新世纪万有文库"，此时离该书译毕已有六十多个年头了。费孝通视此书出版为暮年圆梦，专门写了序言，先行在《读书》杂志上发表，他让张冠生帮他想个篇名，张冠生神思忽来，问《青春作伴好还乡》可否，费孝通颔首同意。

其实，这样丢失书的事情，张冠生自己也有。这位长期主持民盟中央宣传部和参政议政部工作的"一介书生"，对自己曾有过的两本书一直感怀不已。他告诉我说，那两本书都是他在河南开封西郊水稻公社五七干校第五连当知青的时候抄录的，一本是《罗曼·罗兰文钞》，另一本是《从文艺复兴到19世纪资产阶级文学家艺术家有关人道主义人性论言论选辑》。前一本抄了大概一年半，后一本用了将近三年的时间，抄完时他已经是恢复高考后的第一批七七级大学生了。他说，他之所以会这么抄书，是因为他觉得人生能与心仪的好书相遇并不容易，他在罗曼·罗兰和梅森葆之间看到了纯洁、美好、崇高的人类情感，见证了生而为人可能具有的神性；在后一本书中则接受了人类浩瀚思想的涤荡和陶冶，洞悉了文学艺术经典作品不朽魅力的来处。

我很好奇地问张冠生是抄在什么纸上的，他说一开始用的是方格稿纸，后来不够了，续用比较粗糙、脆而薄的纸，名叫"有光纸"。只是这样两本花心血抄录的书，后来却是想不起来在哪里弄丢了。可他没有费孝通幸运，这两本特殊之书没有失而复得。张冠生跟我说，在他看来，抄书是最漫长、最用心的一种阅读方式，抄一遍，既能有效延长阅读时间，更觉得这样才对得起这本书，才对得起写书的人、编书的人、排字的人、印书的人，以及造纸的人、教自己认字的人、送自己上学的人……

我对张冠生说，如今《罗曼·罗兰文钞》早有了新版，但那本书名如此之长的书怕是不会再版了，即使再出，书名也不会是这个样子的，从这个意义上说，那个手抄本乃真正的"失之书"也。

2017 年 5 月

亨廷顿图书馆

我觉得很难用文字来描述世界上的这一处美好的存在。在以往的经验中，如果我们走进图书馆，那就是打开书本，然后，书上的文字一个个扑入眼帘。但是，在亨廷顿图书馆，阅读成了一次次可以想象和幻化的体验与感受。

我在亨廷顿图书馆特藏室看到的第一个展柜，上面用行书写了"汝父在何处入美籍"八个汉字。原来这是美国历史上第一位华裔律师洪耀宗保存的七十多箱中国移民档案，细细浏览，一部写满故事的华人移民史便在眼前历历再现。我移动脚步，转眼间已与英国诗人雪莱相遇——他的手稿纸页经由岁月已经泛黄，却似乎能够听见他正在书写的沙沙声，诗句一行行地展开，进而可以听到诗人的呼吸和心跳。这里，还陈列着一套1623年出版的对开本莎士比亚剧本集，这是在全球任何图书馆都看不到的珍贵资料。我仿佛觉得自己走进了剧院的排练现场，演员们一边捧着对开印刷的剧本朗读，一边走台寻找属于自己的方位。

事实上，亨廷顿图书馆六百余万册珍稀藏书、书信、手稿，并不仅仅只是用来展示，而是真正可以让读者阅读的。我坐在图书馆的阅览室里，面前是一本1765年在巴黎出版的由狄德罗主编的《百科全书》。我轻轻翻阅着，这本书的边缘已经变薄变色，那一定是阅读的人太多了，而这些阅读者若是排成长队，该是怎样的壮观。现下排在末尾的我，如果要跟最前边的人打招呼，赫然已是二百五十年前的故人了。人类的阅读不就是这样继往开来的吗？我看着这本让人肃然起敬的书时，真的一下子分辨不清何年何月了，因为不远处便是一台触屏电脑，用多媒体的方式帮助读者学习各种知识，我顿然觉得其实时间无需穿越，过去和现在一直并排而行。

　　走进科学史馆中的自然历史部，迎面一堵红色的墙上挂满了有关物种起源与进化的图片，而当中一排则是达尔文《物种起源》的各种版本。当然，最显眼的莫过于1859年11月24日的版本了，这是这本将生物学建立在完全科学的基础上的、具有划时代意义的著作的首次出版。同样显眼的还有三册中文版，是为中国读者所熟悉的商务印书馆"汉译世界学术名著丛书"的一种，书脊的颜色与整堵墙竟是如此吻合。在天文学部，我一边浏览1632年佛罗伦萨版的伽利略的《两大世界体系的对话》一书，一边用完全仿真的伽利略望远镜遥看对面大厅的天花板下放着的月球模型，当我一一掠过月球上众多的环型山时，不由得联想起伽利略第一次用望远镜对准月球时的场景，同时揣摩着当他看到月亮景观后该是怎样激动的心情。

亨廷顿图书馆给予人们的独特的阅读感受，还远远不止这些。其实，这座建立在占地近一千三百亩庄园里的图书馆，还有美术馆和植物园。对于读者来说，那是阅读的进一步延伸。在美术馆里，原本书籍中的艺术史，成了活生生的可以直面的对象，那些自欧洲文艺复兴时期以来的油画、雕塑、瓷器、银器、家具等，让人对艺术有了更加直观、贴切的认识。而集聚了两万五千多种植物样本的数个植物园，真的使我领悟到一个人若能辨识草木会有多么完满的人生，因为植物能教会我们认识生命和大地。自然，亨廷顿图书馆里的中国园，绝对是一处惊艳，这座融会江南园林的淡雅和北方皇家园林的气派的"流芳园"，尊崇"移步换景"的中国园林布局原则，每个角落都能看到不同的景致。如果捧着中国文学经典留连在"玉茗堂""爱莲榭""三友阁""落燕洲"，那种极尽诗情画意的体验就不言而喻了。

被誉为世界上最令人难忘的花园式图书馆的亨廷顿图书馆，由美国"铁路大王"亨廷顿在 1919 年创办，位于美国洛杉矶与帕萨迪纳毗邻的圣马力诺城茂密的林木深处。

2017 年 10 月

人与书俱老

前些天，不慎摔了一跤，结果腰椎骨折，动弹不得，可医生说不用治疗，只消装上钢条腰托，卧床一个月。有好心的朋友条分缕析后说，那么容易骨折，说明骨质疏松，也就说明你是老了。我平躺在床上，随手取了一本书来捧读，一看居然是《围城》，自然是老书了。于是，便联想到著名藏书家姜德明先生谈及伴随他七十多年的第一版《围城》时感叹说，人与书俱老矣。

姜先生说起他当初在天津购买《围城》时的情景，恍若隔世。那本初版本《围城》1947 年 5 月由上海晨光出版公司出版，是丁聪先生设计的封面，那是书里男女主人公的半身肖像，他们背靠着背，相互依撑，却又穿着季节各异的服饰，貌合神离。这样的封面是有艺术感的，而我买的 1980 年 10 月人民文学出版社印行的新版却是那么单调。事实上，真正的单调是我第一次读《围城》时其实并没看懂多少，情节也罢，细节也罢，嘲讽与幽默也罢，我都匆略而过，没有入脑。直到阅历渐增后再次重读，才觉着写得如此贴切、犀利而深邃。大文豪纳博科夫认为，"只有重读才是真正的阅读"。从这个意义上说，阅读真是一件人与书俱老的事情：对于读者而言，随着年龄的增长，一本书才会读到精深，读到会心，而不是像年轻时什么都是浮光掠影；而对于书来说，历久弥新，越老越能显出经典的品质，若是平庸之作，不消多时就会被弃置淹没。读者老了，阅读的境界却高了；书老了，还一直被人读着，方才有可能永垂青史。

细细想来，虽然我读过不计其数的书，但真正对自己产生影响的还是早年读的几本书，尽管那时年纪尚小，也读得浮草，但因有一处打动过你，便会成为你念念不忘的一生之书。这次，在因骨折而卧床期间，我又重读了一遍少年时代就读过的苏联作家瓦连京·拉斯普京的《活着，且要记住》。这部作品与其他描写二战时苏联卫国战争的小说全然不同，说的是一名男子因眷恋妻子、家庭及和平的乡村生活，在伤愈重返前线途中却从医院返回故乡。先前我读的时候虽也屡屡追问人性，但这次重读，我越加感受到生活的不易和不可预设，感受到生命的脆弱和坚韧一并存在，以前我还恨过这个最后导致妻子投河自尽的男子，可现在却明白了其实生活向来难以求全，如果有放弃，还必须要有坚持，要有担当。因为只能平躺，我是用双手把书举在头顶阅读的。这本书也很老了，纸页泛黄，翻动时发出的声响犹如碎裂一样，使我在重读时平添了于新的理解中产生的酸楚和悲悯。真是当人与书俱老时，才能获得最丰富的人生体验。

那天，我收到一条微信，是一个远在美国攻读硕士学位的男生发来的，他是我的一位读者，他在上海读小学三年级的时候，因为看了我写的一部系列小说而给我写来了一封信，字迹工整，说了一些自己的读后感。这封信我至今还保留着。没有想到，多年失联后，他居然加上了我的微信，而更让我惊讶的是，他说，最近他又读了一遍这部书，发现自己当初读得太浅，只读了故事的外在，却没进入故事的内核，而当他不再是小孩的时候，重读时竟有了新的收获，许多细节让他感同身受。我回复他说："那是因为你长大了，你将你自己的成长经历融入了重读的书中。"这条微信让我生出了感动，于是，我当即做了一个决定，我不让出版社取消原定在上海国际童书展上举行的读者见面会。那一天，我坐着轮椅来到了现场，这是我头一回坐轮椅，真的感觉老之将至。有意思的是，这次见面会我所携带的正是那部多年前写的系列小说，说起来也是老书了，只是这次推出了最新的第三版。我望着眼前的孩子们，心想，他们会与我一样，在阅读中推演着自己渐进的人生，而当慢慢长大及至变老，那些心仪的不断重读的老书还会陪伴着我们。

2017 年 12 月

子弹库帛书

　　1942 年 9 月，四个盗墓者在湖南长沙城东南角一处叫子弹库的地方，打开了一座战国时期的楚墓，从中发现了一片薄如蝉翼、上面写有文字画有图案的丝织物。由于在子弹库出土，因而这片丝帛便称子弹库帛书，也称楚帛书。

　　子弹库帛书是目前已知年代最早，也是迄今发现的唯一的战国帛书。帛书上下高 38.5 厘米，左右宽 46.2 厘米，中心是书写方向互相颠倒的两段文字，四周是作旋转状排列的 12 段边文，四方交角用青、赤、白、黑四木相隔，每段各附有一种神怪图形。全篇共有 900 多字，图文并茂，是真正意义上的"图书"，因为在纸成为主要的书写载体之前，我们的祖先主要是"书之竹帛"，只有写在竹简丝帛上的才能叫书，所以子弹库帛书也是中国最早的典籍意义上的古书。据考证，帛书所写的内容主要是强调"敬天顺时"，并讲述了有着伏羲、女娲人物的神话故事，而这样的神话故事当然是我们中国自己的创世神话，具有世界意义。

可如此重大的文物，竟被盗墓者当作废品卖给了一个古董商，文物收藏家、研究家蔡季襄得知消息后当即斥资买了下来。当时，日本侵略军已经打到长沙，在逃难过程中，他始终带着一只铁桶，而里面装的正是子弹库帛书。一天，日本兵追赶了过来，要非礼他的妻子和女儿，结果，他的妻子和大女儿不堪凌辱跳水自尽。悲痛中的蔡季襄逃到湘西后，怀着一腔悲愤写下了《晚周缯书考证》，以纪念自己的妻女。1944年，该书出版，第一次向世人披露了子弹库帛书的资料与他的研究。

太平洋战争爆发后，当时在华的美国汉学家几乎都成了情报人员。其中有一个人，名叫柯强，他曾在长沙最有名的由耶鲁大学开办的雅礼中学当过教师，此人被一个情报机关（美国中央情报局前身）从上海派回长沙。柯强一面做着情报工作，一面从事文物搜集，他对楚国的文物特别感兴趣，因为对美国古董市场来说，楚文物是非常新鲜的，他正是在那时候开始觊觎子弹库帛书。抗战胜利后，蔡季襄和柯强不约而同地来到了上海。蔡季襄到达上海后，下榻于吴宫大酒店，想用红外线摄影的方式将子弹库帛书拍成照片。住在戤司康公寓（今淮海中路1202—1218号）的柯强闻讯而来，说自己有照相机，他借回住所拍照。蔡季襄不明就里，就将帛书借给了他。不料，过了几天，柯强说由于照相机少了一个零件，已经让人把帛书带去台湾拍摄。蔡季襄非常不放心，一直催要归还，但柯强那里已杳无音讯。后来，一个美国空军情报人员找到蔡季襄，给了他1000美元，诈说是作为押金，其实，他在1946年7月受柯强委托，将帛书偷偷地从上海带去了美国。

子弹库帛书在美国一再辗转，甚至有人拿到后想私自藏匿，最后，赛克勒将它买了下来。赛克勒是位对中国深怀友谊的美国著名医药学家、慈善事业家和艺术品收藏家，20世纪30年代，他曾募捐支持白求恩大夫在中国救治抗日将士的工作。1986年，他在北京大学捐建的赛克勒考古与艺术博物馆破土奠基，他曾说在博物馆落成之际，要给大家一个惊喜，将子弹库帛书送还中国。可是，等到博物馆1993年5月落成的时候，赛克勒已经去世六年了。事实上，之前还有一次机会的，20世纪70年代，赛克勒本来要去见郭沫若，商谈中美联合创办医学杂志，他准备在见郭沫若时，当面将帛书归还，可郭沫若正值生病，本来约好视病情再定见面时间，但郭沫若却在1978年6月病逝了。不过，在郭沫若去世时，赛克勒曾写过一篇悼词，在文中，他明确表示希望有一天，还是要将子弹库帛书交到合适的人手里。

子弹库帛书被盗之后，中国学者前赴后继，进行了大量卓有成效的研究工作，前有蔡季襄、李学勤、陈梦家、商承祚、严一萍、金祥恒、饶宗颐、曾宪通，现在则有李零，他新近出版的《子弹库帛书》被认为是最为完整的、集大成的、有关子弹库帛书发掘、流转与研究的专著。正是这些学者打下的坚实的学术基础，让我们看到了被盗掘并流失海外的子弹库帛书有朝一日回归祖国的希望。

2018 年 4 月

车厢里的阅读

那天，我从合肥坐高铁回上海，中途，起身伸展腿脚，走到了两节车厢之间，忽然瞥见另一车厢画风大变：人人手捧一本书，专注地读着，没有玩手机的，没有看平板电脑的，而且也没有众声喧哗。仔细再看，原来都是孩子。我很好奇地问一位显然是带队的老师，他告诉我说，他们是一所小学五六年级的学生，都爱好文学，暑假里去上海搞一次游学活动，除了参观游览，还会与儿童文学作家见面，孩子们现在正读着这些作家的作品呢。

我默默地回到我所在的车厢，看着一车的人此刻无一阅读图书的，很有些感慨。以前，在列车上，是有很多人看书的，车厢里的阅读是一道世人皆誉的风景。有一回，我坐硬卧从上海去齐齐哈尔，车窗边的凳子上总是有人在看书，由于一节车厢里的凳子不多，所以，要占个座位还不容易，白天的时候我就没找到，所以，只能蜷缩于上铺，伴着铿锵之声，将带着的书本举在眼前阅读，读累了就放下小睡一会儿，反反复复，直到晚上熄灯后，我才看到有空位，即刻下得床来，坐在窗边，就着窗外星星点点的微光继续看书。其实，在旅途中看一本适宜的书，那是一桩相得益彰的快乐之事，因此，即使在快速运行的高铁上，还是有阅读者的。尽管有人想要告诉全世界似的近乎喊着打电话，尽管有人戴着耳机旁若无人地唱着跑调跑到海底的歌，喜欢阅读的人并不受到干扰，安安静静地看自己捧在手上的书。只是这样的旅客的确是越来越少了。

德国学者希维尔布希在他写的《铁道旅行的历史》一书中说，铁路出现后，旅客的时间意识和空间意识起了很大变化。从前出门坐的是敞篷马车，座位狭小，旅客紧邻而坐，很容易以互相聊天来打发行程，而且，前后左右都可看到四周的风景，因而注意力便投在其中。但在列车里就不一样了，空间大了，有了个人活动的余地，而那些景致则看不完全了，只能透过窗户望着其匆匆掠过，加之开行时间的延长，这就生出了无聊，需要以一种方式来排遣，就这样，车厢阅读开始了。长而久之，车厢阅读也固化成了一道美丽的风景。我们这里是这样，别的地方也是这样。在从曼谷开往新加坡的"东方快车"上，在穿越阿尔卑斯山的欧洲"雪国列车"上，在贯穿北美大陆的太平洋铁路的列车上，旅客们做得最多的事无非是埋头看书抬头看窗，以书中的故事和窗外的风景消磨途中的时光。我最近一次乘坐日本的新干线，车厢里两个年轻的时髦女子，全然不顾其他捧读书本的旅客，大声说笑，引得人们纷纷投去鄙夷的眼光，可她们还是我行我素，这还真是难得见到——日本的铁路乃至地铁、轻轨的车厢里是少有喧闹的，虽说也每况愈下，但至今看书的还是比看手机的人多一些——这时，有一位老先生站了起来，找到列车员说了什么，不一会，列车员向两个时髦女子走去，给了她们一人一本书，她们倒是就此收敛了。

我忽然想到，一百七十多年前，随着铁道旅行的兴起，英国诞生了世界上第一家车站书店，接着，一家出版社还推出了既便宜又易于携带的"铁道文库"，库柏、霍桑、大仲马等作家的小说就此相继登场，由此也带动起了阅读风气。事实上，即便如今已是信息时代，但车站书店依然不衰，星罗密布在全球各个列车站点，说明车厢里的阅读并不过时。当年，在那些车站书店里，有专门为旅客提供租书服务的，那么，在今天的高铁里，可否摆放一些书籍供旅客上了列车后即时取阅呢，我想，虽然有些难度，但或许可以试一试的吧，毕竟，车厢阅读的风景还是可人的。

2018 年 6 月

悄然启航的《白轮船》

1974年，在上中学的第三个暑假里，我很偶然地读到了一本"黄皮书"，那是"供批判用"的苏联作家钦吉斯·艾特玛托夫的中篇小说《白轮船》。所谓"黄皮书"是20世纪50年代到80年代我国出版的一批外国政治、历史、哲学、文学类著作，因以单色调作封面，故而被称为"黄皮书"。这本《白轮船》的封面同样是土黄底，白边框，深褐色块面上压书名，灰不溜秋的，1973年的7月由上海人民出版社出版，书上注明"内部发行"。那时，这类书很少有译者署名，可这本书倒是写上了"雷延中"的名字，只是不知道这是一位译者的真名还是几位译者所用的集体笔名。

说起来，《白轮船》在中国的翻译出版速度还是挺快的，这部小说发表于苏联《新世界》杂志1970年第一期，三年之后便让中国读者读到了中译本，我以为选书者还是很有眼光的，而且对当时苏联的文学创作情况相当熟悉。当时，我们国内自己的原创性出版物不多，但要么不出，出了就印数巨大，如今十万册是畅销书"大咖"的起版门槛，而那时这个数字真的就是"毛毛雨"。因为是"供批判用"的，必须控制传播范围，所以，《白轮船》的印数是55000册，这意味着只有很少的人才能读到，不料，这本书却影响广泛，成了中国几代人的精神背书。

打开书来，迎面先是一篇批判文章，我是一个老实的孩子，所以先读了该文，算是读前打好了消毒的"预防针"。但是，当我一进入小说后，立刻就被深深地吸引住了，等读完，还持久地陷于震撼之中，小说纯美的格调和忧伤的温情强烈地撞击着我正在成长中的心灵。《白轮船》在我那时有限的阅读经验里是十分特殊的，尽管我已读过一些俄苏小说，但这种吸纳了神话、寓言、童话、诗歌的作品我还从来没有见过，而作品中所体现的权力的异化、阶级的变动、道德的沦丧、拜金主义的盛行，也是我从来没有想过的，因此，这部小说对我而言真是惊世骇俗。

或许小说的主人公是个刚刚上学的七岁小男孩，而那时我也只有十六岁，所以觉得与小主人公特别容易走近，他的所言、所想、所行甚至所梦，都让我感到心心相印。小男孩天真善良，心灵纯洁得犹如一张白纸，他在父母离婚后与爷爷相依为命，他爱爷爷，而爷爷讲给他听的长角鹿母的故事深刻地印在他的脑海里。他痛恨恃权作恶的姨父，他盼望见到在白轮船上当水手的父亲，可当爷爷在姨父的逼迫下杀死了他心中神圣的长角鹿母时，他内心所有美好的幻想都被残酷的现实给摧毁了。于是，他选择跳入河中，变成一条鱼，游到伊塞克库尔湖，去寻找父亲所在的"白轮船"。"孩子，在和你告别的时候，我要重复你的话：'你好，白轮船，这是我！'"当我读着书中这最后一句话时，早已泪水盈眶。先前打的消毒的"预防针"非但毫无效用，而且就是在这个时候，我的心里萌生出一个愿望：以后，我也要成为作家，也要写出像《白轮船》这样的作品来——我的文学的"白轮船"就这样悄悄地启航了。

十多年后，作为世界文学经典的《白轮船》不仅已在我国公开发行，我也实现了自己的愿望，成了一名作家。时至2013年4月，华东师范大学出版社推出了由我的几位朋友连袂推荐的新版《白轮船》。在这个封面色彩瑰丽的版本上，已于2008年6月去世的艾特玛托夫的国籍从苏联变更为吉尔吉斯斯坦；其实，苏联解体后，艾特玛托夫曾同时担任俄罗斯驻卢森堡大使、吉尔吉斯斯坦驻比利时大使兼驻欧洲共同体和北约代表，这种一人身兼两国驻外大使的奇特现象在世界外交史上也属罕见。这个版本没有变更的是依然采用"黄皮书"的译文，译者署名还是雷延中。由于没有译者简介，所以，我辗转找到了该书项目编辑许静，她告诉我说，"雷延中"是个集体笔名。

2018 年 9 月

丹·布朗的右手掌

今年 5 月，丹·布朗来了一趟上海，为他刚出版的中文简体字版长篇小说《本源》作推广。我被邀请去参加 5 月 21 日晚上 6 点在上海花园饭店为他举行的一个小范围的欢迎酒会，随邀请函还有一则通知：请大家谅解，不要让布朗签名，因为他的手受伤了。我看后，心里一紧，不知道他的伤情如何。我知道对于一个写作者来说，手受了伤真是一件要命的事情；当然我也会体恤他，不能强人所难索要签名，尽管我将《本源》放在了包里。

为布朗举办欢迎酒会的自然是出品方九久读书人。九久是个极有眼光的出版机构，他们早在 2004 年就引进出版了布朗的第一部小说，那便是《数字城堡》。说起这本现在被称为"令人惊悚"的书，当初却没有惊到读者，而是惊吓了布朗自己——英文版出版之初只卖掉了 12 本，其中 6 本还是他妈妈瞒着他偷偷买下的，所以后来他用"血、汗、泪"来形容从文学新人到畅销书作家的进阶之路。也许感恩于九久在这样的境况下还推出了这本书的中文版，所以布朗将自己著作的中文简体字版版权全部授予了九久。九久当然也很用心，所以布朗写出《达·芬奇密码》之后，不仅在美国创下了书市奇迹，中文简体字版推出后，同样在中国也刮起了一股旋风。我和布朗的中文译者朱振武在电梯里不期而遇，当我们到达三十三楼时，只见一片灯火辉煌。

九久的副总经理刘燆告诉我，此刻，布朗正在贵宾休息厅与九久读书人总经理黄育海、另一出品方人民文学出版社社长臧永清、上海市新闻出版局局长徐炯、中国出版集团总裁谭跃以及上海世纪出版集团总裁王岚等人聊天。我旋即问道，布朗的手究竟是怎么回事，怎么会受的伤。刘燆说，布朗的右手掌出了问题，得了腱鞘炎，不能握笔写字了。我想，受伤的原因就不必追问了，因为布朗自己描述过的写作状态便是佐证："我几乎每天清晨四点就起来写作，一直写到中午十一点，才稍微休息一下。要不是书桌上的沙漏每隔一个小时提醒我站起来走走，活动活动，以保证血液畅通，我会一刻不停地写下去。"我自己也得过腱鞘炎，右手掌的大拇指根部又肿又痛，究其原因，就是写字、敲击键盘过频或者过重导致的。趁着酒会还没开始，我到旁边的一个大厅里坐了下来，从包里取出《本源》继续读下去——我还有最后两章尚未读完。

忽然，刘燆跑来跟我说，"你也去休息厅吧，我跟布朗说了，有位上海作家想见见你"。我即起身，去了贵宾休息厅，说实话，我很想看看布朗的右手掌，我不是不厚道，真的是出于关心。

布朗身着深色休闲西装，里面一件靛蓝衬衫，没有戴领带。正当我犹豫着要不要与他握手时，他却首先向我伸出手来，在他将覆盖在右手掌上的左手移开时，我一眼看到了他那只受伤的右手掌。果然是腱鞘炎引发的拇指肿胀，所以，布朗的手腕上绑了一只深蓝色的护套，将拇指全部包裹起来。我问布朗，这个护套能不能镇痛消肿。他告诉我说，主要还是管住拇指以减少活动。我说，你太勤奋了，应该好好休息一阵。他说，一个习惯了每天写作的人，其实是停不下来的，不知不觉地就会坐到电脑跟前。见我拿着他的书，他微笑着说，我可以给你签名的。我连忙问他要紧不，他说没关系。说着，他就在书上为我签了名。他是将笔夹在用深蓝色护套包住的拇指与无伤痛的食指之间写字的，这一刻，我心里为他的谦逊随和、平易近人、善解人意涌起很多的感动，我脱口而出："我能握一下你的右手吗？"他又微笑着点点头，我轻轻地用我的手握住了他的露在护套外面的四个手指。我说，对用右手写作的作家来说，应该保护好自己的右手掌才是。

酒会开始了。轮到丹·布朗致词的时候，他说，这是他第一次来中国，来上海，而且还坐船游览了黄浦江，上海的现代、干净和漂亮让他感觉非常美妙，或许他真会将下一本书的背景放在中国，而书名很可能会叫《太极密码》。他致完词，又悄悄地将左手覆盖住了那只受伤的右手掌。

2018 年 9 月

香飘四季

　　说起共和国七十年文艺创作的成就，我一直会想到前辈作家陈残云的著名长篇小说《香飘四季》。这部作品于 1963 年 5 月由作家出版社和广东人民出版社同时出版，小说反映了解放后的珠三角水乡人民建设新农村的热切愿望，展示了青年农民脱贫致富的昂扬斗志以及他们纯美温馨的爱情。

　　我读这部小说的过程仿若一个传奇。那时我尚在念小学，全国的图书馆都处于关闭状态，能够读到的书很少，大多是私下传阅。一天，我的同学偷偷地塞给我一本用报纸包住封面的书，我忍不住立刻打开，《香飘四季》的书名顿时扑入我的眼帘。同学说，这书是他姐姐问别人借的，我必须在第二天归还。时间那么短促，我只好一上课就把书放在课桌里开读起来。显然，这是冒险的，所以，我很快被逮个正着，书给没收了，而且再也没有还给我。我神思恍惚，很长时间都沉浸在中断了的小说中，直到近十年之后，当这本书重新出版时，我才第一次把这部作品读完。

我很想把买来的书给我同学，算是迟到的弥补。听说他去深圳工作了，所以，我趁着出差的机会，把书带到了深圳，可惜的是，我没能再找到他。不过，我却去了一趟东莞——因为《香飘四季》的故事来源于东莞的麻涌。20世纪50年代，为了创作这部现实题材的长篇小说，陈残云去麻涌蹲点体验生活，他光着脚板走遍了河道交织的村落，在农民家与他们同吃同住同劳动，收集了大量素材，所以他笔下的每个人物都栩栩如生，呼之欲出，而华南水乡的风土人情则令人陶醉。我徐徐漫步，那些故事再次在我眼前展现：小说中的东涌村是一个出了名的穷村，"有子莫当耕田哥，有女莫嫁东涌郎"。主人公许火照是一个雇农的儿子，在饥饿中长大，他立下雄心壮志，定要领导全村齐心协力摘掉东涌的穷帽子。他们进军盐碱地蛇窝，排沟灌水，改变土质，合理密植，种出了粮食。他们还采纳经验丰富的老农的建议，大力种植香蕉，发展畜牧业。辛勤劳动的汗水换来了丰硕的果实，东涌村获得了空前的好收成，终于摘掉穷帽，变成富村，人们的精神面貌也焕然一新。我特别喜欢小说中聪灵秀美、朴实坚韧的女青年许凤英，她不贪慕虚荣，不计较个人的利害得失，具有美好的理想、纯洁的心灵和热爱家乡的情感，她抵制各种诱惑，耐心等待和期望着能够与复员军人何津在一起，因为他与自己有着同样的信念："我们的国家是个穷国家，但是，穷人不是天生的，穷村、穷国更不是天生的，大家有志气，好好干，总干得出个出头日子。"我走在那片土地上，一一辨认着小说里写到的满地蕉杉、果木，金色田野里的阵阵稻浪，河涌水寮凉棚的独特景致，用这种方式重读了一遍《香飘四季》。

四年前，我去浙江宁海农村定点下生活，我的脑子里一直闪现着陈残云在村子里穿梭的身影。他在作品中透露出的对生活的热情和洞察始终感染着我，我觉得只有像他那样深入、扎实地蹲点，才能创作出无愧于时代的文学艺术作品。或许是冥冥之中的天意，在前往宁海的路上，我在电脑里看到了大型组歌《香飘四季》，这部献礼改革开放的作品，描绘的正是陈残云小说《香飘四季》的原创地东莞麻涌的今日风貌，颂扬麻涌人不守一隅、勇于改革、开拓创新的精神，以及他们对幸福美好生活的追求和向往。"水天一色，绿悠悠的蔗林，绿悠悠的蕉林，绿悠悠的世界……"伴随着美妙的歌声，我再一次重温了有着浓郁的乡土气息、清朗的艺术风格和优美的文学语言的经典名著《香飘四季》。

2019 年 10 月

囤　书

　　我不是藏书家，但我囤书。囤书跟藏书不一样，藏书者，珍藏也，而囤书则是为了阅读。

　　书与人的相遇终究靠的是缘分，说到底，是一种内在的契合。所以，每每去书展，其实事先并没想过要买哪本书，但最后总是提了一大袋的书回家。那些书我就是囤着的，不一定立马就读，但却犹记在心，不会忘记，不知什么时候，突然有一天就开读了。这有些像去逛街，遇到一件喜欢的东西，要是犹犹豫豫地没有买下，那心里就会因牵记而懊恼、纠结，始终放不下来，因而人们常说，遇到喜欢的就不要错过，免得后悔不已。

　　当然，有人会说，书又不是孤本，也并不难找，何必囤着，想看时再买便是。可许多事并不那么简单。有句老话说得好，书到用时方恨少，有时，忽然间急着要用到某本书，偏偏手边没有，就会很尴尬，但要是有书囤着便很笃定了。比如，有一回，文章里要引用《艺文类聚》，这两卷一套的书我是囤着的，于是，也就不慌不忙，仿佛胸有成竹似的。又比如，一代芭蕾舞大师尼金斯基自己撰写的《尼金斯基手记》，我都囤了十多年了，还一直没有打开过，可有一天，我关心起有关芭蕾舞创新的问题，便想到了这位哪怕受到质疑也要冲破束缚，为世人留下《牧神的午后》《春之祭》等不朽芭蕾巨作的大师，也就开始阅读这本囤着的书，越读感受越深，我想，若是早前阅读，我很可能走进不了他那狂傲不羁的内心世界。

我一直很有耐心地囤着与两个人相关的各种书籍，一个是中国的瞿秋白，一个是捷克的伏契克，只要与他们有关的书我都会囤起来。囤瞿秋白的书始于1967年，囤伏契克的书始于1974年，迄今真是囤书累累了，但仍然还在继续。我囤的有关瞿秋白的书里有他自己写的书，有他女儿编的家信，更多的是各种传记和评论。关于伏契克的书同样也是如此，我囤了他的名著《绞刑架下的报告》中文版的各个版本，我真的不是用来收藏或研究的，而是用来阅读的，因为每个版本都有不一样的地方，而这恰恰蕴含了时代的演变进程。这两位都是早期的共产党人，他们都有着文学的抱负，也都为了理想而献出了自己的生命。在他们身上，我真正看到了有着深厚文学素养和造诣的革命者的初心和品质。我最近已在开读囤了近十年的《瞿秋白学术思想评传》，而且买了最新捷克文版的《报告》，虽然不识捷克语，但书里珍贵的图片可以细细品味。

其实，囤书归根结底属于相遇的故事。凡相遇，必有书籍背后丝丝缕缕的情愫。这些天，我囤了好多本刚刚出版的《秋园》，这是一位八旬老人讲述"妈妈和我"的故事，老人是从汽车运输公司退休的仓库保管员，她是在小小的厨房里以凳当桌写下的这部书，书里写尽了两代中国女性生生不息的坚韧与美好。我读时不断地回想起自己同样坚毅的母亲，于是，我囤下后分送给我的朋友们，让更多的人听听曾经来过这个世界，挣扎过，绝望过，也幸福过的普通女子的不凡故事。我还囤了一本尚未认真阅读的书——《威廉·卡洛斯·威廉斯早期诗歌中的印象主义》，那是因为有一次我读到我的一位好友写的以这诗人名字为题的诗歌，那时候，我们都风华正茂，憧憬着长长的未来。因此，后来，当我看到有这样一本书，立刻就买下了，我想将来通过阅读此书记住年轻时的一段友谊，一段生活，一段岁月。

2020 年 8 月

文人咖啡

闵行图书馆馆员孙莺说要请我喝咖啡，我说好啊，你定个时间吧。结果三天过后，她寄来了两本书，一本是《近代上海咖啡地图》，一本是《咖啡文录》，都是她编的。她花了很大的功夫，搜罗了从1895年到1949年间出版的近百种近现代报纸和期刊，从中筛选、辑录出与咖啡馆有关的资料，犹如拼图一般，拼凑出一部曾经的上海社会生活史。

都说文人爱喝咖啡，我觉得或许这是一种象征，显示出文人对于新潮的敏感和对多元文化的接纳，当然，这也是文人的腔调和情调的一种体现。虽然鲁迅说他把别人喝咖啡的时间花在了工作上，但他却不拒喝咖啡，早在北京时期，他就上过咖啡馆。1923年8月1日，他在日记里记道，与清水安三同至咖啡馆小坐。到了上海时期，鲁迅去咖啡馆的次数就更多了，仅1930年上半年，他在日记里写到过一起喝咖啡的便有李雪峰、柔石、韩侍桁等，而与左翼作家商讨筹备成立左翼作家联盟，更是多次在咖啡馆里进行的。可见，除了消遣，鲁迅是视咖啡馆为会友谈事的一个比较理想的场所的。

因此，在咖啡馆喝咖啡便打上了"文人咖啡"的印记。确实，当时在上海的文化人大多喜欢去"孵"咖啡馆，有的作家干脆在那里一边喝咖啡一边写作，此种情形延续至今。文学家、美学家张竞生说，喝咖啡的确能够帮助激发文思，所以他常为喝咖啡不够过瘾而苦恼，觉着不能长时一杯在手，也就不能神气一直迷离于脑际。学者、记者曹聚仁很有趣，说自己是个"土老儿"，爱喝茶，不太爱喝咖啡，但是，要与人谈新文艺，这就需要有一种"文艺复兴"的感觉，于是就得去咖啡馆，而且还特意选了金神父路（今瑞金二路）口的名为"文艺复兴"的咖啡馆。岂料，这家白俄人开的咖啡馆，没有文化上的启蒙景象和黎明气息，倒是有着一股向往于帝俄王朝复辟重来的陈腐味，大煞风景。我读着曹聚仁的咖啡文章，不禁莞尔。

在散文家、剧作家何为看来，咖啡馆就应是一个文艺沙龙。在他的想象中，格调高雅的咖啡馆要具备文化素质，门面装潢和内部陈设既要现代化，又要有独特的艺术趣味，"新颖柔和的灯光，非具象的壁饰，若有若无的典雅音乐，造成一种恬静闲适的氛围"，文人们可以在此休憩和相互交流。循着何为的文字，我也想象起那些创造着文学和艺术的人们，在这样的咖啡馆里是何等的优雅和惬意。但是，何为常去的有着文艺沙龙品质的咖啡馆却是简陋的。他回忆道，亚尔培路（今陕西南路）

那儿有一家赛维纳咖啡馆，设备简单，价格低廉，可异国情调为其增添了一份艺术感，所以，当时不少画家、作家和诗人在那里据有几张固定的桌子，往往从下午坐到晚上，其中尤以昆仑影业公司的电影工作者居多。那时，为了把田汉的著名话剧《丽人行》搬上银幕，他参加了电影剧本的分镜头工作，与导演陈鲤庭、郑君里，制片人夏云瑚、任宗德，主演赵丹、黄宗英、上官云珠、蓝马、沙莉，作曲家王云阶，美术家张乐平等人，几乎每天下午都在赛维纳咖啡馆喝咖啡，高谈阔论，碰撞思想火花，讨论如何将话剧改编成电影，如何使影片更好地呈现爱国主题。何为认为，这样的咖啡馆就是"文艺沙龙"。我这些天正打算去看望黄宗英，我很想问问她，喝咖啡是不是因此给她这样的明星增添了文人的气质。

我跟孙莺说，看了你编的两本书，已是咖香氤氲，为了表示我的祝贺，还是我请你喝咖啡吧，地点是多伦路上的公啡咖啡馆——这家咖啡馆可是中国左翼作家联盟诞生的摇篮，既有历史，又有文化。

2020 年 9 月

书·人

走近我自己的李劼人

原来还有"大河"三部曲

20 世纪 80 年代初，我第一次知道李劼人的名字，那时，我已经读过现代文学史上好几部"三部曲"的长篇小说了，譬如巴金的"激流"三部曲、茅盾的"蚀"三部曲、郭沫若的"漂流"三部曲，但我即使在读过李劼人的长篇小说《死水微澜》后，还不知道其实这是"大河"三部曲的第一部，之后还有《暴风雨前》和《大波》。虽说这是我的孤陋寡闻，但主流中国现代文学史教材的确鲜少有对李劼人及其"大河"三部曲的专章详述——换句话说，李劼人及其作品在现代文学史上的地位、意义和价值并没有被充分地认识。

我在读《死水微澜》的时候，有一种特别异样的感受，那便是隐隐约约地感觉到它与茅盾、巴金、郭沫若的作品有很大的不同：如果说茅盾的《幻灭》有一种沉滞，那么《死水微澜》显得有些飘逸；如果说巴金的《家》结构稳重，那么《死水微澜》有点兴致所至；如果说郭沫若的《炼狱》有贴切的现下感，那么《死水微澜》具有丰厚的史诗性。而我觉得这种不同更多地贯穿于李劼人作品中有一种无法言语甚至不可理喻的"洋气"，他写的完全是充满地域色彩的四川故事，但是，巴蜀意味的字里行间却总有西风穿行，有着别样的精致和完美。中国传统小说向来讲究故事的罗织和严谨，可《死水微澜》跳出中国传统小说重情节、重故事的框框，自由而肆意，更加注重细节，于细节中刻画人物，展现时代气氛和风土人情，颇有后来的"先锋派""新小说"的特质。

其实，这并不难解释。李劼人是最早一批赴法国留学的中国作家，很早便开始了对法国文学的研究和译介，福楼拜的代表作《包法利夫人》的第一个中译本便是他翻译的(《马丹波娃利》，中华书局，1925 年)。当然，他自己的文学创作也深受福楼拜、左拉、都德、马格利特、莫泊桑、罗曼·罗兰、蒲莱浮斯德等法国作家的影响。其实，《死水微澜》《暴风雨前》和《大波》更准确的说法不是"三部曲"，应是"大河小说"，而"大河小说"恰恰是 19 世纪中期以来法国长篇小说的重要体制，由巴尔扎克率先实践，后为众多法国作家所钟爱。"大河小说"的特点便是多卷本、长篇幅、大容量、背景广阔、宏大叙事，正如滔滔大河，一泻千里。有评论家认为，李劼人的这三部长篇小说在结构上更多借鉴了左拉的《卢贡—马卡尔家族》，看来，郭沫若称李劼人为"中国左拉之待望"也是名副其实。

我是在间隔几年后才读到《暴风雨前》和《大波》的，读完之后，自然对李劼人及其"大河"三部曲有了一个比较全面的印象，强烈地意识到作为文学大师的李劼人的存在，也强烈地意识到 20 世纪 30 年代先后问世的茅盾的《子夜》（1933 年）、巴金的《家》（1933 年）、老舍的《骆驼祥子》（1936 年）、李劼人的《死水微澜》（1936 年）等，它们以各自卓越优异的艺术风格标志着中国现代长篇小说的成熟，而倘若其中没有自成一家、影响深远的《死水微澜》，那是构不成这种成熟的完整性的。李劼人对中国历史小说传统形式做出了根本性的突破，他以崭新的结构和独特的叙述方式丰富了中国现代小说的叙事艺术，这是不可无视的。但令人遗憾的是，至今李劼人在中国现代文学史研究中仍时常缺位或错位。

《大波》竟有两个版本

《大波》是"大河"三部曲中分量最重的一部长篇小说，如同作品题目所标示的，《死水微澜》《暴风雨前》终至导向《大波》，这是一条风起云涌、浩大绵长的线索，可见作家之用心和雄心。"大河"三部曲囊括了以成都为中心的四川社会自甲午战争到辛亥革命年间的人际悲欢、思潮演进和政治风云，而《大波》则是迄今为止中国文学史上唯一一部全景式正面描写作为辛亥革命导火索的四川保路运动的长篇小说，堪称四川辛亥革命的一部宏大史诗和百科全书，这也正是李劼人对于中国文学的特殊贡献，也正是他的难以超越之处。

但是，说实话，我在阅读《大波》时，有过很大的困惑。记得早先读《死水微澜》时，虽然作品使用四川方言，描绘当地民俗风情，但并无多少地域性障碍，读起来酣畅淋漓。可《大波》作为一部历史小说，人物众多，头绪纷繁。这当然可以理解，只是相比较《死水微澜》和《暴风雨前》，我觉得它在勾勒历史线索时，对具体的历史事件过于追求详尽，以致由于叙述繁冗，造成艺术性和可读性有所弱化。有意思的是，在我有些疲倦地读完这部百万字的巨著后，忽然听闻我所读的是中华人民共和国建国后李劼人重新写过的"新版《大波》"，而非20世纪30年代的"老版《大波》"。讶异之余，我找来老版《大波》重新开卷，居然找回了原先《死水微澜》的阅读感觉。原来，老版《大波》一样地既好读又耐读，一以贯之地恰当处理了真实历史与演绎故事、真实人物与虚构人物之间的关系，将历史风云透过对社会日常生活的细致入微的描述加以表现和传达，并极其生动而出色地塑造了黄太太、蔡大嫂、伍大嫂等个性鲜明、秉性泼辣的女性形象，富于人性深度的描写与刻画令人击节赞叹。这么好的一部小说为什么要重写呢？这真让我莫名惊诧。

说起来，重写《大波》是李劼人自己做出的选择，这一选择既是自觉要求，也是迫不得已的无奈。中华人民共和国建国后，知识分子开始进行思想改造，而在 1950 年 7 月被委任为成都市人民政府第二副市长的李劼人，对于新社会充满了热情和憧憬，因此尤为努力，积极认同执政党的方针政策，真心追随人民大众。作为作家，他希望能以自己的新认识、新思想来重新审视先前的创作，并有机会重写"以赎前愆"，跟上社会主义时代的革命步伐。这是李劼人的主观方面。而客观方面，1950 年，作家出版社欲重版老版《大波》，但后来却不明原因地中止了。1954 年 5 月，该社致函李劼人，称改写后再予重版。李劼人不仅决定另起炉灶重写《大波》，甚至还决定将整个三部曲都重新修改。

　　修改工作从当年 11 月开始，前两部进行得还算比较顺利，但到《大波》时，却迟滞起来，屡改屡弃。李劼人在《关于重写〈大波〉》一文中自述："我从 1956 年 7 月下旬开始，确又第四次从头写了起来。虽然不能做到一气呵成，仍不免时作时辍，到底得了各方面不少帮助和社会督促，使我在 1957 年 5 月 5 日勉强把《大波》上卷写完了。"在该文中，李劼人还说道："问题一定很多，说要'以赎前愆'，恐怕未必！"从中，我们多少可以读出一些他的忧虑。事实上，新版《大波》第一部出版后，李劼人就听到了朋友们的批评："看完《大波》上卷，酷似看了一出编排得不大好的大戏。但见人物满台，进进出出，看不清哪是主角，哪是配角。甚至完场了，也没看见一点缓歌慢舞，令人悠然神往的片段。"也有人批评："不是戏，倒像是辛亥年四川革命的一本纪事本末。人物既缺乏血肉生气，而当时社会的真实情形也反映得不够充分。"还有的则说："小说倒是小说，只是散漫得很，结构得不好。"对于这样的批评，李劼人是虚怀若谷地接受的，而且还亲自记录了下来。不过，来自高层的意见则另当别论了。

据钟思远在《〈大波〉的重写与李劼人的"二次革命"》一文中记载，1959年初，张天翼受"组织"之托，就《大波》的创作倾向问题与李劼人谈话，指出《大波》在处理历史事件方面，尚有不明确的地方，如对辛亥革命时代各阶级各阶层的人物，缺乏具体的分析评价。在1959年第二期中国作协组联室的《情况汇报》中，还记录了两人的一次谈话，张天翼就李劼人在作品中如何表现劳动人民的力量，提出了意见。但是，李劼人对高层批评的反应却含糊无力，以致同年6月中旬，《人民文学》约他写一篇谈自己创作的文章，他回信拒绝了，甚至表示："不但目前不可能写，即今后永远也不可能。"

我一直感觉着，《大波》的重写是多么地悲壮。与其说，越到后来李劼人越是感到过去的思想观念与写作方式已经不适合现下的革命要求，不如说，他越来越清晰地认识到，如果按照革命化、英雄化标准，那他已无法理智地掌控自己小说中的任何人物。《大波》四次重写，比老版增加了四十余万字，修正了老版中对革命者身份的尤铁民的丑化性描写，青年楚用也摆脱了与其表婶黄太太的不伦情感，走到了革命大潮的前头，可见如李劼人自己所说"用了极大气力"，但在整个写作过程中，他却时常感叹"深深感到了困难"。李劼人在1962年10月27日给一位央求他代购新版《大波》的四川泸州的读者程远礼的回函中说：由于"印数太少，不敷分配。这不怪出版社和发行部门，实实由于我的作品写得很不好，更其是对于当前读者，不足起到教育作用的原故。"我感受到李劼人隐于文字后面的痛苦、不安与反思，而这内心的种种，恰恰印证了他对于文学的坚守。

这年年末的12月12日，李劼人在四川省文联听完报告，回家小憩后，又开始伏案写作，到夜半，写完《大波》第四章第五节，旋即哮喘发作，家人将其送往医院时，已经昏迷，医生诊断为高血压、心脏病。12月24日夜晚，李劼人与世长辞，享年七十二岁。在他摊开的稿笺上，最后一个字是"六"，也即《大波》的第四章第六节。李劼人终究没能重新写完《大波》，让人唏嘘慨叹。

以"这一种"方式向大师致敬

今天，李劼人已被"重新发现"，而他在现代文学史上被低估的地位也得以重新确立，这对中国文学来说是件幸事，因为我们除去翳障，看到了前方如山一般高高屹立着的坚守文学本位和文学本质的一位大师。这样的幸事当然不仅仅属于文学，也属于这个民族，因而我们应该让更多的民众知道李劼人，知道他写下的不朽名著"大河"三部曲。于是，我们选择了最具大众传播效应的电视剧，希冀以此推举李劼人这位作家及其作品，也希冀以"这一种"方式向大师致敬。

事实上，当我推进电视剧《大波》这项工作的时候，我发现在某种程度上，我们今天的创作，还会像当年的李劼人重写《大波》那样陷于困难，比如对英雄主义、历史判断的纠结，这使我在另一个层面上得以更加理解李劼人。此外，我还很尴尬地处于两难的境地：作为作家，我希望所有影视剧的改编都能坚贞不渝地忠实于原著；但是，作为制片人，我需要遵从电视剧这门艺术自身的创作规律。我最后选择打出的字幕是"本剧取材于李劼人长篇小说《暴风雨前》和《大波》"，这是比较准确也比较稳妥的。我不想掩饰因取舍而给自己带来的痛苦与不安，于是，在一个薄雾弥漫的上午，我在成都的府南河边，请教诗人、作家流沙河。已是耄耋老人的流沙河对我说："你们要大胆地进行艺术再创作，不要受原著太多的限制，根据电视剧的艺术规律办事。"一个诗人、作家，对另一种艺术形式如此豁达和宽容，让我备受鼓舞。我想，如果我们的电视剧能够因此激发起观众的兴趣，转而去阅读李劼人的小说原著，那非但算是一种阅读的公众启蒙，也是我们制作这部电视剧的根本初衷了。用上海广播电视台、上海文化广播影视集团有限公司（SMG）艺术总监、电视剧《大波》总策划陈梁的话说，我们要制作一部根据经典小说改编的经典电视剧，从而让观众通过电视剧这座桥梁回归经典小说。

电视剧《大波》是流沙河题写的片名，他说："这事是我应该做的，李先生是文学大师，我能为他做点事情，是非常荣幸的。"我想起我在《李劼人全集》第八卷中读到的李劼人1957年时写的多篇批判流沙河的名作《草木篇》的文章，从一开始的认为有错但又觉得无需小题大做，到"我已走到泥坑的边缘上了"，再到"我坚决要爬出泥坑！转变我的立场！"那调子明显地一篇比一篇高，但其中的无奈和苦涩也是很清晰的。事实上，《大波》的重写正是在这种政治斗争的高压下进行的，其压抑无疑加重了李劼人写作中的痛苦。我体悟着李劼人的痛苦，心里唯有希望这样的悲切不会再有，不再以某种场域中的空间关系和权力关系定论一个作家的文学地位，不再给文学强加超乎文学本身的任何其他因素。

2015 年 3 月

沈昌文先生的书房

沈昌文先生的书房在北京的东单附近，地处闹市，但我拐进那个胡同时，觉得应该有些年头了，六层楼房也显得陈旧，没有电梯的。沈先生的书房在二楼。据说原先是在六楼，是后来搬到二楼的。还好搬到了二楼，不然，现在已八十四岁的沈先生在六楼爬上爬下也太辛苦了，因为他是日日要去他的书房的。

那是一个独门独户的两居室，大约有六十多平方米，都被沈先生占用做他的书房了，栖居则在别处。开了门进去，方才知道，这哪里是个书房，就是一个颇具规模的图书馆，书架林立，分排列阵。沈先生的藏书让我大开眼界，正如他主持多年的《读书》杂志曾发过的一篇震动中国读书界的文章《读书无禁区》，没有领域边界，门类无所不包。他自己估摸藏书最多5000本，但依我目测，肯定不止这个数目。沈先生说，他现在最喜欢读的书有两类，一是有关希特勒的，一是有关老上海的，我听后先是有点惊讶，后来想想他真是了得，希特勒是影响了世界的人，而且至今阴魂不散，研究此人对于一个国家乃至世界的前进方向是很有意义的；至于老上海，其实也很容易理解，沈先生毕竟从小在上海长大，尽管他的母亲一直向他灌输讨厌上海人的思想，因其上海人父亲喜抽鸦片，把一个好人家抽得家道中落，可沈先生还是十分怀旧的，认为在上海二十年的生活给他的性格和思想都打上了影响一生的烙印。

沈先生没有什么正儿八经的学历，全靠自学成才。我很想看看他的早年译著，所以，他就搬来一张凳子，站了上去，踮起脚来在书架上面摸索，让我不由得心生紧张。沈先生摸出一只硬纸板盒子来，里面有一本他在 1953 年出版的译著，是介绍苏联出版情况的专业性很强的《出版物的成本核算》，这本书对他能够留在人民出版社，非但没有被"清理出革命队伍"，而且开始被提拔重用起了很大作用。还有一本是出版于 1960 年的他翻译的蔡特金的《列宁给全世界妇女的遗教》，这本书的翻译促使他对有关情感和婚姻方面的问题有了较多思考，以致后来他在担任三联书店总经理时，发掘并出版了《情爱论》这本书，轰动一时，洛阳纸贵。我自己最喜欢的当是出版于 1958 年的他翻译的季米特洛夫的《控诉法西斯》。

一个好的图书馆不仅只是藏书的，而且还应是一个资料馆和文献档案库。沈先生的书房就是这样的，里面的资料和文献档案收藏简直就是一座当代文化史的宝库。我徜徉其中，每移一小步都觉得不舍。沈先生保存了大量的剪报，年代跨越之大，分门别类之细，完全难以想象。而自从有了复印机后，他还复印了在阅读中发现的很有价值的资料，甚至是一本本的书籍，因此还传出他退休之后在原单位找了个名叫"傅小姐"的情人，天天前去幽会的段子。当然，最让我羡煞的便是非沈先生精心保存的名人手稿信札。在长达六十多年的编辑生涯中，尤其是在改革开放之后，沈先生与众多名师大家鸿雁往来，谈古论今，述及之深之广真是一笔重要的思想财富。我跟沈先生说，你不能独占其有，也该让我们大家分享才是。不想，今年夏天，沈先生还真整理出一批信函，集成《师承集》交予海豚出版社出版，他与陈翰伯、陈原、冯亦代、黄仁宇、龙应台、陆谷孙、李慎之、吕叔湘、王元化、汪子嵩、张光直、朱光潜、曾彦修等人的通信得以公开，着实令我欣喜。

　　沈先生告诉我，他书房所在的这间屋子现在市价已值两百多万，他幽幽地说："可是我的那些破书每本最多值五块钱，这么说来连十万元都不到，可是占了一个两百万块钱的房子，岂不浪费太甚。现在藏书人是买得起书，买不起房子，我也曾著文呼吁，但无人搭理。大概答复只有一个：谁让你买那么多书！"

2015 年 12 月

伦敦的"书匠夫妻"

二月的伦敦还很寒冷，我带着摄制组到迈克尔和琳达夫妇家，尽管屋里有暖气，但他们怕我们冻着，还是烧旺了壁炉。当他们用旧报纸引燃柴火的时候，我突然想到，这真是一个非常贴合他们的工作，也非常贴合我们正在拍摄的一部纪录片的主题的镜头——这便是薪火相传。

家族第三代"书匠"

迈克尔和琳达是英国伦敦声名远扬的一对"书匠夫妻"，他们采用传统的手工工艺装帧和制作的精美书籍让人惊叹不已。我最早是从对书籍装帧设计颇有研究的"书痴"杨小洲那里知道这对英伦夫妻的，他写过一本《伦敦的书店》，书中非但列有伦敦最为著名的大小书店，而且还有关于书店、书籍的众多精彩故事，故事里的那些人物则个个十分了得。结果，向来眼光前瞻而独特的海豚出版社社长、总编辑俞晓群将杨小洲招至麾下，与那些具有工匠精神、充满理想和激情的书人进行联络，开展合作，以期在精装书方面杀出一条生路，重拾纸质书的尊严。我很想将这样的合作用纪录片的方式记录下来，于是，我便带着摄制组来到伦敦，来到了闻名遐迩的"书匠夫妻"迈克尔和琳达的家中。

迈克尔和琳达的家在摄政公园附近，车子经过白金汉宫后一直往北，道路两旁林木茂盛，转过一个弯后，便见到一栋白色的楼房安静地伫立在路边。这栋房子简直就是书的宫殿，从楼下到楼上，从墙下到墙上，没有一处不是书，而且都精美无比。从底楼的厨房开了门出去，有一大片草坪，穿过花径，草坪的对面有一座平房，那是夫妇两人的工作室，里面既是资料库，又是手工作坊。

我见过的做书的人都很优雅、干净、体面，他俩也不例外，迈克尔是典型的绅士，琳达既干练又细腻，内外皆秀。迈克尔告诉我们，他们家族一直从事印刷业，到他已经是第三代了。在他二十岁的时候，父亲送给他一台印刷机，这是一台 19 世纪 50 年代的古老的、由铁铸成的十六点活字印刷机，需要手工操作才能打印东西。这是台很小的机器，但上面却装饰着一只巨鹰。迈克尔饶有兴致地摆弄着，不知不觉地便痴迷于其中了。但与上两代不同的是，迈克尔没有继续从事机械印刷业务与工程，而是转为手工复制那些极其稀罕的珍本书籍，成了一位地地道道的"书匠"，但他却认为，这是一种最好的传承。

迈克尔至今记得让他走上"书匠"之路的那一天。那是一个周日的下午，他在大英博物馆所藏的珍贵的手稿跟前流连忘返。他很想触摸一下这些堪称稀世珍宝的手稿，但他完全明白这是不可能的，大英博物馆绝对不会打开柜子，取出珍宝，让人随意翻阅。走在回家的路上，迈克尔心想，如果用他所知的印刷知识和制作工艺将这些珍本书籍复制下来，那就可在家里随心所欲地慢慢欣赏了。于是，灵感就这么产生了——用父亲给他的那些古旧的机器去复制那些古旧的书籍。他给在牛津的一位做大学校长的朋友戴维打了个电话，说他想复制古手稿，希望得到帮助。戴维听后说，牛津大学的博德利图书馆珍藏有15世纪的一部精美绝伦的《圣经》手稿，那可是世界公认的瑰宝，他愿意把博德利图书馆馆长介绍给他。

非常有缘的是，在这之前，迈克尔刚刚结识一位名叫琳达的美丽聪慧的姑娘，琳达是个知性女子，在好几个国家学习和生活过。迈克尔与博德利图书馆馆长达成约定后，邀请琳达与他一起去欣赏稀世之宝。琳达欣然应允。迈克尔和琳达都是犹太人，当他们从图书馆馆长手中接过那部抄写于1476年的希伯来文《圣经》手稿时，两人一边小心翼翼地翻看着，一边都流下了激动的泪水，他们觉得感受到了一种特殊的文化认同，找到了属于自己的精神根脉。

第一本"书匠"之作

到今年，迈克尔和琳达从事手工制作书籍已有三十七个年头了。说起他们做的第一本书，两人记忆犹新，仿若昨日。

自从在博德利图书馆看到那本希伯来文《圣经》手抄古本后，迈克尔和琳达就再也放不下心来了。他们向牛津大学提出复制这部古书的许可申请。没有想到的是，牛津大学迟迟没有回应。他们认为一定是牛津大学不信任自己，想想也是，他们那么年轻，才二十出头，尽管家族从事印刷业，但从没有过手工复制古籍的经验。于是，他们不断地向牛津大学提交书面材料，试图让校方清楚地明白他们想做什么，他们在做什么，他们能做什么。在这些材料中，有一份清单，列出了能使他们制作出有史以来最好副本的所有最优秀的出版特质，以此证明自己能出色地完成这项工作。虽然无尽的等待让他们有些沮丧，可他们知道需要有足够的耐心，或许这正是"工匠精神"的体现。最终，他们等来了许可批复，可这批复实在是姗姗来迟，他们为此已足足等了两年的时间。

一切都不是想象中的那么简单，迈克尔和琳达甚至没有意识到这将是一项浩繁的工程。尽管作为家族产业的继承者，迈克尔可说已掌握了所有的印刷技术以及所包含的书籍印制的所有步骤，但真正做起来，他和琳达还是走上了一段漫长的探索之路，因为从造纸到印刷、贴金、装订、包装……每一个方面都要重新学习、研究和超越。

那本《圣经》是手抄在羊皮纸上的，当时，羊皮纸全由手工制成，所以现在的复制当然也需要这样。这可没有难倒迈克尔和琳达，他们很快就制作出了样纸来，而且与五百多年前运用的手法如出一辙。但是，他们同样很快就发现了问题，这羊皮纸虽说十分光滑，但却很难在上面印刷——先前的手写字这次不是复写，而是得移印到羊皮纸上。因此，现今的羊皮纸要做到看上去与过去一样，但其内质已有变化。他们一而再、再而三地在实验中去发现如何精确重现一张羊皮纸的质量、声响、透明度、质感、硬度、软度，而且必须满足可以印刷。经过超出他们想象的很长时间之后，他们终于掌握了如何造纸。

造纸完成后，就得解决如何印刷了。他们想请世界上最杰出的印刷人一起来合作，于是，便将有着这本书图像的幻灯片发往全球各地的知名企业和人士，竟是一无所获，没有找到理想的合作者。或许，他们的努力在冥冥中感动了先人，那天午后，迈克尔和琳达坐在炉火边聊天，琳达抬头看向书架时，无意中发现了《意大利图记》，这是迈克尔的父亲去世前交予他的，这是一本关于意大利印刷产业的年刊。两人翻阅起来，并从中发现了一家米兰印刷公司的广告。直觉告诉两人：就是他了！他们随即寄出了信件和幻灯片。几周后，这家印刷公司的总经理路易葛打来了电话，他说他愿意去伦敦展示自己的技术。他和他的家人一起来到伦敦，并带来了他所印出的第一页的样张，他还做了一个装订的样本。迈克尔和琳达看过后欣喜之极，他们非但看到了合作者的可靠性，同时还确认了这个人和他们有着同样的热情。可是，在从博德利图书馆看完原始手稿后回程的路上，路易葛却对迈克尔说："十分抱歉，我没法做这个项目。"迈克尔问他为什么。他回答道："这本书不仅需要用到太多的黄金，而且还需要用到特殊的烫金工艺，这可太难做到了。"迈克尔听后，倒是轻松下来，他觉得自己很幸运，因为他有机械印刷工程的背景，他十分清楚要用什么机器去处理那么大量的烫金工序。显然，他的诚意和专业打动了路易葛，最后的结果是，路易葛这样告诉迈克尔："你知道吗，我要专门为你们制造出一台机器来！"

五年后，当这部有着九百页内容、十二色印刷、特制纸张、手工烫金、特殊装订的复制手稿古本书在德国法兰克福书展上推出时，引起了巨大的轰动，人们纷纷涌来光顾他们小小的摊位，所有人的评价都是"无与伦比"。

这就是迈克尔和琳达制作出版的第一部书，限量印制了550十本，花了整整五年的时间。这本书不仅让他俩收获了事业上的成功，同时还收获了爱情，两人喜结连理。迈克尔认为这本书所获得的荣誉应该属于所有有理想、有热情的"书匠"们。他告诉我说，三十七年之后，他们继续在与米兰的这家印刷公司合作——路易葛在好几年前已经去世了，现在这家年逾百岁的公司正由两位出色的后起之秀经营，他们正是来自这家公司的创始家族，他们同样怀有一颗虔诚的传承之心。

在希伯来文《圣经》手抄古本复制出版成功后，迈克尔和琳达曾经问过牛津大学，为何用两年时间才批复他们的许可申请。校方的回答是："这本书是我们最杰出的珍藏之一，而在你们申请复制许可的同时，牛津大学出版社也想进行这项工作，所以我们搁置了你们的申请，并让牛津大学出版社来研究这个项目。但他们后来得出的结论是，这项工程太困难、太昂贵，并且耗时巨大，他们无法做到。这样，我们才说，那我们就把这个许可交给迈克尔和琳达，看看他们有什么办法。"

"做手工书是做一些美好之物"

过去的三十六年中，迈克尔和琳达每做一本书，都会给自己和两个儿子各留一本，琳达说，这是有着传承的意味的。不过，对我而言，这使我有机会在他们家里欣赏到了一本本脍炙人口的手工制作的书籍。

所罗门的《雅歌》，是用手工将一千多块皮革细致地缝起来的，这样的装订可是当今最花功夫的一道工序。《藏宝图》是一本用铜制作的书。这原是一份两千多年前的手稿，刻写在一个铜盘里。那时，罗马人即将攻陷耶路撒冷的神庙，那个神庙藏有大量的珍贵宝藏，必须立刻藏起来，考虑到可能会藏很久，于是，有人便将这批珍品的名目和藏匿地点刻写在了一个铜制卷轴里，然后用锤子把大量的黄金和白银跟它敲在一起。两千多年后，《藏宝图》在约旦被发现了，但已被压成了一个铜块，考古学家们把这块铜送到了英国的曼彻斯特，分成小块后将其打开，终于读到了上面令人兴奋的文字。迈尔克和琳达受邀去做复制本。该用什么材料来制作才最好呢？他们尝试了很多材质，也尝试了很多方法，光这摸索就花费了好几年的时间。最终，他们决定仍然采用真正的铜质材料，但为了方便展读，他们将原来的卷轴平铺开来。当我面对这部用三片巨大的铜制成的书籍时，那份震撼无以言说。

我最喜欢的莫过于《死海古卷》了。《死海古卷》是一位牧羊男孩在 1947 年于死海西北基伯昆兰旷野的山洞里发现的古代文献，这些在羊皮纸上用希伯来文以及希腊文、亚兰文、纳巴提文和拉丁文手写的文献，写于公元前二三世纪到公元 70 年间，用了漫长的时光，至今依然扑朔迷离，充满无限的遐想。《死海古卷》目前在全世界已出版了多个版本，但是，迈克尔和琳达制作的版本却是独一无二的，完全是对所有发现的残篇予以重新复制。为了恢复《死海古卷》原有的面貌，他们采用了最初发现时对古卷所做的原始扫描图像。他们认为，古卷上所有的文字都是那时的人们用心写下来的，欲告诉后世之人他们的所见所闻、所思所想，这是特别感人的割不断的心灵的维系和承继，因此，必须用最上等的羊皮、最美观的书法、最极致的装帧、最考究的工艺将它们呈现出来。几百本的书，光印刷环节就用了近一年，从印刷第一页开始，琳达就站在印刷机旁盯着，每一页上如有小斑点小瑕疵，琳达都用自己的手一一处理到完美无缺。

他们总是与自己的合作者说这么一句话："做一些美好之物吧。这是我们的想法。来，谈谈你们能做的。"没有人拒绝去做一些美好之物。所以，那些被逼得整整二十四个小时不能下机的印刷者一次都没有过抱怨，因为他们同样愿意这么做，他们也想要一个确确实实的完美成果。有一次，为了选择书盒的木材，迈克尔和琳达去拜访制作特殊木材的人。在看过众多木料后，他们都摇头表示不满意。他们对他说，我们无法形容所想要的东西，只能用两个字，那就是"品质"。那人立刻明白了，说在他的另一个屋子里，有一千二百种不同的木材。于是，那扇大门被打开了，他们走了进去，看到有一个展架从地面直到屋顶，堆着令人眩目的木材，囊括了他们可以想象的所有种类和颜色。他们花了几个小时一一察看，最终选到了心仪的一款。

迈克尔和琳达具备的"工匠精神"不仅影响着他们的合作

者，事实上，那些合作者同样也是工匠精神的传承者。他们做第二本书的时候，装帧设计里有银夹子。为此，他们找到了一个欧洲的著名银铺。那个银铺的老板问他们：你们想不想见见我的男孩们？当他们走进银铺工坊时，看见那里全是六七十岁的老头，也即所谓的男孩们，他们的桌上放有一整排的旧榔头，他们就用这样的榔头敲打着，做出了迈克尔和琳达所需的看起来真的很古老的银夹子。

我直截了当地问过迈克尔和琳达："你们这样专注于手工书，那三十七年来是否硕果累累？"迈克尔看着我说："迄今我们一共出版了十五六本书，每本书平均制作三百册，也许有人会笑话我们的产量，但我们自己为此感到骄傲和喜悦。"我追问道："你们做手工书如此热情高涨，究竟出于什么原因？"迈克尔继续看着我，我看到他的眼眸像水一样的清澈。他说："根本的原因就是兴趣，就是去实现自己的理想——做出有史以来最卓越的书籍。80%对我们来说还不够好，我们需要99%，我们一直都在尽自己所能去做到最好，我们没有商业目的，从没想过如何尽可能从中去赚最多的钱，我们想得最多的是如何才能精益求精。"

琳达在回答我的提问时，她的真挚让我很是感动。她说："手工制作书籍是一件让我在情感上很依恋的事，我觉得每本书里都有很高的情感价值，我在做书的同时，也在跟古代的那些智慧而幽默的书人对话。或许有人不理解我们到底贪图什么，那就看看你们自己的中文，这种文字有着美丽的形状，看起来就是艺术品，如果我们将它制作出美丽的书来，难道不是太正常了吗，还要图别的什么呢？我之所以对手工书孜孜不倦，还因为我认为自己做出来的书籍会对文化产生影响。当然，我不认为自己是学者，但是，我们做出来的书可以让读者接触历史和文化遗产。我想，一个人知道自己的文化根源在哪里，那会获得更多前进的力量和信心。就说那本《死海古卷》吧，其实我们把它做出来并不只是满足一小部分藏书者的需求，更重要的意义在于我们的复制本与原品相比，反而是一个更好的版本，非但弥补了残破变质的古卷的遗憾，也使得古卷能以这样的方式可以更好更久地传世。你不知道，当我看到读者打开这本书，一边问这是原稿吗，我可以碰一下这本书吗，一边小心翼翼地触摸起来，我真的非常开心，这就是我所追求的。我觉得通过自己的努力，可以让这样珍贵的古籍从博物馆的柜子里走出来，去到不同的地方，去到不同的人的手里，那么，这书就有了新的生命，就可以一直传承下去了。"

那天，我从迈克尔和琳达的工作室出来，正午的阳光明媚而透亮。我坐在工作室门前的铁凳上喝了一杯浓醇的咖啡，这时，我看见"书匠夫妻"的人高马大的儿子穿过对面的草坪朝这里走来。我起身问小伙子是否会继承父母的事业，他腼腆地犹豫了一会。不过，他说，他会跟他父母一样，永远对作为人类文明发展成果的书籍满怀敬意。

2017 年 4 月

许淇，也是上海的荣光

　　九九重阳日那天的上午九点，许淇先生走了，去往高天白云深处。

　　那天，我本来是打电话去问候这位中国当代散文诗坛和画坛独领风骚的名师大家的，他远在内蒙古包头，但讲得一口地道的上海话——我与他通话向来不说普通话的，因为这样确实会感觉相距很近。完全出乎我的意料，我竟然获知的是噩耗，他刚刚离开这个生活了七十九年的世界。

　　我掐指算了一下，许淇 1956 年离开上海去包头支援边疆建设时，才十九岁，那是怎样朝气蓬勃而又热血沸腾的年龄。他是带着一个文艺青年的全部理想和赤忱挥别上海这座繁华都市，来到塞北阴山脚下的。他刚到包头时，去的是煤矿，睡的是土炕，当大自然尤其是人世间的狂风骤雨不期然也不间断地打向他的时候，事实上，他是可以转身的，但是，他却在那里坚守了六十年，从来没有后退过一步。他曾跟我说过，他不能返身而去，他是抱着上海文艺志愿者的态度去服务包头的，如果遇到困境就打退堂鼓，那会让上海人摊台的。有人说上海人圆滑，但是，许淇向世人证明了上海人有着强悍的意志和非凡的坚韧。许淇的坚守让一介上海书生在北方获得了精神的高扬、灵魂的丰饶，用他自己的话说，便是完满的生命。

对许淇来说，命中注定他是要在南北两边锻造自己的人生的。以我对他的认识，上海的氤氲给了他平稳、敏感、细致和钟灵毓秀，而北方的草原、森林、大漠、湖泊则赋予了他雄浑、苍茫、开阔和大气磅礴。许淇作品的众多评论者都不约而同地指出，他的散文诗和他的绘画都有一个鲜明的风格特征，那就是中西合璧，南北交融。

20世纪80年代初，当文学的鲜花重放时，他写下的《北方森林曲》将作为舶来品的当代散文诗提升到全新的艺术高度，让无数的读者击节赞叹。我至今还记得这样的句子："河流，遍布群山和亚细亚草原，膏腴了我们的贫瘠的北方的河流呵！河流，是森林的血脉和筋络，森林的每一朵绿色呼吸，都能吹皱你们心中螺钿般的涟漪。河流，是大地和大地的儿子纽结的脐带；人，可以脱离母体而完成自我，但大地的儿子却永远和大地紧密相连。"谁能说如此豪放、粗犷的北方的森林曲中就没有江南的温婉和细腻？谁能说这样充满激情的文字，没有在发端于域外的文学样式中深深地嵌入了我们母语的精华？

2013年夏天，许淇在上海举办了他的画展——《色与墨之和谐：许淇现代彩墨》。许淇早年就读于苏州美专，师从校长颜文梁，后来又投到刘海粟、林风眠、关良门下，有着扎实的西洋油画和中国画功底。我伫立于《斑驳的田野》和《春荫图》前，竟觉移不动步子，前者是内蒙的苍遒，后者是江南的轻盈，既传统又现代，浓墨重彩，铺天盖地，意趣横生，可以从中感受到容纳万里气象后的格外的瑰丽和丰富。说到底，这样的兼收并蓄，海纳百川，不就是典型的"海派"风度和格调吗？而许淇告诉我们，这并不仅仅只是文艺创作，甚至可以是人的品质。

今年四月，身为内蒙古作协名誉副主席、包头市文联名誉主席的许淇，刚刚获得包头文学艺术终身成就奖，他在给我的电话中说："我今朝发了个言，我讲，假使问我这一辈子写了点啥，画了点啥，那就是歌颂大地和人民。"许淇先生是包头文化界的一面旗帜，一座高峰，他是从上海走出去的，这当然也是上海的荣光，而他闪烁于中国散文诗坛和中国画坛上的熠熠星光，确实也始终是不能分割地刻着上海之名的。

2016 年 10 月

灵魂的最好的安放处

能参加徐策长篇小说《魔都》的研讨会，我真的非常开心，因为我已经期盼整整十年了。

2008年的一天，徐策约我聊天。我和徐策是老同事了，我在《上海电视》周刊与他度过了近十年的时光，他是我的顶头上司，一直在跑电影电视剧的新闻条线，我也跑这条线，但他比我做得更好更有成就。那时，我们两人都已调动了，他调到了上海广播电视台总编室，担任《传媒人报》主编，而我则调到上海广播电视台影视剧中心担任制片人。徐策跟我说，他想写一部以湖滨大楼为背景的长篇电视连续剧，这是他生活过的割舍不了的可以安放灵魂的地方。我听后，觉得作为电视剧，这是一个具有历史纵横度、具有深厚生活积淀的海派风格的上海题材，而且我相信徐策会写得很好，因为他对湖滨大楼太熟悉了。现在我们一方面缺乏上海题材，一方面又出现了不少伪上海题材，不伦不类，得不到观众的共鸣。我非常支持徐策的想法，还专门向主管台领导做了汇报，台领导说让徐策先写出几集剧本来，然后提交有关部门讨论，通过后由我进行立项。徐策便开始了他的创作。我很荣幸，成了他的第一个读者。但是，在徐策写出几集剧本，我提交相关部门后，却迟迟得不到明确的回应，我对这么一个浮躁的领域充满失望。而在细致阅读徐策的剧本后，我发现由于考虑到电视剧的种种"规定要素"，结果却将他的小说写作的天分完全给淹没了，这让我感觉非常遗憾，因为我认为徐策小说的最大特点就是他的深厚的"线描"功夫，这是需要从容不迫、娓娓道来的。而电视剧恰恰是快餐，需要的是三分钟来一个"泪点"，来一个"高潮"，这样就限制了徐策天分的发挥。我当即跟徐策建议，你不要再写电视剧了，这既会让你埋没天才，又会使你陷于没完没了的焦虑，你应该写的是不受制于他人而自己又擅长的长篇小说，这才是你灵魂的最好的安放处。令我高兴的是，徐策接受了我的建议，转而专心致志地开始长篇小说的创作。我还是很荣幸，成了他的第一个读者。我读后非常兴奋，这才是徐策，这才是我们期盼的需要的上海题材的海派风格的长篇小说，而其中宝贵的文学品质是毋庸置疑的。所以，我又向出版社推荐了这部长篇小说，同时，还建议申报上海市重大文艺创作项目。令我欣慰的是，这一切后来都成了美好的现实。我认为用"出色""杰出""优秀"来评价徐策已完成的长篇小说三部曲中的《上海霓虹》和《魔都》一点都不为过。所以，在今天，我想说的是，一个作家的自我坚守是非常重要的，唯有这样的坚守才能得到成功。

徐策是位多才多艺的作家，他的这部长篇小说之所以写得如此令人信服，得益于其中所有的细节都是如此缜密，缜密到可以真实触摸，可以呼之欲出，这当然与他对湖滨大楼的每一处角落都真切了解有关，可我觉得还与他在绘画上的素养有关。徐策具有良好的美术功底，尤其对线描深有感悟，他曾画有多种连环画习作，用的都是中国传统绘画中的线描手法，每一个细部都精确到家，所谓艺术是相通的，我想，这与他的长篇小说写得如此出色也有关系吧。

历经十年，我能见证徐策长篇小说的成功真是一件美好的事。按照徐策的计划，这是一个长篇小说三部曲，我继续热切地期盼最后一部的早日问世，同时，我希望有朝一日能够接续十年前的日子，继续这部长篇小说的电视剧的改编。事实上，不管怎样，徐策和他的长篇小说三部曲，本身就已经是一部一位作家的生活与写作的连续剧。

2018 年 3 月

程乃珊：上海 Lady

贵族人家

程乃珊典雅而富贵的气质与生俱来。

程乃珊出身于贵族人家，她的祖父程慕灏是近代中国著名金融家，二十九岁便成为中国银行副行长，并担任过中国保险公司监察人等职。当年，茅盾创作长篇小说《子夜》的时候，程慕灏曾安排他去中国银行体验生活。程慕灏的哥哥程慕颐也很了得，享有"中国细菌学之父"的美名，也是我国生物制品制造事业的开创者。他公费留学日本，学成归国后，一方面在浙江医学高等专科学校任生物学教授，一方面在上海创办"程慕颐化验所"，首创用中文填写化验报告。鲁迅先生曾在文章中提到过他生病时的各种化验都是在程慕颐化验所做的。

1946 年，程乃珊出生在上海延安中路上的一栋德式小洋房里。程乃珊的父母都是 20 世纪 40 年代的大学生，有着很好的文学、音乐和外语造诣。她父亲程学樵从中法大学生物化学系毕业后，在德资拜耳药厂任工程师；母亲潘佐君则在上海著名的贵族女校中西女中毕业后，又考入圣约翰大学教育系，女作家张爱玲、京剧大师周信芳的女儿周采芹都是她的大学同学。有这样的父母，所以程乃珊从小接受的是"淑女教育"，家风严谨，家里充满了书卷气。

程乃珊出生不久，举家迁往香港，直到20世纪50年代中期，她才随家人重返上海，定居在花园公寓。后来，程乃珊一直说，花园公寓对于她的写作影响甚大。花园公寓位于南京西路一千一百七十三弄，建于1927年，是一幢高档花园洋房公寓，原先居住的多为欧美侨民。共和国成立后，在此居住的人就比较复杂了。一向热爱文学的程乃珊喜欢观察生活和身边的邻里，并把各种各样的情节乃至细节一一记下来。当她成为作家后，她发现花园公寓真是一座"生活的富矿"，她把这里曾经有过的人和事写进她的故事，比如楼下邻居、天鹅阁咖啡馆的老板赵先生后来就成了她的小说《天鹅之死》里的人物。

程乃珊二十五岁时，与严尔纯喜结连理。严尔纯也是豪门出身，他的曾祖父严味莲是位实业家，很有气势地在法租界的福熙路（今延安中路）建了一排严公馆，如今其中的一栋是《解放日报》的办公楼，而严尔纯出生于另一栋的二楼东间。他的外祖父，上海滩赫赫有名的"颜料大王"吴同文在不远处的铜仁路上也建造过一幢楼房，至今仍让人惊叹不已。这幢被称作"绿房子"的犹如邮轮的现代主义风格的四层楼房，落成于1938年，由匈牙利建筑大师邬达克设计，因大量采用绿色面砖而得名，有"远东第一豪宅"之称，是上海第一栋设有冷暖空调和室内电梯的民宅。严尔纯在这里度过很长的岁月，他将自己的家族故事讲给程乃珊听。后来，程乃珊据此为原型写成了代表作《蓝屋》，轰动一时。

"穷街"教师

1965年，程乃珊从上海教育学院毕业后，被分配到杨浦区惠民中学担任英语教师。那时的惠民中学被包围在一片棚户区里，街弄狭窄，房屋简陋，一到下雨便水漫金山。出太阳的时候，门口放了一排开了盖的木制马桶，那是对面弄堂里的住家洗涮完后拎出来晒干的。这与程乃珊自己居住的静安区差别甚大，仿佛是两个部落。但是，过惯了精致生活的程乃珊并无怨言，每天从"上只角"的静安寺那里坐公交车，经过一个多小时的两次换乘，来到"下只角"的学校，由此开始了她长达近二十年的在上海两种不同生活环境的跨越。

这段教师生涯对程乃珊来说十分重要，使她不仅深刻认知了上海底层百姓的生活状态，也重新定义了市井生活的宽广界域。尽管学校周边的物质生活和精神生活都很贫乏，但学生们的朴实、勤奋、知恩图报，给她留下了深刻的印象。多年以后，她写下了另一部名作《穷街》，真切、细腻、传神地描写了身处"穷街"的人们的喜怒哀乐，引起极大的反响。

1979 年，还在惠民中学教书的程乃珊在《上海文学》当年第七期上发表了处女作《妈妈教唱的歌》。程乃珊一直认为是受母亲潜移默化的影响，才使她跨出了文学创作的第一步。她母亲也是一位中学教师，同样教授英语。所以，程乃珊说：我和母亲的人生经历是息息相关的。

程乃珊的创作从此一发而不可收，勤勉的写作让她收获丰满，《丁香别墅》《女儿经》《调音》《签证》《山青青水粼粼》……每部作品都激发了读者的强烈共鸣，使她成为上海几乎家喻户晓的女作家。这些作品以一无矫饰的笔触、清新隽永的情调、女性特有的敏感和对生活细致入微的观察，逼真地再现了上海市民的生活，对人与人之间的复杂关系、生活方式，以及他们的命运和理想刻画得尤为生动精彩，而其中也蕴含了程乃珊多年来的教师生涯的感受和思索。

1983 年，程乃珊成了上海市作家协会的专业作家。正当她的文学创作一路顺畅之时，她却做出了一个让人意想不到的决定，毅然告别上海幸福温馨的家庭和安定舒适的生活，只身重回度过童年时代的香港，帮助祖父程慕灏整理家族史资料。她这样回答人们的不解："我的祖父快九十岁了，他的一生就是一部历史，也是一部多卷集的长篇小说，我要帮他整理出来，也要好好地写出来。"

这一去，就是十二年。在香港，程乃珊以她祖父当年一无所有地从浙江桐乡乡下到上海闯荡的精神，努力打拼，同样开拓出一片新的天地。1993 年 3 月，程乃珊以她祖父为原型创作的长篇小说《金融家》出版，小说中的主人公祝景臣一贫如洗闯入上海滩，几度春秋，历经坎坷，终于成为显赫的银行界巨头。

上海书写

2000 年，返回上海之后，程乃珊以一种强烈的责任感和使命感专心于"上海故事"的书写，用非虚构的纪实文体，既深入老上海往昔，也叙述当下的现实，通过日常琐事和生活细节，折射出上海滩的人情风俗和社会心理，记录下百年来上海的发展历程和其间的珍贵的历史记忆。程乃珊的"上海书写"是富有理想和情怀的，她娓娓道来的所有的上海传奇，不只是追怀逝去的过往，还着眼于历史的链接和文化的传承，她希冀通过自己的作品，让读者都浸润于上海独特而丰厚的文化之中，并将包容并蓄、海纳百川、积极向上、努力进取的海派精神发扬光大。

短短几年间，《上海 Lady》《上海探戈》《上海素描》《上海 Fashion》《上海罗曼史》《上海 Taste》《海上萨克斯风》等等纪实类著作接连问世，程乃珊也因此获得了"上海 Lady"的美誉。她的写作非常严谨，每个细节都要反复核实；她穿梭于上海的大街小巷，采访昔日的名媛绅士、豪门望族；她热心于有关老上海的各种活动，打捞出许多已经被人遗忘的前尘往事，诸如20 世纪 20 年代电影明星李霞卿，在事业巅峰期转行成了中国最早的女飞行员，最终魂归蓝天的事迹。

程乃珊端庄、典雅、知性，同时也幽默、风趣、热闹，她的明朗的笑声总是能够打动人、感染人，她的洞察力和亲和力总是能将人们聚拢到一起。于是，程乃珊和她的"上海书写"俨然成为上海滩一道亮丽而独特的风景，人们越来越感受到她的上海书写的不可替代性以及认识价值和意义所在。

2011 年年末，就在程乃珊着手写作经过多年精心构思的以自己家族为背景的长篇小说《好人家》的时候，突然罹患白血病，但即使在极其痛苦的化疗期间，她依然笔耕不辍，她说"一天不写东西，这一天就白活了"。她在《上海文学》新开设了专栏"天鹅阁"，在《解放日报》文艺副刊"朝花"新开设了专栏"什锦糖"，她以与时间赛跑的精神，继续她的上海书写。在她与病魔抗争的十六个月里，她以惊人的意志、毅力和勇气完成了 18 万字的创作，一支笔一直写到了生命的最后时刻。

2013 年 4 月 22 日，程乃珊与世长辞，享年六十七岁，纸上的"上海探戈"戛然而止，让无数读者唏嘘不已。

程乃珊爱过，并且理解上海这座城市，并将自己最美好的文字留给了所有热爱、憧憬上海的人。她是名副其实的上海Lady，上海的优秀女儿。

2018 年 5 月

用脚走出来的作品

——《权力清单：三十六条》创作札记

一

我的长篇报告文学《权力清单：三十六条》今年9月正式出版后，引起了广泛的社会反响，这对一个写作者来说当然是欣慰的。许多人不解地问我，你这次怎么会去写一个关于农村改革的题材，说实话，我自己先前也是完全没有想到过的。

我一直生活在大都市，与许多人一样，说起农村来好像什么都知道似的，其实都非常肤浅，似是而非，可以说对农村这个中国最为辽阔、最为深沉的基础层面相当陌生，说穿了，我们并不清楚乡村的真实面貌，不清楚农民们在想些什么，做些什么。我们很容易随大流地加入对现代化进程中乡村失落的合唱挽歌，很容易情绪化地加入对于发生在乡村里的各种阴暗、腐败、落后和愚昧的众声指斥，可其实这都是些"蜻蜓点水"，在我们的内心深处，根本就与农村相隔遥远，甚至事不关己。

二

那是 2016 年初，我任职的上海广播电视台的一位部门领导跟我说，他的复旦大学新闻学硕士研究生的学长，现在担任浙江省宁海县纪委书记的李贵军，从 2014 年起，在当地县委的决策和支持下，带领纪委干部们在宁海乡村推行一项限制村干部小微权力的制度改革，受到村民们的真心拥护，村子里的政治文明有了显著的提升。部门领导建议我可去实地考察一下，搜集些素材，看看能否进行文艺创作。

我即与宁海县纪委作了联系，他们给我快递来了《宁海县村级权力清单三十六条》。这是一本巴掌大的可以装进口袋的薄薄的小册子，一共只有三十二页，却涵盖了重大事项决策、项目招投标管理、资产资源处置等村级公共管理事项方面的十九条权力，以及村民宅基地审批、困难补助申请、土地征用款分配等村级便民服务事项方面的十七条权力，并且每一项都有详尽的一目了然的权力运行流程图。一句话，村干部哪些该做，哪些不该做，该做的怎么做，一清二楚。仔细地读完这份权力清单，我心情很是亢奋，虽说窗外天色阴沉，雾霾深重，但我内心觉得一片清澄。或许是出于我的新闻记者和作家的敏感，或许是出于内心深处的一份责任感和使命感，拿着这本轻薄的小册子，我却感受到它的千钧重量。我决定亲自前往宁海县探个究竟，做个田野调查，因为我强烈地意识到，如果宁海县这项工作真的得到有效开展并取得实质性成果，那其意义可以毫不夸张地说会影响到整个中国社会未来行进的方向。

临去宁海前，我告诉几位朋友，我说，那个《三十六条》是一份权力清单，有了这份清单，那便真正做到了还权于民，权为民所用，村干部的权力因制度而被规范和制约，再也不能为所欲为了，一切涉及权力的运作完全公开透明，都受到村民瞪大眼睛的监督，不能自说自话，不能暗箱操作，而可以真正行使参与决策、监督的权力，使村民们得以扬眉吐气。他们听我说后，一个个都给了我笑倒的表情包，认为这是"天方夜谭"。我明白，我说的没有人相信，而事实上，我自己也将信将疑。

三

我开始了在宁海乡村的田野调查，我要用自己的眼睛去探察，去审视，去判析。

这一去便是一年半载。

当我踏遍了宁海所有的乡镇，并在几个村子里长期蹲点后，我有两个重要的发现：

第一，我发现自己对中国农村的现况知之甚少。乡村里的阴暗、腐败、落后和愚昧固然是客观的存在，但这不是今天中国农村的全部，我们对于农村的探知至少应是多侧面、多角度、多方位的，不然就会一叶障目，就会忽视很多极其重要的东西，甚至因无知、不解而导致哪怕是一点星火的熄灭。

中国农村地域广阔，所以笼统地说农村问题至少是不全面、不完整的，而事实上正是不同的板块才构成了当今中国农村的完整版图，每一个板块都各具特性，观照不同，可又紧密联系，互相影响。就宁海县来说，它位于东部沿海发达地区，乡村在总体上较早地摆脱了贫困，长居全国百强县行列。那富裕起来的农民又有什么新的追求呢？如果我不去宁海，不深入乡村，我是不可能知道，更不可能相信宁海的农民今天已在追求更高的精神层面的东西，在做着一件足以影响这个国家未来的事情——建设新的基层政治文明生态，有效施行法律规定的民主选举、民主决策、民主管理和民主监督，实现"为民作主"到人民群众"当家作主"的根本转型。

第二，我发现自己潜意识里是将农村和城市相隔离的，所以尽管自己生活中的日常吃用都与农村息息相关，每天都与进城的农民摩肩接踵，但内心是轻视农村和农民的，并不知道广袤的农村田野其实与高耸的城市大厦具有同等的价值，不知道农村存在的问题与城市存在的问题在本质上是一样的，不知道农村是关乎全局的根本所在，农村兴才是整个国家兴的可靠保证。总而言之，我们并没有太大的视域，并没有太大的情怀。

今天，宁海农民的追求事实上正代表着全中国人民的追求，人民群众对美好生活的向往的一个尤为重要的度量，那便是尊严，物质上不为贫穷拮据而折腰，精神上不为主人翁地位的缺损而抬不起头来。虽然《三十六条》目前还是一份村级小微权力清单，是在农村的村庄里面实施的，但是，我们同时也看到了这样的改革已经破题，而且已经或正在形成社会共识。尽管前方尚有一条很长的路要走，不过，如果说这条漫长的道路起始于村庄，谁又能说不会由此出发而迈向更多的地方、更远的前方，因为广袤的农村是中国最为基础的原点。星星之火，可以燎原，政治文明的建设、民主与法治的建设、新的政治生态的建设，岂止只是一个村子。通过规则来公正处事，通过正义来凝聚人心，这是一个现代化国家的必然要求。

这样的发现对我自己来说，无疑是备受震撼的，同时也是备受振奋的。创作的激情和灵感被激发了，我决定将自己的所见所闻所思用笔记录下来，于是，一部非虚构长篇报告文学的架构逐渐地清晰起来。

要是我这次没有去农村，没有下基层，那这些发现是不太可能的。确实，这样地深入生活，使我有可能将对都市的关注延伸到对乡村的关注，使我有可能将写作题材拓展到一个从未涉足过的新的领域，从而让我得以打通对城市和乡村的全面观照、认识和理解，让我得以将关注现实生活、关注普通百姓、关注民族和国家的命运落到实处。对一个作家来说，能够借此打开视野，打开胸怀，没有比这更有价值和意义的了。

我在宁海下生活时，以一个普通村民的姿态走家串户，常常坐在田头、屋檐下、大祠堂里与村干部和村民聊家常，倾心交谈，乃至直接参与到村务工作中。如果不是这样，那是无法与他们做朋友，取得他们的信任的，也就可能听不到或看不到最真实的情况。

我和湖头村时任村主任葛更槐常常促膝谈心，所以从他那里直接了解到《三十六条》给村干部所带来的体验和感受，以及所导致的深刻变化。

四十多岁的葛更槐，多年来一直在外闯荡，但他在2013年12月回到村里，来竞选村长了。他很坦诚地告诉我，他的竞选动机一是为族人长脸面，二是为朋友谋利益，他不否认一开始的时候自己是夹杂着私念的。他说他的一些朋友希望他当村主任后，把一些基建项目给到他们，而他也可从中谋些个人利益。所以，他上任后的第一件事就是想把综合楼这个380万元的工程项目给拿下来。但令他没有想到的是，2014年2月，《三十六条》施行了。根据新的制度，所有的工程项目根本不可能由村主任一个人说了算，不要说村干部，每一个村民都拿着《三十六条》的小册子，一一对照着，谁都休想走歪一步。按照这份权力清单，整个流程必须经过这些环节：首先要过"五议决策法"这一关，也即由村党组织提议，接着两委联席会议商议，后交党员大会审议，村民代表会议决议，公示三天，两委会组织实施，完成之后还需要村民评议；所有的预决算、监理、公开招投标都得交由县镇公共资源管理机构委托第三方进行；组建村专项工程管理小组对工程实施全程监管；财务公开，账目层层审核后通过乡镇"三资"管理服务中心进行转帐支付；而每一个环节都必须进行公示。葛更槐觉得每走一步，他手上的那个村主任的权力就给削掉一层，直至最后他清楚地看到事实上他已没有什么权力了。这个变化完全出乎葛更槐的意料，整个执行过程对他来说非常痛苦，他为此沮丧过，甚至愤怒过，但他最后获得了凤凰涅槃般的浴火重生。后来，葛更槐拿着《三十六条》走进村民家，他说："现在你们放心了吧，以前那种村干部私底下叫人来做工程的事，现在根本行不通了，招投标统统公开，每一分钱的去向你们统统掌握。"他还拿着《三十六条》对他的那些朋友们说："你们看，这清单里规定得清清楚楚，不是我一个人可以说了算的，我做不了主了，想帮你也帮不上。"办事一透明，村民们的疑虑消除了，朋友们也不再来为难了，葛更槐得到了村民的信任和支持，综合楼顺利地建起来了。当然，此时的葛更槐精神境界已经不一样了，他跟我说：《三十六条》让村干部办事有章可循，村民监督也有据可查，样样都公开透明了，我们想腐败也腐败不了。一句话，这就是还干部一个清白，给群众一个明白。"

五

这样一部非虚构的作品，其主题很容易在写作中流于空泛、虚浮，流于文件式或者报告式的枯燥乏味，所以，我特别注重和强调其文学性。因为文学发展至今，就写作而言，无论打什么旗号，不管是最为传统的还是所谓先锋的，文本可以五花八门，炫技可以随心所欲，但细节却永远是不可或缺的。我认为，这部报告文学，如果文本自身能够站得住脚，能够吸引、打动、感染读者，能够成为一个范例而被重视、传播，甚至得到推广，这就得依靠事实，而事实有赖于真实的细节，只有真实的细节才有说服力，才有力量。

但细节的获得唯有依靠扎实和深入的调查和采访。如同村干部一样，我也很想了解《三十六条》的施行给普通村民带来了什么，而这最好就是让细节来说话，可若是不潜心沉入生活，我是不可能占有那些无法任意想象和杜撰的细节的。

我在书中用一个章节详细地写了一位执着地要求"政治待遇"的大陈村村民陈先良。陈先良是位七十多岁的退休中学老师，虽说他还是个党员，但他认为从前在课堂上讲人民群众当家作主，其实自己也不相信。因为在村子里老百姓根本没有话语权，村里决策、监督的"政治待遇"向来不曾有过，村干部说了算已经成了"天经地义"，久而久之，村民也便"习以为常"，自动弃置了"主人"的地位。但《三十六条》实施后，他觉得可以理直气壮地要求这份"政治待遇"了。以前村里一百亩海塘的招标都是暗箱操作，由谁承包、承包年限、承包费用，村民们一概不知，一切都是村干部说了算的，最低的时候，这一百亩海塘一年的承包费只有每亩80元。现在，已将《三十六条》背了个滚瓜烂熟的陈先良和村民们把项目招标的所有程序都摸得一清二楚，因此，每一个步骤按规定公示时，他们都一一监督，一一追问，不留一点疑惑。他们凭什么可以这样做？就是因为《三十六条》赋予了每一个村民都有参与决策和监督的资格和权力。整个招标过程透明得如同清水，什么都放在了台面上，清清楚楚，如果有人胆大妄为，想在其中做些手脚，那真是连门都没有，稍有风吹草动，就会被村民像剥洋葱一般层层盘疑。2014年，大陈村一百亩海塘的招标最后以每亩3558元落下帷幕，这笔收益完全归村民所有，到时候会公开帐目，并打入他们的银行卡中。现在的陈先良一改往昔的压抑，心情舒畅，每个月的第一个星期二早上，都会穿上他最正式的衣服，一丝不苟地扣好所有的纽扣，到村里的祠堂去过党的组织生活。

我写这些细节时，心里是充满感触的，因为我能切身地体会到陈先良对我说的话，"现在我感到了从未有过的做人的尊严，重新发现了自己在村里的主人翁的地位。"

六

这次深入生活，让我从未如此真切地感受到"日新月异"的人民群众的"火热的现实生活"——其实，回到上海后，在半年多的写作时间里，我还是持续不断地做着采访，而且数次返回宁海。为什么会这样，就是因为《三十六条》的制度创新实践不断地在发展，在变化，在更新。的确，田野调查式的采访与写作，是一个动态的过程，这非但与当今社会生活所呈现的快速变化的频率和速度相一致，而且也表现出作家自身思想和认识的不断推进和纵深化。对于报告文学写作来说，这显然是带有挑战性的难度的，因为人们可以直接从你的作品中看出你是否勤勉，是否深入，是否怀有理想、情怀和悲悯，是否一直走在路上并且思考和探索。

事实上，随着我下生活的越加深入，我认为坚持以人民为中心的创作导向，热情讴歌人民群众富于历史创造性的事业，写出具有时代精神的文学作品，并不是大话、空话和套话，而是作家们应该自觉践行的。关心社会的变革，发现当下中国最基础层面的内在肌理，如蝴蝶扇动翅膀般牵系起新时代中国的发展，应当是作家的责任。我甚至认为，当我在宁海完成这项考察的时侯，我应该成为被当地认可的一个"宁海人"。

下生活越是深入，越能和当地的人民群众心思相连。那天，我一走进湖头村就感觉不对劲，空气里有一股难闻的臭味。原来，这些天下雨，村里才铺设的污水管道却排污不畅，导致几处窨井污水满溢。不可思议的是，工程承包单位却要村里在工程验收合格单上签字。当然，这被村民们拒绝了。有人受请托来给村主任葛更槐送礼，葛更槐说，你们拿回去，你们甭想买通我，我可要在村里呆一辈子的，我不想因此永远被村民们指指戳戳。可那家承包单位整改措施都没好好落实，却又拿着工程验收合格单催促村里签字了。葛更槐依然理直气壮地予以拒绝，而有主人翁意识，有真实话语权的村民们则心齐一致地站在他一边。我与他们一处处地去踏勘，每一个有质量问题的地方都细致地记录下来，然后，和村民代表们一起去向有关部门反映情况。很快，局面开始扭转。做这些事情的时候，我觉得自己已与村民们融为一体了。我回到上海后，有一天，忽然收到一份快递，打开之后，既惊讶也很惊喜，那是湖头村颁发给我的荣誉村民证书，这在我所获得的荣誉中是最特别的，也是我最珍惜的。

令我欣慰的是，就在我深入生活进行调研和写作的这段时间里，《三十六条》这个"宁海经验"得到了越来越广泛的认同，被认为是提供了中国社会基层民主政治的理想样本，为依法治国、实现基层治理现代化树立了典范。"宁海经验"也得到了中央领导的高度关注。2016 年 6 月，《宁海县村级权力清单三十六条》被国家民政部授予"2015 年度中国社区治理十大创新成果"；2017 年年初，《宁海县村级权力清单三十六条》送达中央全面深化改革领导小组，4 月，《宁波市推进农村"小微权力"清单制度》被列入中央改革情况交流通报。2018 年 2 月 4 日，改革开放以来第二十个、新世纪以来第十五个指导"三农"工作的中央一号文件发布，这份题为《中共中央 国务院关于实施乡村振兴战略的意见》的文件，对实施乡村振兴战略进行了全面部署，是谋划新时代乡村振兴的重要顶层设计，而宁海县首创的给村级小微权力拉清单的工作被写进了这份文件。文件确定，推行村级小微权力清单制度，加大基层小微权力腐败惩处力度。我觉得自己当初选择采写这个题材，的确是与时代、与人民群众相呼应的。

说起来，《权力清单：三十六条》这部报告文学真的是生活给予我的馈赠，没有去乡村深入生活，就没有这部我自己的"中国叙述"，这是步出书斋，用脚在大地上走出来的一部作品。"增强脚力、眼力、脑力、笔力""深入生活、扎根人民，力戒浮躁、潜心创作"，不仅是时代对作家提出的要求，也应成为作家的自觉认识和追求。

2020 年，我国农村将终结贫困。在我看来，其实，贫困不仅仅只是物质层面的，也是精神层面的，精神的脱贫与物质的脱贫应相向而行，可能这更为艰难，更为深远，也更有意义。可以想见，物质生活上脱贫后的农民必将有精神上的期待和追求，他们在民主、法治、公平、正义、安全、环境等方面的要求日益增长，对此，任何低估都是危险的，人民群众对美好生活的向往只会不断地攀升、丰沛，不会止步于温饱的解决，如果精神上的期待和追求不能满足，那么，物质生活的返贫也不是危言耸听。2020 年就在触手可及的前方，因此，前瞻性的精神层面的开拓和提升已时不可待。我真诚地希望人们能通过我的这部作品，感受到当代中国农村正发生着的动人心魄的变革，感受到当代中国农民最为热诚、最为深切、最为努力的追求和奋斗，并从中与我一样看到闪烁于人类高地的文明之光、理想之光、希望之光。

2018 年 10 月

王云五的壮游人生

　　我觉得没有人比俞晓群更适合来写《中国出版家王云五》这部书了，因为作为出版家，他是王云五出版思想的传承者，也是王云五出版实践的追随者。俞晓群每回与我谈他钟爱的出版事业，总是离不开王云五的话题，我真切感受到他对王云五的认识是深刻的，而王云五对他的影响也是巨大的。正因为这样，他所撰写的《中国出版家王云五》（人民出版社 2018 年 3 月出版，以下简称《王云五》）一书是翔实而可靠的。

　　王云五曾经这样说过："人生如斯，好像一次壮游。"他长长的九十二年的人生的确是非常壮阔的，在中国现代史上留下了无数的脚印，而他对中国文化生态的建构，对中国出版事业的推进更是鲜有比肩者。《王云五》侧重于展现作为大出版家的王云五的"壮游人生"，因而通过此书，我们可以了解到这位从来没有拿过什么文凭的人，是如何通过几乎长达一生的艰辛努力，而使商务印书馆这家享誉世界的老字号的中国出版机构建树着不衰的伟业。

俞晓群没有走常规的传记路数，而是凭借他对王云五多年的扎实研究，从自学生涯、出版事业、教育经历、笔墨一生、人际交往、基金会建设、在台出版等多个方面入手，不仅独辟蹊径地展示了王云五的整体形象，同时也表现出了他自己的写作智慧。由于我之前曾参与筹拍一部商务印书馆题材的长篇电视剧，所以希望用更多的细节来展现王云五自1921年进入商务印书馆之后所做的工作，但所获甚微，细节薄弱。而《王云五》恰恰弥补了这一些，对王云五在担任商务印书馆编译所所长、商务印书馆总经理期间，坚持以"教育普及，学术独立"为出版方针，改革商务印书馆机构组织，引进科学管理方法，以平民化的出版视角、商业化的经营手段，带领商务印书馆渡过"三次危机"，创编出版"各科小丛书""万有文库""中国文化史丛书""大学丛书""小学生文库""中学生文库"等系列丛书，及《丛书集成初编》《四库全书珍本初编》等等，都提供了精细、精准、精要的史料，使得我脑海里的王云五鲜活而生动。

俞晓群在书中描述的王云五抗战时期在重庆面对各种艰难险阻，依然坚韧不拔地继续出版图书的事迹，我读后特别感动。那时，日军飞机常来轰炸，人心惶惶，战时各种物资也十分匮乏，资金紧缺，但就是在这样的情况下，王云五苦撑危局，在1942年4月宣布重庆商务印书馆日出新书一种，为苦难的中国提供书本，以提振士气和国民文化素养，鼓舞民众的抗战勇气和信心。王云五先后推出了"战时常识丛书""抗战小丛书""抗战丛刊""战时经济丛书""大时代文艺丛书"等，同时还创编中小学生战时补充教材。正如他在《自撰年谱手稿》中所说："我认为中小学生对于战时，实有必要获得的基本知识，而非平时编印之教材所具有的。因此我为商务印书馆另编中学及小学战时补充教材，以供各校之选择讲授，以期适应现实。"从中我们可以得窥王云五的远见卓识和襟怀抱负，他明白抗战的精神力量和未来民族振兴的希望更在文化，更在青少年；同时，我们也得以认识到所谓的"时势造英雄"，这个时代的商务印书馆，确实需要一位像王云五这样的人——一位知识广博、意志坚定、永不言败、充满责任心、充满奋斗精神的人，带领他们走过未来遍地荆棘的旅途。

显然，出版是《王云五》这本书的主旨论题，俞晓群用四个专章深入介绍和讨论了王云五对于中国现代出版事业所作出的贡献。其中，用整整一章的篇幅讲述王云五的"出版简历"。王云五是一位喜欢跨界、喜欢改变生活现状的人，所以书中详细地考察他在出版领域中忽而任职、忽而辞职的故事，非常有趣且耐人寻味。接着，用三个专章逐一讲述王云五的文化理想、选题思想和经营理念，在相同的时间段里，根据不同的主题，分别剖析了王云五的心路历程，三条线都力争细致入微，然后再将它们综合起来，使王云五的出版生涯跃然纸上。我对王云五于 1964 年 7 月以七十七岁高龄出任台湾商务印书馆董事长后，在出版选题建设方面再现高峰颇感兴趣。先前，由于两岸长期隔绝，我们对王云五在台出版方面的史实知之不多，而《王云五》一书则悉心勾勒了王云五的那一段经历，读来很是新鲜。王云五曾以《编著书籍当激动潮流不宜追逐潮流》一文阐述了自己的选题思想，并说"我认为一个出版家能够推进与否，视其有无创造性的出版物。"正是坚持创造性，坚持要引领潮流而不追波逐流，使台湾商务印书馆成就了"人人文库""各科研究小丛书""国学基本丛书""新科学文库"等系列丛书，及《古书今注今译》《云五社会科学大辞典》等多种富有创造性的出版物，而这些都是由王云五亲自点题、策划、创编的。事实上，我以为，王云五的选题思想及其实践对于当下的出版业仍是极具价值的。

胡适曾称王云五是"有脚的百科全书"。我觉得所谓"有脚"，指的是王云五在实践中不断地丰富和拓展自己的知识储量，他原本已经学识渊博，但他完全不是死读书、读死书的人，他将知识实实在在地运用到了实践之中，再从实践中汲取更多的知识，这是真正意义上朝前行走着的"学习人生"，他由此构建了自己的生活方式。俞晓群在书中用专节叙述了王云五的自学方法，其中"读书与研究"相当有意思。王云五将"真读书"的人根据培根的分析，分为蚂蚁类、蜘蛛类和蜜蜂类三种。蚂蚁会外出采集，蜘蛛会结网等待，而其中最高境界者当属蜜蜂，它既能外出采集，又会内在加工，所以他认为求学的目的不仅在于认真读书，还要学会自发的思考，即求知与研究并重。王云五自学习惯的养成和自学方法的建立，我以为对于今天的年轻人也会很有启发的。

我在阅读《王云五》一书的过程中，不断地感受到俞晓群贯穿全书的对王云五的特别的理解和充分的认识。俞晓群在本书《后记》中写道："我是被王云五先生热爱出版与文化的智慧、责任与勇气折服了，从此产生了学习与追随王云五先生的强烈愿望。"确实，正是受到王云五的启迪，俞晓群在辽宁教育出版社社长任上时，主持出版了"新世纪万有文库""国学丛书""书趣文丛""万象书坊"等风靡一时的书籍，引领出版潮流，倡设书香社会。而我相信，当他写作《王云五》这部书时，回溯王云五那壮游人生，冥冥之中，他会与这位属于国家与民族的优秀的文化精英有着超越时空的心灵呼应。

2018 年 10 月

王智量：一路坎坷后抵达的安宁

前些天，我和朋友王琪一起去华师大一村，探望九十高龄的著名翻译家王智量先生。那日，天高气爽，流动的白云将都市的喧嚣推远了许多，在我一个台阶一个台阶地攀爬智量先生所居住的那幢没有电梯的老公寓时，我想，一个人需要走过多少的坎坷之路后，才能终于看到平坦。在我到达位于四楼的智量先生的寓所时，我不禁吁了口气：我们一直念兹在兹的一份安宁是多么地来之不易。

斗室亦生辉

智量先生的寓所有三间房间，以前他每天待得时间最久的是他的书房。他一直是个"读书狂"，他的许多藏书的背后可以说出一段故事来，而他那些脍炙人口的译著以及原创小说也多是在书房里写就的。可是，现在，他去得最多的不是书房，而是那间会客室。会客室朝北，是三间房间里最小的一间，真真确确的"斗室"，所有的空间全部都被填满，仿佛都少有落脚的地方了。但是，智量先生如今喜欢在这里休憩，或是坐在桌子前，或是仰靠在沙发上。他在这里看看书，写写字，望望窗外。在我看来，他这样的移步，其实是他的人生状态的转变，他已从繁忙的工作转到了安宁的休闲。而小小的空间是给人以包容感和安定感的。

此刻，智量先生坐在长沙发上，我则坐在他的对面。我的椅子旁边是张桌子，桌上除了书和什物，还放了整整两排各种各样的瓶子。见我有些诧异，智量先生告诉我说，那是二十来种"补品"，每天都要吃的。这是他妻子给他配好了的，他绝对相信他的妻子。

智量先生称他的妻子为"吴妹娟老师"。在我们与智量先生交谈间，吴老师也过来坐下了。前不久，她出去买东西时，不慎被电动车撞了一下，受了点伤，所以她一边按揉着还在疼痛的臂膀，一边说，前一阵，智量先生听从医生的话，去医院住了一段时间，可她却不以为然，认为其实不用住院，而且智量先生住院后反倒还瘦了，气色也没以前好，因此，她决定由自己来对智量先生进行健康调理。吴老师说这话的时候，智量先生在一边不断地笑着点头，表示认可。他真的精神矍铄，脸色红润且富有光泽，让人感受到生命的饱满。只是他指着自己的牙齿说，你们看，我的牙齿很整齐吧，可其实一个都不是真的，都是假牙，我现在硬的东西吃不了，不过，这些"补品"倒是全可以吞下的。

以前，我曾看到过一张照片，照片上的智量先生在盛夏天里，只穿着一件背心，坐在书桌前，一手拿着脱下的近视眼镜，一手在翻书页看书，书桌上有书、电脑、台灯、笔筒、台历架……但是没有那些"补品"。那时的智量先生结束"无业游民"的落魄生活，去华东师范大学从教后，想必为了把过去落下的时间给抢回来，所以每晚都挑灯夜战，在短短的几年时间里，他的创作达到了巅峰状态，著（译）作等身。显然，现在的智量先生已经进入从容不迫的境界，他开始享受迟来太久的安定生活了。

小小的斗室里，最显眼的莫过于墙上挂满的绘画和书法作品了。这些作品都是智量先生自己创作的。事实上，智量先生出生于书香门第，从小就开始学习棋琴书画。他祖籍是江苏江宁，但1928年出生在陕西汉中。他的祖父王世镗是位名震遐迩的书法家，于右任曾称其为师，并邀其携家眷赴南京任职。智量先生的母亲毕业于上海圣约翰大学，父亲也是那一代的知识分子，所以，他受到艺术的熏陶是极自然的事。我很喜欢他画的葡萄，疏朗大气，墨绿色的枝叶覆盖下，已经成熟的紫葡萄一串串地突破羁绊，如瀑布般直泻而下，蔚为壮观。我想，智量先生笔下那些葡萄如此奔放、欢腾，是不是象征着他自己苦尽甜来的生活？我环顾智量先生小小的会客室，被那份恬静安然所感染。

笑容真灿烂

今年夏天，智量先生受节目主持人董卿邀请做了中央电视台《朗读者》节目的嘉宾，他历经坎坷不改初心，精益求精地翻译普希金《叶甫盖尼·奥涅金》的人生故事，深深地打动了无数的观众。节目中，他给人留下的最深印象是他脸上孩子一般的纯真笑容，即便谈起以往的苦难时光，也满是轻松的语调。有观众赞叹说："经历过人生大喜大悲的老先生，眉目间却满是祥和与天真，就像是在痛苦中开出的花朵，因为苦难的浇灌，而格外坚韧。"

智量先生没有任何的刻意，他的笑容是发自内心的，这堪称天真的笑容，在他清澈眼光的沐浴下，显得无比灿烂。我不知道一个人究竟要达到怎样的境地，才能在笑容里抹去所有的悲伤和痛苦。

智量先生说起了一段往事。那是 1960 年冬天，他从甘肃陇西死里逃生，卷曲着身子，裹着一件破皮袄，躺在火车硬座座位底下三天三夜，来到上海，投奔自己的父兄。到达上海的第二天，他所在派出所的户籍警便登门造访。这位户籍警叫陈文俊，三十来岁，温文尔雅。智量先生向他提出申报户口的问题，他详细询问后就走了。智量先生及全家人都提心吊胆，认为希望渺茫，因为当时上海的户口已经严格控制，何况还是在全国大精简和大疏散的时刻，更何况他还是一个头顶"右派"帽子的人。果然，几天以后，陈警官上门来告知，上级不同意他报进户口。见智量先生的母亲和孩子哭成一团，陈警官说，我们再想想办法吧。后来，他极为细致地了解智量先生在甘肃当地的情况，包括他与同事之间的关系，当得知他所在单位的韩总编对他态度和蔼时，便建议他直接给韩总编写信，要求出具一份他与原单位已完全脱离关系的证明。但智量先生却不愿再与那个单位的人打交道，他不想再因此而失去尊严。陈警官见他顾虑重重，就不断地开导他，帮他出谋划策，最终，陈警官的善意打动了他，他怀着许多的恐惧发出了一封信。他没想到，那位韩总编在关键时刻帮助了他，在人事员充满恶意的"证明"发出后，追加了一份他亲自撰写的实事求是的证明书。正是在好心肠的陈警官的开导和"指路"，以及不懈的努力下，智量先生最后得以报上了户口。

那么多年过去了，智量先生说起陈警官来还是满怀敬意。他心有戚戚地说，陈警官已经去世了，他很想再对他说一声感谢。与我同去的王琪是位既有爱心又富有教学经验的中学物理教师，他对智量先生说，"我想传承这份珍贵的感情，如果陈警官后人的孩子在学习上需要帮助，我一定会尽心辅导"。智量先生听后，满脸笑容，一迭声地说好。我体察到智量先生感恩的心情。我明白了，只有当一个人心怀感恩的时候，他才会笑得如此灿烂，他才会从过去的苦难中提炼和萃取幸福，从而让生活真正归于平静。

当年，智量先生在贫病交加中投奔在上海的父兄时，随身带着一只旅行袋，里面装的全是写有密密麻麻字符的香烟盒、报纸边、马粪纸等各种碎纸片，这就是他在极其艰难的劳改期间翻译的《叶甫盖尼·奥涅金》的初稿。在《朗读者》节目中，智量先生回忆说，1958年他被迫离开中国科学院文学研究所，被发配到河北平山县劳动改造，临行前时任所长何其芳正巧在厕所里和他相遇，他意味深长地用四川话鼓励他："《奥涅金》，你一定要翻译完咯！"其实，这里还有一个小细节，那便是何其芳在跟他说这句话前，先走到门口探头看了看外面，确定没有其他人后才跟他这么说的。一方面是受到何其芳的鼓励，一方面是遵从自己内心的渴望，收拾行李时，智量先生将之前已经扔掉的那本俄语版的《叶甫盖尼·奥涅金》重新塞入了背包，他说，"我太爱这本书了，为它吃什么样的苦都值得。"

从翻译到出版《叶甫盖尼·奥涅金》，历时近三十载，在这漫长的岁月里，智量先生历经曲折起伏，饱尝世事冷暖，但他始终没有放下手中的笔，坚持到了最后。他微笑着说："翻译既是我苦难的源头，也是我生活下去的力量，最终引领我走向通往幸福的道路。"这是智量先生对他翻译生涯的总结，在我看来，同样充满了对翻译事业的感恩，对从《叶甫盖尼·奥涅金》等伟大的文学作品中获取的温暖和力量的感恩，并因感恩而平和安祥。

淡泊最幸福

虽然家住四楼，但智量先生常常会下楼去散步，前些时候，他甚至一天里要下楼两三回。他还像个孩子一样，央求妻子吴妹娟老师出门上超市、买菜时都带上他，他跟在妻子后面，满是欢欣，一脸幸福。他向我"抱怨"说，最近妻子受了伤，所以出门时因不方便而不带他了，他希望妻子早早好起来，外出时继续带上他。吴老师听后笑着说，哪有不带上他的。她掰着指头数起近期与智量先生一起外出散步、看戏、听音乐会的次数，当然了，智量先生上《朗读者》节目，也是她陪同去的。

吴老师真是个了不起的人，智量先生能够遇到她乃一生之大幸。吴老师是智量先生的第二任妻子，他们是1981年结的婚。吴老师系理工科出身，是科学院的工程师。现在我知道她给智量先生配伍的那二十多种"补品"是多么靠谱，因为她可以一一说出它们的化学结构和成分——她告诉我说，她是做过化学分析工作的。用吴老师自己的话说，"男人该干的活我全包了"，家里的电视机、洗衣机、自行车坏了，都是她一手修理的，连坏了的电灯泡也由她更换。别看吴老师风风火火、气势强大，也是一个地地道道的"文艺青年"，她热爱文学艺术，对文艺作品都有自己独到的见解，所以，她既是智量先生的生活伴侣，也是智量先生最为得力的工作助手。那年，上海译文出版社邀约智量先生翻译狄更斯晚年最重要的作品《我们共同的朋友》，智量先生白天上完课就对着录音机进行口译，吴老师则在晚上下班后，一边听录音，一边做记录，再交由智量先生修改订正，一部80万字的长篇小说就这样在两人的合作下完成了翻译。

说起来，吴老师今年也已七十八岁了，但她依然辛劳地操持着家务，她不想让智量先生在这方面操心什么。我跟吴老师交谈的时候，智量先生静静地坐在一旁听着，眼里流露出满满的温柔。我想，数十年的相濡以沫，一定让智量先生感受到人生的满足，历经大风大浪，他在这份平和的感情里终于找到了自己的幸福和归宿。因此，在《朗读者》节目里，他将自己的朗读除了献给母亲，也献给了妻子——这是他生命中赋予他精神支撑的两位女性。

智量先生对现在安谧的生活很满意，他说："我尽管受过苦，但是我后来很幸福。我有一个非常好的妻子，儿女也都事业有成，我现在不愁吃，不愁穿，还有每月一万多块钱的退休金，这还不好吗？"一个在二十年间受尽身心折磨，在大西北的荒漠开垦过土地，在黄浦江畔扛过木头的人，在人生向晚时分，他对幸福和安宁生活的理解和沉浸是令人动容的。

智量先生如今比任何时候都更看重淡泊，而这份淡泊是加厚、扩展了他的幸福感的，也使他更加从容和自在。吴老师透露说，在参加《朗读者》录制时，工作人员曾要求智量先生按他们说的上下舞台，但他没有接受，还是按自己的想法"自在为之"。我跟智量先生说："我在20世纪80年代就听过您用俄语朗读《叶甫盖尼·奥涅金》了，那是在上海市工人文化宫举办的一次文学讲座上，您的声音真的非常好听，具有生命和精神的质感，给人以美的享受。如果可以的话，您愿不愿意录制一些您翻译并朗读的俄罗斯文学作品的音频或视频呢？"智量先生听后摇了摇头。我明白了，现在对于他来说，健康第一，快乐至上，其他都不在乎，而这也是他的淡泊吧。我想，我们应该尊重和保护智量先生一路坎坷后方才抵达的安宁。

　　交谈间，吴老师说她要外出一趟。原来，这些天，为了给受了伤的母亲减轻一点劳累，吴老师的女儿接过了为智量先生煲营养汤的活计，而且还每每自己送过来。吴老师说，这样会累着女儿的，所以还是她把汤锅送回去吧。智量先生一听，笑着说，那你赶快去吧，这次我就不跟着你啦。说着，他随手拿起了那本已经被他翻烂了的俄语版《叶甫盖尼·奥涅金》，他说这成了他的日记本了。

2018 年 11 月

巴金与萧珊

　　前段时间，上海下了一冬的雨稍稍止歇，风和日丽，趁着春光，我去探望了年近九旬的作家、编辑家彭新琪老师。她送了我一本新近出版的——《巴金先生》，满怀深情地跟我说，今年是巴金诞辰一百一十五周年，她想把自己回忆巴金的书当作鲜花献给他。

　　巴金一直管彭新琪叫"小彭"，1957 年，巴金、靳以受中国作家协会委托，联手在上海创办了大型文学双月刊《收获》。靳以是彭新琪在复旦大学念书时的老师，所以他和巴金商量，把彭新琪调入编辑部，这样，彭新琪和巴金接触的机会就多了起来，久而久之，他们之间建立起了犹如父女的感情。巴金写过不少怀念他夫人萧珊的文字，但他没有跟别人细谈过他与萧珊的爱情，可当彭新琪在巴金晚年问起他们夫妇的情感故事时，巴金很诚挚地告诉了她，而我在听彭新琪讲述旧事时，涌起许多感慨。

　　电视剧《家春秋》播出的时候，彭新琪曾问巴金："别人以为你是觉慧，而觉慧和鸣凤相爱也确有其事。你在成都老家爱过丫头吗？"巴金认真地说："没有过，我们那样的封建家庭是不允许的。"彭新琪直截了当地问他："那在萧珊以前，你有没有爱过别人？""没有。"巴金的回答很干脆。

萧珊是巴金的读者，1935年，还在上海爱国女中就读的她读了巴金的作品后，开始给巴金写信。第二年，她又在信中约巴金在新雅饭店见面，生怕巴金认不出她，所以便在信里附了张照片。那天，这位女中学生操着宁波腔的普通话，向巴金诉说因父亲守旧她想离开自己的家庭，巴金听后，为她作了诚恳的分析，打消了萧珊离家的念头。巴金平易近人、坦率真诚的态度，拉进了大作家与中学生之间的距离。但巴金是将她当做孩子看待的，在复信中总称她为"小友"。有一次，萧珊和后来成为靳以夫人的女友陶肃琼在马路上被人盯梢，她赶紧拉着女友躲进福州路上的文化生活出版社找巴金保护，这下，她是"巴金小友"的事就传开了。

1937年初夏，巴金和靳以等几位朋友参加旅行社办的苏州青阳港半日游，这一次，他们邀请萧珊同去。巴金两年前在北京学会了划船，还参加过在北海举行的划船比赛，所以他兴致勃勃，可萧珊不会划船，她就拿着桨玩水，她和巴金坐在一条小船上，望着划得满头大汗的巴金，会温柔体贴地问一声："李先生，你累不累？我们划慢一点吧！"只是巴金太忙了，他没有时间去约会、恋爱、结婚，虽然他那时已经三十三岁了。可是，萧珊有时间，她大大方方地出入文化生活出版社和巴金居住的霞飞路上的霞飞坊（今淮海中路淮海坊），她关心巴金的创作、生活，也经常坦率地跟他讲自己的家事和思想，她讲什么，巴金就听什么，可是巴金从不向她打听她的家庭情况，甚至连她的年龄都没问过。巴金告诉彭新琪："我一直不知道萧珊到底是多少岁，直到她去世，才从她表妹那里弄清楚。"彭新琪的叙述让我有些不解，她说她起先也不理解，还是巴金说出了要旨："只要两个人好，年龄、家庭有什么关系！"是啊，纯净的感情何须掺入别的杂质。

对离家十几年，一直过着单身生活的巴金来说，萧珊给予他的温存、关心和信任，无论如何都是一种精神力量，他变得更加开朗，更有朝气了。可是有一天，萧珊快快活活地来到霞飞坊，却流着眼泪离开。与巴金同住一栋楼房的朋友索非的妻子大为吃惊，萧珊非常委屈地说，"我告诉他，我父亲要我嫁给一个有钱的人，可他说这事由我自己考虑决定"。跟在萧珊后面的巴金有点结结巴巴地解释说："我是说，她现在还很小，很年轻，充满幻想，不成熟，需要读书、成长。我告诉她，我愿意等她。如果将来她长大成熟了，还愿意要我这个老头子，那我就和她生活在一起。"原来，巴金是为萧珊着想啊。巴金言必信，行必果，此后，在巴金案头上，有多少封热情洋溢的来信，在生活中，遇到过多少双灼人的眼睛，可他信守诺言，在丝毫不约束对方的前提下，默默地等待。

1938年初，上海形势紧张，文化生活出版社准备到广州开设分社，让巴金和靳以去筹办。没想到，广州接连不断遭到侵华日军飞机的轰炸。萧珊在上海很为巴金担心，硬拖着母亲到出版社去找社长吴朗西探听消息。当巴金回到上海后，吴朗西告诉他萧珊母女来社里打听他安全的事时，他非常感动。巴金晚年说到此事时，稍稍停顿了一下，以平复内心的激动。不久，萧珊跟巴金说，她母亲想见见他。萧珊的母亲也读过不少巴金的著作，从作品中了解到作者的为人，所以她破除了传统的订婚方式，亲自出面，请巴金和萧珊一起去餐馆吃了一顿饭，在餐桌上，她把女儿交托给了巴金。萧珊高中毕业后，巴金支持她投考西南联大。这时，萧珊家里因战事而破产，父亲回了宁波老家，她弟弟则参加了新四军；萧珊向母亲告别，外出读书，没想到这一别就成了永诀——母亲不久因病去世，她的子女都不在身边。巴金送走萧珊后，返回上海，继续写激流三部曲的最后一部《秋》。写作这部作品时，巴金的心情很不好，旧时成都老家的故事让他跟着重新经受了一次煎熬。幸好有他的三哥李尧林从天津来和他同住，更多的则是收到萧珊不时的来信，使巴金倍感温馨。巴金在《秋》的序言中写道："在我的郁闷和痛苦中，正是友情洗去了这本小说的阴郁的颜色。"他特别提出要感谢四个人，其中一人是他三哥，另一人就是"在昆明的L.P"。"L.P"是萧珊小名"长春"的世界语缩写。由此可见，萧珊在巴金的生活中所占的位置，已不再是最初的"小友"了。

那时，萧珊在昆明读书，巴金则在桂林负责文化生活出版社分社的编辑工作。由于时局动荡，一些朋友先后离开了出版社，这让巴金感到悲哀和寂寞。萧珊理解巴金，不等大学毕业，就于1942年10月来到巴金身边，她安慰巴金说："李先生，你不要难过，我不会离开你，我在你的身边。"经过八年多的"长跑"，巴金和萧珊终于结婚了。他们没有添置一件家具，没有添置一床新被，也没有添置一件新衣；他们也没邀请任何亲友，只委托弟弟李济生以双方家长的名义，向亲友印发一张旅行结婚的通知。彭新琪在《巴金先生》一书中，以动人的笔触这样描述了巴金和萧珊的新婚之夜："1944年5月8日，他们到达贵阳郊外的'花溪小憩'——这是修建在一个大公园里的一座花园洋房式旅馆。没有楼，房间也不多，也不供应饭菜，连早点也要走半个小时到镇上的饭馆去吃。结婚这天晚上，他俩在镇上小饭馆里要了一份清炖鸡和两样小菜，要了瓶葡萄酒。在这里就餐的人不多，他俩在柔和的灯光下，从容地碰杯，捡菜。四目相对，内心充满柔情。饭后，他们在温馨的晚风中，回到旅馆。旅馆到处都是静悄悄的，只有淙淙的溪水声。"我读着这样的文字，我仿佛见证了当年巴金和萧珊的幸福。

不曾想到，二十二年后的动荡，给了这个幸福家庭以致命的打击。惊恐、忧虑、劳累，渐渐侵蚀着萧珊的健康以致她罹患肠癌没能得到及时的检查和治疗，好不容易住进医院时，癌细胞已经扩散。进手术室之前她对巴金说："看来，我们要分别了……"动完手术萧珊担心巴金每天往医院跑太辛苦，还惦记着患肝炎住院的儿子——她想的全是别人，而她自己，开刀后仅仅活了五天。1972 年 8 月 13 日，巴金失去了自己最爱的人。彭新琪告诉我，在她倾听巴金诉说这一切的时候，在巴金的卧室里安放着萧珊的骨灰盒，巴金的写字台上搁着萧珊的照片，巴金的床头放着萧珊翻译的几本小说……我想，巴金和萧珊这样一段裹挟着时代风云的爱情，应该会给后人不少启示。

因腿脚不便坐在轮椅上的彭新琪老师，为写作《巴金先生》付出了许多心血，因为巴金曾为她的作品看过清样、做过修订，所以她对自己的文字要求很高，《巴金先生》情真意切，文字清丽，细节真实，像巴金和萧珊这样的爱情故事也是她与巴金相谈而得，既有文学价值又有史料价值，能让我们看到了一个栩栩如生的巴金先生。

2019 年 3 月

听格里加尔再说伏契克

9月，捷克的布拉格秋色正浓。13日下午，从市中心瓦茨拉夫广场坐地铁，再换乘两次公交车，便到了布拉格四区的霍班诺娃街，那里有一大片住宅小区，比起市中心那一栋栋百年老楼，这里却多是新建的楼盘，高低错落。在一幢14层大楼的门口，今年九十一岁高龄的捷克著名作家、文学史家、艺术评论家格里加尔已穿着浅色正装迎候我们，这令我们很是感动。

很多中国读者不知道格里加尔这个名字，但他写的《为欢乐而生——尤利乌斯·伏契克传》(以下简称《伏契克传》)却为中国读者所熟悉，如果说伏契克写于监狱的《绞刑架下的报告》(以下简称《报告》)给读者带来了精神上的震撼，那么格里加尔写的伏契克传记则让读者对这位反法西斯英雄有了更加全面生动的了解。有意思的是，《伏契克传》中文版自1958年在《世界文学》杂志选载至1986年6月后由天津人民出版社出版，一直将格里加尔的国籍标为苏联，究其原因，可能是此书是从俄文转译的，并没有从捷克文直译，翻译者想当然地把他当成了苏联人。

格里加尔住在三楼。这是一栋真正意义上的"大楼"，因为每一层都有数不清的房门，从走廊的这一端到走廊的那一端，简直望不到尽头，可却出奇的宁静。推门而入，是复式结构，与我们这里的设计不太一样。我们通常是往上的楼梯，而这里是向下走的，从楼道开始，一直到客厅、书房、工作室，乃至厨卫间，几乎都被书架给占据了。所以准确地说，格里加尔的寓所就是一个图书馆，而人高马大的主人穿梭于其中，赫然便是书的世界里的君王。我们的到来，让格里加尔异常高兴，因为已经有很长时间没有人再与他谈论伏契克了。事实上，他有许多的话想说。

我们在客厅落座后，他给我们每个人和自己倒了杯红酒。他说，能够坐下来一起聊聊伏契克，非但说明彼此是志趣相投的好朋友，而且这也是一个节日——刚刚过去的9月8日是"世界新闻记者日"。这个纪念日是因伏契克而设立的，正是在1943年的这一天，伏契克在柏林勃洛琛斯监狱被德国纳粹绞死。

话题自然从伏契克和他的《报告》开始。近些年，有一股否定伏契克的思潮一直在涌动，不仅称《报告》是伪造的，说被关在监狱里的伏契克根本不可能提笔写作，还有人指责格里加尔的《伏契克传》拔高甚至神化了伏契克。格里加尔从一个文件袋里小心翼翼地拿出一份材料，这是他用心保存的伏契克写的一篇文艺评论文章的手稿，而上面的字迹与《报告》的字迹完全一致——在去探访格里加尔的前一天，我们去过捷克民族博物馆档案馆，在那里看到了几年前再次被鉴定确认的出自伏契克之手的《报告》手稿。格里加尔说，他是在写作《伏契克传》的时候得到这份宝贵的手迹的，在整个写作过程中，他始终由此感受到伏契克的气息，看着伏契克亲笔写下的每一个字，仿佛他就在自己的身边，俩人一直进行着心灵的对话。

格里加尔告诉了我们先前从来不曾知道的两件事情：第一，他写作《伏契克传》并没有获得当局的支持，反而受到很大的干扰，当局希望他将伏契克写成一个高大完美的人。在他完稿后，对于删改要求，他大多拒绝了，因为他认为伏契克既是一位英雄，同时也是一位凡人，他生活中的点点滴滴正因真实饱满而感人。比如，伏契克在被追捕期间躲到了庞克拉茨区的巴克斯家，女主人的表妹丽达既年轻又漂亮，感情细腻丰富，梦想着当一名演员，而伏契克不仅研究戏剧，还有舞台表演经验，所以，他们俩经常在一起谈论表演，朗诵诗歌，甚至排戏。丽达以一个十九岁的姑娘所具有的全部热情，沉浸在孩子般的顽皮任性和青春幻想之中，还把这一切毫不掩饰地向伏契克表露出来，并渐渐自觉地仿效伏契克，开始帮助伏契克搞秘密工作。伏契克后来在《报告》中写道："丽达饱经风雨。她原来是用特殊钢材制成的人。"由于丽达的男友最后叛变了革命，书稿中如果涉及她，当局认为有损伏契克的声誉，但格里加尔却坚持在书中写下了这个情节。第二，格里加尔撰写伏契克传记时，引起了伏契克夫人古斯塔微妙的心理波动。她认为写伏契克的传记非她莫属，不希望有人捷足先登，因此，格里加尔在写作时倍感压力。事实上，格里加尔的《伏契克传》1958年便付梓出版，而古斯塔撰写的《回忆尤利乌斯·伏契克（纳粹占领时期）》直到1961年才在布拉格出版。

格里加尔对历史有反思精神，他很坦率地说，对于伏契克的宣传，后来的确有些过头，甚至有把他放上"神坛"的倾向，将其"神化"，其中包括给伏契克反抗纳粹的地下斗争添枝加叶。我们问了格里加尔一个很敏感也很尖锐的问题："您在《伏契克传》里有否虚构或者杜撰一些伏契克的'高大上'的故事？"格里加尔没有任何犹豫地回答说："没有。"他站起身来，去了自己的工作室。不一会儿，他捧着一叠本子进来，最上面的是一个大开本笔记本。他一边打开本子给我们看，一边告诉我们，这是他当年为写作《伏契克传》而做的采访笔录，他书中所写的一切均有出处。他还补充说，由于当时二战结束不久，当事人的记忆还很清晰，而且他在采访中非常注重事实的考据，对被采访对象的记忆进行互相印证，所以当事人的回忆是可以采信的。我们看到那些本子都已泛黄，但上面密密麻麻记满了格里加尔当时对二十多位曾与伏契克有关的当事人的采访。格里加尔捧着他的采访本，脸色凝重，凸显出他那花白的头发和眉毛。那些被他用笔记录下来的众多当事人的记忆是属于个人的，但也是属于一个国家和民族的，历史的记忆不会因为时间的流转而被淹没，或者被随意篡改。

格里加尔对《伏契克传》长期得到中国读者的关注格外看重，令我们意想不到的是，为了让中国读者在当下语境下加深对伏契克的认识和理解，他特意赶写了一封《致我的〈为欢乐而生〉中国读者的信》，让我们传达给广大的中国读者。

格里加尔在信中写道：对重要历史人物的评价，会伴随时间的推移而发生变化。愈是与其时代的根本矛盾相纠缠，人物评价的差异变化也就愈分明。战后，伏契克成为社会主义战士理想人格的标志性英雄。在着手创作伏契克传记《为欢乐而生》时，我一开始是尝试着把他按照我认为的原本面貌来描绘的。其实，伏契克的一生愈是被当作美德和楷模的样板，他的真实形象就愈可能被掩盖。在1963年发表的《人物与传奇》一文中，我就反对将伏契克过度理想化。我提出的批评意见颇受欢迎。1989年之后，先前对伏契克的夸张的尊崇和"神化"，突然被一场诽谤和最卑劣的谎言风暴所取代——伏契克不再是英雄，而是一个叛徒；不再是一个无畏的抵抗战士，而是一个懦夫；《绞刑架下的报告》并非其作品，而是他人伪造的赝品。伏契克遭遇了第二次行刑。恶毒的谎言最终逐一被证伪。但是，关于伏契克的争论仍未结束。未来，两种对立的力量都将分别粉墨登场。

读着格里加尔致中国读者的这封充满理性思辨的信，我们希望他写的真诚而翔实的《伏契克传》还能再度在中国出版，希望这次的中文版能够从捷克文直译，希望这一次他被写错的国籍能得到更正，也希望这一次这位老作家能够得到应得的稿酬。

这时，窗外的天色有些暗了下来，原来计划的一个钟头的拜访，不知不觉间已然持续了三个多小时。我们不忍心再继续打扰一位年过九十的老人。格里加尔站起身，将他准备好送给我们的他的著作一一题签后递给我们。格里加尔长期任职于捷克斯洛伐克科学院捷克文学研究所，是国际比较文学学会和荷兰文学学会会员，并在布拉格、柏林、奥洛穆克、阿姆斯特丹等地的大学教书，涉猎领域广泛，是位有国际影响力的捷克学者，虽然年事已高，但至今笔耕不辍，每年都有新著出版。看着他那么多题材多样的著作：《报告文学艺术》《文本结构与文化符号学》《持续时间和变化》《伦勃朗和毕加索》《毕加索悖论》《十一月的痕迹》《论战争》《9.11》……我们不禁感叹他真是跨界写作的高手。

格里加尔执意将我们送到电梯口，他弯下颀长的身子与我们一一拥抱道别，眼神深邃，笑容慈祥。忽然，他问我们何时再见，我们回答说可能要到 2023 年了，那年是伏契克英勇就义八十周年，我们再来参加纪念活动。他听后，像孩子一般喃喃说道，那还得等好长时间呢。当电梯门快要关上的时候，格里加尔声音响亮地说了一句特别让我们动容的话："我把许多的希望寄托于中国了。"

2019 年 9 月

极目长天问好音

叶宇青先生诞辰 115 周年之际，上海人民出版社推出了《叶宇青诗集》，令我很是欣慰，终于成就了一桩好事。

去年春上，我很偶然地结识了叶兆钤先生，由此知道了他的父亲，也由此读到了他父亲生前写下的旧体诗。他父亲叶宇青先生，字玉农，晚年别署抱遗，祖籍洞庭东山，是一位学识渊博却一生清平守节、淡泊名利之人。早先，溥仪的老师郑孝胥赏其才学，欲聘其北上，但他拒绝了；抗战时期，有人荐诸汪伪政府任职，虽高官厚禄他也坚辞不受。他一生只在设于上海的法国领事馆工作了 26 年，从 1925 年春开始主事领事馆文牍工作，直至 1949 年后中法关系中断乃决然辞免。20 世纪 50 年代至 60 年代，商务印书馆筹划出版"汉译世界学术名著丛书"，叶先生参与译事，并为保持原著面貌，多次与出版社信札往来，谓"古圣贤者，焉能远拟未来，投合于千载之下"，最终使出版社接纳他的意见而不再对原著进行改动，这在当时的情势下是非常难能可贵的。叶先生于旧体诗功力深厚，刘海粟先生曾称其诗为袁枚以来所稀见，我读过后也甚为喜欢。叶兆钤先生对我谈起，希望能将父亲的诗作付梓出版，既是传承中华文化，也是对父亲最好的纪念。我当下便应承竭尽全力，后来得到各个方面的支持和帮助，如今，封面典雅素净的《叶宇青诗集》在这个深秋问世了，我想，叶先生也当九泉欣然的。

事实上，叶先生的诗集能够得以出版，全赖他的几个儿子对父亲的敬爱之情。由于历经战乱和浩劫，叶先生的诗作散失大半，损毁难计，如《劫尘集》，他已自书序言，但诗作却散落无迹，我们现在只能从那篇200余字的骈体文的序言中管窥大概。那是叶先生八十年前的创作，当时他个人正居丧父之痛，而国家又遭寇患之忧，万千思绪应尽在诗中。叶兆钤的三哥叶兆曦先生自新民晚报社退休后，精心整理父亲旧箧，乃从残剩旧书日记簿页中，陆续搜集出诗词245首，并一一校点注释。而叶兆钤的二哥叶兆澄先生同样为整理、出版父亲的遗稿而不遗余力，我从中感受到他们兄弟对父亲一片真挚的孝心。

《叶宇青诗集》分上编《紫琳腴阁诗稿》120首，下编《抱憾室诗录》125首，按年代先后为序，"以次录之"。我在读叶先生的诗作时，每每因会心而动容。《西霞游草》为现存叶先生最早的作品，写于他十七岁之时。"别情如水最殷殷，桂棹且停寄语君。魂梦来时何处觅？西霞深处问闲云。"少年人对友情，对未来人生的怀想，都写得诚恳而舒朗。1938年农历丁丑除夕，他在《除夕》一诗中表达了对国难当头的忧愤以及对抗战胜利的期盼："浮幢浩劫几时消，风雪关河岁又凋。何忍伤心思佳日，最难挥手送今宵。凄凉骨肉无家别，惨淡旌旗入望遥。孤屿一楼宁作恋，闻鸡旦欲听春潮。"家国动荡，山河飘摇，旌旗在望，黎明可待，一切都凝于笔端。1952年11月7日，叶先生写下了《五十岁作》："谁将广乐奏钧天，梦断华胥亦可怜。我觉人间哀乐倦，强须扶醉过中年。"这是他在知天命之时，环顾周遭所生出的一番姑且勉强之意。《何须》是叶先生在其长子，也即叶兆铃的大哥叶兆纶先生在农村插队落户时不幸遇难后写下的悼亡诗，"尽看去日随流水，闲对长空送夕晖。历倦冰霜人亦老，凌云欲待几时归。"实是痛心疾首。《乞海粟画梅》写于1969年3月，诗曰："嚼雪餐冰冷自知，怕看烂漫斗芳时。凭君玉照翻新谱，为写东风第一枝。"困顿时分，老友互勉，真情动人，刘海粟先生读后深为叹服，言该诗起结尤佳。

在我邀请复旦大学中文系教授、著名文艺评论家、旧体诗大家汪涌豪先生为《叶宇青诗集》作序后，汪先生断客披吟，为其才情而感动，认为诗作"缜密以栗，出清真而归玉田，总要以清为质，树体于雅，亦间有可观。"我深以为然。"极目长天问好音"，时间的流水总是无情地淌过嶙峋的岩石滚滚趋前，好在岩缝石隙间也总会留驻一些东西，譬如叶先生的清雅而发乎真情的诗作，让活在当下的我们可以低迴怅触。

2018 年 11 月

书·品

一首特立独行的散曲

才子李炜总是以他的渊博涉猎加上独到识见让我们惊叹。这不，由复旦大学出版社推出的《嫉俗》同样如此，这部标识为"一本无意时尚，无暇传统，无视市场，无关老套的文化散文集"，一如既往地呈现出李炜的个性与才华，他以无法定位的充满诡谲和优雅的文本，将十二位各不相干的哲学家、作家、诗人、画家、音乐家、导演等拉扯在一起，通过对他们的作品、人生经历以及所处时代的不无讽喻的解读，婉转地表达了自己对奔放自由、不随波逐流的生活姿态的追念，尽管这种姿态可能与周遭甚至整个世界格格不入，但洋溢个性的生命真实存在过已是上上大吉。

可以说，《嫉俗》是一本西方文化史的"聊斋志异"，光怪陆离的故事让人目不暇接，那些坚守个性、有着与众不同的思想、不落俗套的行为的人愤世嫉俗，以致遭到时人的嫉恨与诋毁，但是，他们却不可置疑地改写了各自领域的历史。嫉俗是他们赖于立世之本，也是他们特立独行所倚仗的勇气和力量之根源，根本不可能想象他们会与自己的同时代人坑瀣一气。"超现实主义"发明者布勒东1938年初在巴黎搞了个艺术展览，开幕当夜，整个画廊一片漆黑，他给来宾分发手电筒，以便照亮参展的作品，为了打消众人一切轻视展品的念头，他还在展厅入口处播放令人毛骨悚然的尖利狂笑声。挪威作家汉姆生安排大名鼎鼎的剧作家易卜生去听一场讲座，结果，汉姆生在那里口无遮拦地痛批了易卜生一顿，说他笔下人物在情感方面有多么虚假，他的剧作在心理层面上又有多么匮乏，让在场的观众嗅到了一种血腥味。

可我觉得，如果说，这些嫉俗之人在成就个性和专业的过程中犹如狂啸恣肆的大海独自欢爽，可似乎总也逃不脱与悲剧的粘连。在佛兰芒画家艾克的杰作《阿尔诺芬尼的婚礼》的后面，莫非隐藏着画家个人婚姻生活的某种遗憾？在二战中，因犹太人身份数次被强征兵役的匈牙利诗人劳德诺提，在苦役中咏叹自己对祖国的挚爱，"这里有家的感觉。/每当有草木伏在我脚边，/我都知晓它的名字，/能辨别出它的芳香……"但是，他真能这样轻易原谅仅仅因为他们的种族就如此虐待他们的国家？而奥地利作家茨威格则是"始终被误解，从未被宽恕"，他在1936年的世界笔会上，因受不了另一位德语流放作家"自称烈士"而用双手捂面，结果，报道却说他由于感动而哭泣。

其实，在我看来，既然愤世嫉俗，那么，更深的悲剧不在他人的不屑与不解，而恰恰如同李炜对于史上最重要的哲学家之一的维特根斯坦的述评：他在回答"你的哲学目标是什么"的提问时说："引导瓶中蝇虫飞出去。""但可叹的是，在思想上，在生活中，无论多么疯狂地嗡鸣振翅，他始终逃离不了束缚自己的玻璃瓶。"我一直对维特根斯坦抱有最大的尊敬，那是因为，从他身上，我明白了一个狂放不羁的人也需要格外的隐忍。至于李炜究竟如何阐释维特根斯坦乃至他自己，那就只能以他欣赏的法国画家巴尔蒂斯的一句话作总结："既然诸君对鄙人一无所知，那就看我的作品好了。"

2014 年 9 月

无尽藏，无尽禅

　　我当向庞贝的长篇小说《无尽藏》（作家出版社 2014 年 2 月版）致意，因为这是一部难得的完美呈现汉语独特魅力、东方深刻禅意和作家悲悯情怀的作品。

　　我是在台风来临前的傍晚读完这部小说的最后一章的，那一刻，天空不觉间燃起了大片的火烧云，风势渐旺，天尽处黑色的云如同浓烟滚滚，我不由得联想起小说中的无尽藏，这既是一位传说中的女尼的法号，也是湖山之东、琅琊台下、苍鬣虬枝边的一楹瓦房，后来，小说中的林公子为了躲避一伙想置他于死地的恶徒而点燃了柴草，火焰旋即腾起，瓦房顷刻间成了火场，烈焰穿透顶棚和梁檩，无尽藏上空已是一片飘飞的火星，只剩下残垣颓壁旁的一截梅枝。这是一部悬疑推理小说，描写公元 973 年的一个秋日，南唐末代君主李煜误中敌国离间计，"国之长城"林仁肇将军遭祸。林将军入狱前为儿子留下一个奇怪的手势，也留下一卷《韩熙载夜宴图》，为救父命，林公子踏上了漫漫险途。

一个个扑朔迷离的人物走马登场，他们都有着自己的传奇，或恶或善，或假或真，或敌或友，年轻的林公子与他们一一遭逢，却仿佛都落入了无以挣脱的迷阵和陷阱。来历不明的神秘女道姑耿真人告知林公子，国主将以佛前"命灯"决断林将军生死。倘若林公子在命灯熄灭前献出国主所要宝物，林将军或能幸免一死。她还让林公子抽出一枚预示命运的诗签，这是一首《寻春》诗："终日寻春不见春，芒鞋踏遍岭头云。归来笑拈梅花嗅，春在枝头已十分。"林将军遭祸是因他拒献宝物，林公子却不知究竟此为何物，连女道姑也只是闪烁其词。为救父亲脱难，林公子惟有从那卷夜宴图中寻找线索。可真所谓"微风吹动尘埃，也吹动一只飞蛾的薄翅，我却看不见风口在何处。"人生如斯，其实，没有多少人可以清晰分明地看清世间的真相，就像那个苟延残喘的李后主希冀得到镇国之宝的秘藏以获得新机，但这只能是梦幻泡影。

林公子在石棺中寻到一个锈迹斑斑的密封的青铜宝匣。为挽救父亲，他前去国主所在的澄心堂献宝，而内侍监代国主应承献宝即放人。林公子抱着宝匣登上丹墀。国主正欲看这匣中宝物，内侍监却突然叩首劝阻，因錾花匣盖上有"非大变勿启"的字样。国主不顾劝阻，执意要看。原来，这秘藏是一轴流传千年的三联画：太平盛世，群小当政，天下大乱。前汉张子房曾留下这样的图卷，而其母本的来源远可回溯到周朝的姜子牙。

宫禁森严，却有麻衣人在暗处哭。伴着这瘆人的鬼哭声，李后主打开了第三幅图，他在图中看见了自己的末日：画中的国君披发跣足，而此刻的自己正是衣发散乱，右脚无履无袜，左脚却穿着一只缕金靴。这幅长轴画出了所有朝代的缩影和宿命。

一首诗，一卷图，一截梅，最终，凭借这些线索，林公子从一座佛龛的石壁中起获了真正的宝藏，这便是以传说中的和氏璧刻制的传国玺，这是自秦始皇以来历代帝王受命于天的信物，亦是他们独制天下的法宝，这玺文正是秦丞相李斯的鸟虫篆：受命于天，既寿永昌。自秦皇至汉祖至唐宗，这玉玺乃是他们必欲据为己有的宝物。然而，此时的林将军已被赐死。两年之后，南唐国亡君虏。在北宋国都汴京，林公子受到大宋皇帝的格外恩宠。此间也曾有过一个契机，设若林公子献出那传国玉玺，皇上可赐予他半壁江山，然而，这新朝只不过是旧朝的重现，这宝玺所承载的天命只不过是一句谎言，即便称作盛世，也只是颂歌和谀词中的盛世。望断秋水，林公子慨然叹曰："官家祈雨赈恤，我却看到廪粟为公人所贪；官家蠲赋役释系囚，我却看到民宅为酷吏所强拆；官家谕令诸路收瘗暴骸，我却看到河上有更多的浮尸；官家劝学举才，我却看到官以贿进，士子求官必先学做小人。"

多年后，林公子早已心无挂碍，无喜无悲，他恍若看见三百年前那位女尼的身影，他将谶图埋在一株梅树下，而后怀挟宝玺沉入江水，那棵梅树则将在飘雪的季节兀自开花。就这样，《无尽藏》以最优雅、最富表现力的汉语，对家仇国恨、改朝换代、无常命运作出了充满智慧的禅释。

俱往矣，所有的一切不过是源自欲念和执着的颠倒梦想，多少人不能觑破假相，为幻象所迷惑，情执妄想，挂碍重重，因此无有宁乎。所以，历史总是那么惊人的相似，仿若无尽藏瓦房天幕上坠落又飘升的流星。事实上，兴亡更替，如露亦如电，不过瞬间尔尔，真正的有为在无为，如如不动，无妄无执；真正的永恒是变动，而变动与其说是物动，不如说是心动，心动则沧海桑田，正所谓万里云天，皆非心外，得人心者方能得天下。"茫茫往代，渺渺来世。人法地，地法天，天法道，道法自然。天道回旋，万古如斯。"林公子所寻的无非是这样一个自然的道理，一个被蒙蔽的道理，如此简朴，而又何其深切。

不知是巧合，还是天意，当我坐在日本神户马赛克广场一家餐厅前，最后合上《无尽藏》的时候，蓦然发现身后的这家餐厅名字竟然就叫"无尽藏"，我在惊讶中却感受到了一种禅悟，实乃心动于顺势而行。此时此刻，与小说中所描述的不谋而合：细碎的月光泄落在远处的桥上，宛若一片白霜，平静而宁和。

2014 年 11 月

读散文一样地读音乐史

这是我从未有过的阅读体验：面对上海音乐出版社出版的罗伯特·摩根的《二十世纪音乐：现代欧美音乐风格史》，我油然产生了一种畏惧感——600页的长度，加之我是完全的门外汉。但最后，我真正获得的却是超乎想象的精彩和愉悦。这是一部严格意义上的学术著作，可在我读来，也是一部文笔优美、叙事跌宕、哲思深邃的散文。

原来，作为断代史的二十世纪音乐，是有一个确切的起始年份的，那便是1908年。那一年，长相有些孔武的奥地利作曲家勋伯格相继完成了《第二弦乐四重奏》和声乐套曲《空中花园之篇》。这些作品惊世骇俗地将传统音乐最重要的"堡垒"——充满共性实践的调性与和声被毁之如敝屣。作曲家重新定位节奏、音色、织体等音乐要素，以一种肆无忌惮的没有任何调性意义的"新音乐"来磨砺和锻造听众全新的耳朵，由此终结了绵延一百多年的浪漫主义时期，实现了音乐史上的一次转折。据说，与勋伯格合谋这场"革命"的还有表现主义画家科科什卡和康津斯基，勋伯格与他们过从甚密，从这些同样具有革命性的画家的美学观念中汲取灵感。《第二弦乐四重奏》确实有其特别的意义，因为它在新旧之间搭建了一座桥梁，前面的两个乐章基本上保持着调性，但后面两章调性感逐渐减弱，直至土崩瓦解。罗伯特·摩根描述道，那些音乐"就好像漂浮在一种新的音乐空间中，不受调关系引力的控制"，恰如乔治诗词的第一行："我感受到了其他星球的空气。"我为此而感慨万千，原来，二十世纪音乐是想拓展到地球之外去的，其雄心之壮夫复如斯。

不过，雄心勃勃者也并不见得当即便能为人们接受。就说那位美国作曲家艾夫斯吧，他倒是很有些绅士范，一顶礼帽，一副领结，面貌清癯。他是一个特立独行者，拒绝与欧洲模式相纠缠，对自己的成长地康涅狄格小镇上的本土音乐推崇备至。他在耶鲁大学修完作曲后，并没有选择以音乐为职业，而是去了人寿保险公司。他以推销保险而得到经济上的独立，因此可以无需顾及他人，甚至不必考虑是否会被演奏，真正是不做市场的奴隶，天马行空地任意创作自己的音乐。事实上，其他作曲家和众多听众对他的作品几乎完全失去兴趣，因此，一张清晰的年表很难记录下他的创作轨迹。但是，艾夫斯以他独创的"组合式创作"显示了一个孤独的创新者的勇气和胆略，他的不把调性看作是支配所有音乐的"自然"体系的观念，与勋伯格的"无调性"具有同等的革命性。他的《第四交响曲》的创作历时二十多年,直到去世九年之后的1965年才首次完整地公演。此时,人们对他恢复了兴趣,赞叹这部作品为现代音乐中巨大的里程碑之作。此作中诸多新型的作曲技术,譬如复合速度、多维织体、微分音调等,在二战后已成为基本音乐语汇的一部分。艾夫斯终究是一位先行者,而现代音乐世界也终于追上了他。艾夫斯这样阐释他的谐谑曲《越过公路》:"在清晨,人们的声音来来去去,所有的人都是不同的脚步,可有时又都相同——马群或快步小跑,或慢跑,有时放慢如散步……突然一个手推车急速盖过所有节奏(脚步、马步和人声)——然后又回来。我感到吃惊的是,有如此多不同的拍子、时间、节奏等被合在了一起——但却十分自然,至少当你去适应它的时候没有觉得不自然。"从中,我似乎明白了20世纪音乐看似咄咄逼人,其实背后有着作曲家除了自我表达,也试图与时代、社会和大众交流、沟通的良苦用心。

在像读散文一样地读一部音乐史时,我强烈感受到的是音乐家们对艺术创新的自我要求和努力,20世纪音乐的标新立异和多元纷呈,说到底是人类永恒而执著追求"进步"的一个写照。正如罗伯特·摩根在书中引用的维也纳小说家斯特凡·茨威格对一战前那种普遍盛行的态度的描述:"这种对于一种连续的和无法抗拒的'进步'的信仰,对于那一代人来说确实具有一种宗教的力量。人们开始更多地相信这种'进步'而不是圣经，而且由于科学技术日新月异的奇迹，这种'进步'的真理似乎是终极的。"我想，眼下 21 世纪已步入第二个十年了，新技术和新媒体为音乐乃至所有的艺术创作提供了更大的可能性和时空维度。那么，我们是否有理由期待开启另一个全新的历史期呢？

2014 年 11 月

细节的力量

在我看来，写作与阅读其实都是对细节的探险。

就写作而言，无论打什么旗号，不管是最传统的还是所谓先锋的，文本可以五花八门，炫技可以随心所欲，但细节却永远是不可或缺的。我们可以看到，《追忆逝水年华》《尤利西斯》这样的完全颠覆传统的作品，没有以往文学作品的"完整的情节""完整的人物关系""完整的故事结构"，天马行空，兴致所至，随意识流动，流到哪里是哪里，但是，却到处流淌着细节，是细节成全了皇皇巨著。同样，阅读也是如此，是对细节的发现，在发现的细节中完成体验，完成感受。

因此，在这个意义上，我认为文本的形态一切皆有可能，唯细节不可撼动。细节终究是文学作品的根基，是文学作品力量的根本体现。

细节是饱满的筋肉

一部文学作品，不管用什么样的结构组成其骨架，总是要在上面覆盖筋肉的，否则空空一具骨架是没有生命力的。而细节却赋予了它最为鲜活的生命。

我被选入语文课本的《为少年轻唱》，其实是一篇散文诗，我动用了散文诗的形式和语言。散文诗在形式上是没有循序渐进的故事结构的，并不特意交代背景，也并不具有线性的逻辑，情节散漫而不集中，出现的人物也没有贯穿始终，语言上则更注重精致和诗意，因此对于故事的叙述也就不可能平铺直叙。但为什么读完整篇文章，会感到一种深切的宽慰和温暖，同时感到一种尖锐的直面和诘问，那就是细节所带来的。

"在长长的走廊里，我们会悄悄地掉下几颗眼泪，有时是认错，有时是委屈。我们分辨得很清楚。"这个句子仔细体味，是有诸多细节的。"长长的走廊"不仅是指走廊的长度，更是指代了数量，反复多次地徘徊，才是"长长的"真意。由于心情的关系，一段距离时常会发生变化，短的显得很长很长，长的则显得很短很短，由于被老师批评的缘故，心情不太舒畅，因而这走廊也便显得格外漫长。"悄悄地掉下几颗眼泪"，强调了一种隐忍，不敢大声哭泣，也不敢让别人看到，所以既是悄悄的，又是只掉下几颗而不是成串的眼泪，这样的细节因为点明了有时是认错，有时是委屈，而且内心分辨得很清楚，于是，便容易引发读者的感触，尤其因为写的是孩子，所以文字的背后显示出更为复杂的场景和心境。同时，这样的细节也增强了文学的表现力。

这样一个细节，显然是不空洞、不空泛的，有筋有肉，把少年的心事写得很传神、翔实，加之以委婉地表达，让人生出怜惜以致共鸣。

被收入语文课外阅读读本《阳光阅读》中我写的《夏夜的歌唱》，在描述月光下的水面时，则完全凭借了一组细节：

桥上的孩子看见，悠扬的歌声伴着微风飘进河里，本来镜子般平滑的水面开始跳荡起来，有了一圈一圈的水波。水波跳着跳着，跳到很远的地方去了。这时，恢复平静的水面上映照出了一轮满月。现在，有两个月亮了，一个在天上，一个在水里。

孩子们看到一只小船停在河边，他们走下桥来，爬到了船上。一个孩子调皮地用船桨拍了拍河面，顿时，水里的月亮被打碎了，变成了一片一片晶晶亮亮的碎银，孩子们一边用手去捧，一边欢笑起来。

可只一会儿，水里的月亮就合拢了。孩子们又唱起歌来，唱着唱着，他们发现天上的月亮和水里的月亮很要好地靠得越来越近，变成了一轮更大更圆的月亮。此刻，一只又一只青蛙卜通卜通地扑向月亮，然后停在一张张荷叶上，欢快地鸣唱。

……

这样的细节是琐碎的，但又是饱满的；是片段的，但又是完整的；是生动的，但又是想象的。细节犹如一帧帧扑面而来、目不暇接的画面，有动感，有意境，有韵律，读着感觉无中生有，有中生无，似真似幻，因而非常丰富。

如果不是用这样有意象的细节来一一铺展，那很容易流于泛泛而谈，很容易一笔带过，要是这样的话，就不可能有层次感，有想象力，也就不会留下深刻的印象，不会有筋有肉地如此丰满。

细节是一串串的珍珠

如果文本的丰富性来自于细节，那真是精彩纷呈，有着无限的可能性，因为如同生活本身，主情节很可能没有太多的戏剧性变化，大喜大悲的人生也并非人人所愿，但细节却是千变万化、不可猜度的，正因这样，先锋派写作才会越来越不重视情节，甚至都可以没有故事，可却充斥着难以详尽的细节。

细节在文本中的呈现，本身也是极其丰富的，可以是一句对白，可以是一个动作，可以是一副道具，可以是一幕场景，可以是一丝念想……可谓应有尽有，这些细节就像是一颗颗珍珠，被作者处心积虑地撒落于文本深处，需要读者去一一发现，一一捡拾，当这些散落的珍珠被串起来的时候，那就真是显得美丽异常。

一些学校将我写的《三只野猫》作为现代文阅读与理解

的习题。

在这篇文章中，我用非常有识别度的细节来描写一条少有人踏足的小径里的三只野猫："这是三只野猫，一只是黑猫，一只是黄猫，还有一只是白猫。我不知道它们是不是一伙的，但我总能同时看到它们的身影。""那只黑猫是三只猫里个子最大的，也最有力气，奇怪的是，它似乎不喜欢在地上行走，而总是在围墙的最高处或蹲伏或转悠，一副君临天下的样子。黄猫身上有着很好看的斑纹，但它并不理会，哪里脏就往哪里钻，它跑动的速度极快，让我惊讶的是它会在跑动中突然停下，而后打起滚来，弄得尘土飞扬。最乖的是那只白猫，瘦瘦小小的，好像也特别胆小，老是独自远远地伏在草丛中。"由此，三只野猫各自的形态和性格一目了然。

我用这样的细节来写我在小径出现后野猫的反应："小径极少有人来往，所以，我的出现让三只野猫一下子变得焦躁不安。黑猫在高高的围墙上一动不动地盯着我；黄猫猛地蹿上树去，摇落一树枝叶；白猫则更深地躲进草丛的暗影里。"事实上，我是可以只写"我的出现让三只野猫一下子变得焦躁不安"一句话的，但由于有了三只野猫不同的焦躁不安的细节，所以也就显得不那么一晃而过了，也就有了写作上的粗糙与精致之分。这样的细节显然突出了人与动物的严重的隔阂。

这是三只野猫，所以不像被驯服的家猫一般有着小鸟依人的温柔，我用一个场景描述了它们的野性："它们太爱打架了。事实上，我根本搞不清楚它们是真打还是在闹着玩儿，但有一天，我断然干预了它们的混战。那天，黑猫和黄猫打得昏天黑地，那只白猫则跳出草丛，在一边围观，表现得很是兴奋。黑猫和黄猫厮打着，扭在一起，突然，我看见黄猫的脸上被黑猫抓出了血痕。"

但就是这样的野猫，我用另一个场景细述了它们的"团结"：

小径边上的一户人家新养了一条大狗，它十分霸道，不管是人，还是野猫，甚或它的同类经过，它都汹汹地杀将过来，狂吠不已。小径失去了往日的宁静，也令我的散步失去了不少的愉悦。那天早上，我刚踏上小径，却出乎意料地看到了不同寻常的一幕：那条狗对着蹲在邻近草丛里的白猫一刻不停地啸叫着，每一声都像要撕裂天空，让人都感到了没有自尊的屈辱。忽然，黑猫速速地翻下围墙，黄猫奋蹄踢开落叶，白猫则勇敢地跃出草丛，三只野猫昂首挺胸地蹲成一排，以沉默直视狂吠的大狗，不畏不怯。对峙许久之后，最终，那条狗无趣地停止了吠叫，悻悻地掉头离去。我想，这或许是小径历史上第一次上演的蔑视强权的壮观戏剧。

这个场景里的细节是多元的，既有野猫与大狗对峙的详细描写，也有对周遭环境的细致交代，更有人文背景的细腻阐述，这些多元的细节串连在一起，就仿佛有了一个崭新而完整的"故事链"或"情节链"，且像珍珠一样闪闪发光，因为说的是动物，而真正表达的却是"人性"。

细节是内在的揭示

我们都有这样的写作或阅读经验：从细节里感受和体会作品的内在张力，这种张力是为了实现内在的揭示。一般而言，作者会将自己想要表达的复杂的内在的东西掩藏在种种细节里，而这种细节事实上也考虑到了主题性、逻辑力、紧张度和节奏感。

我的那篇被选为某省中考题的曾获得全国报纸副刊散文一等奖的文章《不要穿越那些隙缝》，主题相当复杂，因为生活中的"隙缝"本来就是多种多样的，所以，如果简单地将之归于一类，那审题就会发生错误。不论是作者还是读者，的确常常为了减少文章的"多义性"而选择"单一化"，殊不知这是违背生活的本来面目的。对一个有探险精神的作者或读者来说，应该有勇气透过繁复的细节来揭示繁复的内在的世界。

仔细分析的话，《不要穿越那些隙缝》一文，其实写了多种"隙缝"，但通篇文章中没有使用清晰的数字标示，也没有使用明确的段落分割，都是在不经意间，通过一个一个细节的呈现由表及里，由外而内的，稍不留意，便会发现已走笔他处。

比如，我从乐山大佛一条游人如织而阻塞的小道，细细地写到上海市中心因拥堵而成为空中停车场的密不透风的高架道路，即使连隙缝都快没有了，可路人还是想方设法地穿越，这就反映出了现代社会中人们普遍存在的内心的焦虑。拥挤的景区、森林水泥般大楼林立的密匝都市，让人焦躁而压抑，容易失去耐心，生出戾气。

接着，我用线描的方式以细节来铺展我在汶川地震后不久所见到的都江堰城区：

那真是一座空无人烟的"鬼城"。没有比这更让人毛骨悚然了：所有的建筑都还在那里，但只是一副躯壳，地基已经松垮，墙面已经开裂，风呜呜地穿过，那些建筑颤栗着，就在风中摇摇欲坠。我看到墙面的隙缝有细有粗，细者如蛛丝，粗者像黑蟒，直至豁开，露出断裂的钢筋。我当即想到《商君书·修权》里说的"蠹众而木折，隙大而墙坏"，隙缝大了，墙就要倒塌的。可是，在现实生活中，这么简单的道理，又有多少人在乎，尤其一旦得了权势，便肆意妄为地穿越种种隙缝。自然，有的人是从小隙缝开始逾越的，殊不知，权力和利益都是勾人的魔鬼，让人一发而不可收拾，一次次地穿越，隙缝就会越来越大，终将墙倒楼垮，土崩瓦解。

显然，我要写的不是通常意义上的作为地震废墟的都江堰城区，我想揭示的是一种内在的真相——由权力失控而导致的腐败，以及这种腐败对国家和民族的危害。

随后，我信马由缰地写了现代科技试图让人们无缝对接，以消解人与人之间愈益凸显的隔膜和疏离，但我觉得这是片面的，因为人与人之间还是需要有些隙缝的，不必穿越以作弥合，或许这可以在一定程度上保证人类的个体独立的基因。我运用援引作为细节来生发内心的思考："弘一法师认为，人和人之间要有些隙缝的，不要靠得太近，'君子之交，其淡如水。执象而求，咫尺千里。'即便从世俗的眼光看，人若无隙，很容易随波逐流，人云亦云，甚而同流合污，放弃应有的坚守和撑持。因此，与其穿越隙缝而达到水乳交融，不如和而不同，至少这可以帮助保持一些人类的独立品性。"由此可见，我真正想要表达的是内在的坚守。

此文的最后一段我细致描写了日本京都的清水寺，可说细数到家，让人如临其境，但是，在我说到其中的随求堂里面有一尊观音菩萨，可让人体验"胎内漫步"，也即进入菩萨的腹中，其寓意在观音的胎内祈祷时，笔锋在陈述细节的当口发生了"跳转"："菩萨的腹腔其实与常人无异，千肠百结，漆黑一片，在里面摸索非常不易，待等终于找到出口，方知原是一条极小的隙缝。我自己是花了很大的力气，扭曲身子，横试竖试，好不容易才钻出身来的。就在我重见光亮的时候，蓦然回首，撞见身后有一人随我而出，那一刻，我看到了穿越一个人的两面性之隙缝时，竟是如此的狼狈不堪。"貌似写景，其实我揭示了人的内在的虚伪：明明人人都有两面性，但却总是遮遮掩掩，希图只以美好的一面示人，其实，丑陋的一面越是遮蔽越容易自我忘却，从而导致自我膨胀，乃至酿成恶果。这般的认识是振聋发聩，令人警醒的。

综上所述，我坚信细节是文本最有力量的所在，细节让作品丰满而不空泛，细节让作品增色而不单调，细节让作品深刻而不肤浅。说实话，在我读过那么多中外文学作品后，给我留下深刻印象甚至堪称影响的，都是那些细节：比如，陈子昂《登幽州台歌》中的怆然涕下的绝望；比如，曹雪芹《红楼梦》中贾蓉与秦可卿这对貌合神离的夫妻彼此间没有说过一句话；比如，雨果《悲惨世界》中冉阿让在迷宫式的巴黎下水道里与警察上演的一幕幕揪心的逃生计；比如，毛姆《患难之交》中"我"漫不经心地开车去海湾接他的老友，可其实他心里完全明白那位老友在"我"的怂恿下去横渡海湾必死无疑……

说到底，文学作品的根基是细节，细节才是最为可靠的支撑，同时，细节也是读者解读作品的钥匙。对于写作者和读者来说，追赶线性发展的完整的故事、引人入胜的情节如今变得越来越徒劳，而如探险一般探究文本中散落一地却弥足珍贵的细节却越来越显示出挑战的气势。精雕细琢的细节已被公认为一个文本优劣的评判标准，因此，潜入文字深处，关注细节，捕捉细节，审视细节，咀嚼细节，回味细节，于精微处体现和体验文学的魅力，俨然成为现代写作和阅读的要求。对我个人而言，我特别注重细节的提练、设置、铺排和呈现，因为我觉得只有细节，才真正是惊心动魄的，才真正是撼动人心的，所有的温暖、善良、正直、美感，只有通过细节才能展示其强大的力量。

2014 年 11 月

学问总在质疑中

我向来佩服充满质疑精神的学问家，如果没有质疑的精神，随波逐流，人云亦云，那还有学问吗？还需要学问家吗？所以，我在读寿涌先生的《古典文学研究拾贝》时，心生敬意。

寿涌先生认为，质疑是研究的生命，有了质疑的眼光，学术研究方可更加深入，而质疑是要有扎实考证的本事的，不然也会流于空泛。《古典文学研究拾贝》一书，便是这种认识的践行。寿涌先生在阅读古典作品时，对发现的问题，都能大胆地提出来，而后抓住问题追踪来龙去脉，以求实的精神，在理清历史事实的基础上，辨取可靠的史料，进而推出自己的新见解。书中的"说庄""道孙""评韩""论白"等诸辑，一以贯之地如此而为，读起来让人在条分缕析中颇感意趣。

人们常把庄子的思想渊源与老子对接，可在寿涌先生看来，这即使不是一种偏见，起码也属于看问题的片面。他在研究中发现，其实《庄子》内篇和它成书之前的任何古籍之间都可能存在某种思想联系。即以《左传》为例，庄子便获益不少，内篇的一些思想观点是源于《左传》，受启于春秋末年的历史记事的。为了佐证自己的观点，寿涌先生就《庄子》内篇与《左传》的关系进行了多方面的考述。在用词特点方面，他以为内篇深受《左传》某些特有词汇的影响。比如"乃今"一词，《逍遥游》云："而后乃今培风""而后乃今将图南"。考《左传·昭公二年》曰："吾乃今知周公之德与周之所以王也"。这些"乃今"都作"现在"讲。在思想特点方面，他则以为内篇择取了《左传》勇于揭露无道之君的批判精神。庄子讽刺嘲笑了统治者们的欺德有方，治世无能，并指出问题的根子是他们不愿"正而后行"，不想"顺物自然而无容私焉"，以至弄得民闻君命，如逃寇仇。内篇中记载了割鼻等无德之君施行的种种酷刑，而在这之前，述及刖劓之刑的唯见《左传》，而《老子》《论语》等书均未记之。

在《古典文学研究拾贝》一书中，寿涌先生对孙子研究中的一个定论同样作了质疑。关于春秋孙武的出身世系，学术界历来采用的是西晋杜预和《新唐书·宰相世系》表的说法，谓孙武字长卿，先祖是齐之陈书，陈书因伐莒有功，齐景公乃赐姓孙氏。但寿涌先生考之于先秦史实，认为此说有疑。在1972年4月山东临沂银雀山出土的汉墓残简佚文中，记载孙武曾对前去造访的吴王阖庐自称"外臣"，意为他国来奔之臣，或为方外之臣，即所谓隐居不仕之人。这一记载与东汉赵晔《吴越春秋》所记孙武在吴"辟隐深居，世人莫知其能"甚为吻合。寿涌先生对孙武身世经历的史料记载一一汇集比照，对孙武和陈书之关系一一辨析，最后得出自己的结论：孙武当出于齐国孙姓氏族，因避公元前548年崔杼弑君之乱而入吴地，绝非齐国陈书之后。他引银雀山汉简《孙膑兵法》所记孙膑之语曰："明之吴越，言之于齐，曰知孙氏之道者，必合于天地。"可见，返回齐国的孙武子孙们也甚以孙姓为荣。

寿涌先生的著述就是这样，在古典文学的海滩上，以质疑的勇气和考证的力量捡拾起一枚枚散落了的贝壳，拂去泥沙，还原它们本有的光泽，并让读者浸淫于一种平心静气地追怀以往的氛围中。我特别喜欢《唐诗〈枫桥夜泊〉原生态考察三则》，这篇文章以田野调查的方式，翔实探查苏州寒山寺，走访运河古桥，考察地理方位，核考吴中水系实况，以破解唐代诗人张继《枫桥夜泊》一诗中的"江枫渔火"之谜。文章写得既严密谨慎，又充满诗意，非但将张继坐船的行经路线及该诗的吟成时间逐一考据落实，还满怀激情地赞誉了后人对自然美景的保护。寿涌先生认为，先前人们一直将"江枫"作江边枫树之解是错误的。其实，"江枫"说的是两座桥，一是江村桥，一是枫桥，这两座桥均是单孔石拱桥，形状相似，都始建于唐朝，犹如姐妹，各自伫立在古运河的南北两端。所以，"江枫渔火对愁眠"描述的应该是夜黑霜浓，寒山寺前渔火点点，江村桥和枫桥在古运河的两边隐然相望，激起船上旅人无以名状的淡淡的闷愁和哀怨。读到这里，我心潮荡漾，对寿涌先生这位学问家愈是钦佩有加了。

2015 年 3 月

看一个金庸的全景

　　关于金庸及其作品，仿佛人人都能聊上几句，说实话，就我自己而言，读过金著，读过金传，也读过金评，于是，似乎对金庸已俨然熟识，但这是真的吗？至少，当我想认认真真来说说金庸的时候，蓦然发现，我看到的只不过是他的若干侧影。

　　而在金庸先生欢度九十一岁生日之时，我打开海豚出版社今年2月出版的整整13卷"陈墨评金庸系列"时，我想，这回，我们真的有可能看到一个金庸的全景了。记得前几年，北京大学教授严家炎先生送我由他撰写的《金庸小说论稿》，其扉页是一封金庸写给他的信函的影印件，其中提到"陈墨先生所撰《金庸的小说世界》一文，谬赞殊甚愧不敢当。其中少数因事实略有出入，谨修正奉上，请费神代转陈先生，所改者均无关宏旨，不改亦可，诸承费心，至以为感。"由此，我知道了陈墨及其对金庸的研究是可以高度信赖的。如果说，金庸本人都曾对虚浮飘泛的大量的所谓"金研"之文不置一顾，那么，这洋洋13卷的"陈墨评金庸系列"确实是陈墨以艰苦诚实的劳动所作出的严肃的学术研究和探讨。

我不能不将"陈墨评金庸系列"卷名一一列出，因为这将一目了然地明白为什么说陈墨给了我们一个金庸的全景。这十三卷分别是"赏析金庸""初探金庸""情爱金庸""武学金庸""人论金庸""艺术金庸""文化金庸""散论金庸""重读金庸""形象金庸""细读金庸""改编金庸"和"版本金庸"。正可谓方方面面，形形色色，无所不包，用心之至。

对于金庸的小说，读者向来因其故事流畅曲折，人物性格鲜明而津津乐道，更有人拜金庸为武侠大师，臆想其握藏各门各派之武功秘籍，可对其小说艺术则茫然不知。在我眼里，金庸是位小说家，他写通俗的武侠小说，只是借助于人们喜闻乐见的武侠题材来展现他的文化抱负和文学情怀。我自己很喜欢他的《鹿鼎记》，其历史文化品鉴超越了武侠小说的一般规范。陈墨认为，《鹿鼎记》堪与西班牙作家塞万提斯的经典名著《唐吉诃德》相提并论，如同《唐吉诃德》通过深刻的反讽对虚拟的传统骑士文学世界进行无情的价值颠覆一样，《鹿鼎记》则可以说是对中国虚拟的传统武侠世界进行了反讽和倾覆。总有人以为《鹿鼎记》甚至不能称之为"真正的"武侠小说，其主人公韦小宝更不是传统武侠小说中的侠士英雄，而是个典型的不学无术的市井流氓。但在陈墨看来，韦小宝让天地会总舵主陈近南、红旗香主吴六奇等英雄豪杰黯然失色，且让康亲王杰书、明珠、索额图等满朝文武相形见绌，更让顾炎武、黄宗羲、吕留良、查继佐等关心民族气运且明辨深思的当世大儒几乎成了书中的笑柄，这种奇异的状况，本身就意义重大，因为这意味着这个世界发生了严重的变形，甚至价值颠倒。陈墨以回评细述的方式，揭示了《鹿鼎记》的满纸荒诞，诸如明知韦小宝身份可疑、动机暧昧、立场模糊、患得患失、投机取巧，可非但康熙一心劝他效忠朝廷，天地会众也要推举他为总舵主候选人，而顾炎武等文人学者和思想家们甚至竟然要他做中国的皇帝，这就不是一般意义上的所谓"黄钟毁弃、瓦釜雷鸣"式的悲剧故事了，而是有着更加深广的历史文化内涵。读及此处，我感受到振聋发聩的震撼。

或许因为我自己从事影视剧这一行，所以对陈墨如何看待金庸著作不绝如缕的改编很有兴趣。在书中，陈墨自陈受制片人邀请，实际上参与过多部金庸小说的影视改编策划、剧本统筹或剧本编审等具体工作，因此切实了解到电影或电视剧形态与小说之间的不同，因而必须经过艰苦的改编和再创，才能找到恰当的形式将金庸小说的形象和灵魂充分地表现出来。恕我直言，我对陈墨参与改编的张纪中版电视剧《神雕侠侣》不敢恭维，但在《四十集连续剧〈神雕侠侣〉改编备忘录（提纲）》一文中，我读到了他对原著改编的敬畏之心。他在改编中力图体现自己的研究成果，比如他认为原著小说一方面表现了金庸向外在环境方面的想象空间拓展，另一方面则是向人物内在心理深度和广度方面的探进，因此在改编时，他希冀以漫画式的夸张和变形等非写实的方式展现外在空域，而以契合现代精神、气质的浪漫、唯美等方式使主人公面貌一新，丰满而生动，他甚至建议考虑用画外音的方法，让杨过、小龙女或郭襄作主观性的回忆和追思，以造就生动细腻、体贴入微，且神秘悠远的氛围。我觉得陈墨提供的思路和方向并无可疑，只是作为综合艺术的电视剧却在一个向度内难以完成"纷繁综合"，而受制片方的诸多制约，基本没有可能作出文学上的追求，导致该剧毁誉参半。但不管怎么说，我认同陈墨所言："好像尼采说过，每个成年人的心里，都有一个五岁的小孩。这话，很可能包含了有关人类心智的最大秘密：童心活泼，灵性生动，人性才得健全。……好在，金庸小说是'成人的童话'中最好的一种，老少咸宜。"由此，童话可以不断地重述、再造，但"陈墨评金庸系列"为我们所提供的一个全景的金庸，则是难能可贵并有相当的恒久性的。

2015 年 3 月

草原深处有茂云

我和刘茂云兄曾在去达茂旗的路上，聊起过他的家乡，他的话语就像他的人一样，纯朴而真挚。今天，在我读到他的书稿《心在路上》后，我对他的家乡，他的经历，他的理想，他的事业了解得更多了。

文字真是具有非常奇异的力量，让我在上海的黄浦江边，通过文字，看到了漂浮在遥远的内蒙古的天空中如同哈达一般洁白的云朵，看到了站在云朵下的茂云兄一步一步地走向草原深处。对于我而言，草原是陌生的，所以我格外向往，在我的想象中，茫茫大草原一望无际，茂密的草丛甚至淹没了云天。可是，虽然去过四川，去过青海，去过内蒙，但很遗憾，我却都没有见到过我想象中的铺天盖地的草原，落下了无数的惆怅。所以，在我读着茂云兄的文字时，我想着我的一些遗憾、惆怅可以得到补偿的。

其实，茂云兄的这部散文随笔集《心在路上》笔触深广，既有对过往岁月的记忆与怀想，也有对现实生活的描摹与思考，就像书名那样，他的心在路上。我也随着他一路看过去，看到了滚动的土豆，看到了后山的莜麦，看到了可以飞翔的自行车，看到了能够在尘埃中我自独放的一枝莲花。自然，除了茂云兄，我现在也认识了未曾谋面的他的静默的老父，他的无冕之妻，他的魁梧的儿子。但是，我真的更加喜欢他的与家乡有关的文字，那些文字如此深沉，以致让我深陷其中。

茂云兄的家乡叫做"二楞滩"，"二楞"是蒙语谐音，意为"有花的地方"，只是这地方并没有浩瀚的草原，而是一片平坦如砥的原野；也没有鲜花常开的盛景，只有那口无法掩埋的老井，默默地诉说着苦难与欣喜、冷漠与柔情、失却与坚守。集子中《平房生活，一掬土质的记忆》一文，犹如一幅黑白照片的剪影，镶嵌在乡愁的暮岚和烟雨之中。文中写道，人类最早的家园一定是平房的格局，即使是洞穴、帐篷、草寮；平房的哲学意义是家，住在平房里，感觉踏实本质，温馨暖和；世上的痛苦多如尘埃，而找不见家门是痛中之痛，残酷的现实是这世上忘了家门或找不到家门的人多如牛毛。读着这样的文字，我感觉着一种特殊的朴素和诚挚。《无韵之故乡》以如诗般的韵律，歌咏着对家乡的深情怀念："想你，从村口那一条一条的小路开启，那些路从我的脑海蜿蜒，曲折了我的思念。一条一条的路是缠在故乡身上一条一条的绷带，挽起来是褯褓，生生不息了生命的一代一代；飘开来是伸向远方的祝福和期待，把希望和思念直通向天边，模糊在天外。"我读《归去来兮》尤为感动，文章十分细腻地描述了白云深处的老家，叙说了在老家母亲赶着毛驴车带他去看百里外的姥爷的故事。母亲在他心里的分量是最重的，他总是紧紧拽着母亲的衣襟，如果母亲不在身边，恐怖便袭上心来，变作一片汪洋，"看不见的一片汪洋在脚下流动，我是一条迷失方向的船，唯一的一条船。黑暗，黑暗得没有了颜色；时间，我没有了时间。"所以，母亲在三十七岁那年早逝后，不幸像海啸般让一个原本其乐融融的家瞬间震荡崩塌，像遭逢突然的月蚀，所有的星星一下子丧失了固有的轨道和秩序，没有了照耀，连自身也失去了光亮，变得黯然沉寂。"家里没有了母亲，家里到处都是母亲。"这行文字让我泪水盈眶。而《诠释幸福》则以豁达的姿态，面对杯子里的半杯水，观照出"我只剩半杯"的一声叹息，"我还有半杯"的无比珍惜的两样人生。

我读完茂云兄的这部书稿时，抬起头来，看到的恰是他在书中写下的这个句子："天蓝得出奇，云一动不动。"上海已经少有这样的气象了，所以，我特别期望茂云兄的文字能留下来，能带我去往内蒙古的草原深处——虽然现在我已知道他的家乡其实并没有丰茂的草原，但是，辽阔无垠的原野已足够给我以希望和美好。

2015 年 5 月

珍贵的童年记忆

　　九十多岁高龄的任溶溶先生的新著《我也有过小时候》，是一本童年回忆文章的结集，其中大多我先前读过，我真的每一篇都喜欢。

　　这样的喜欢源于任溶溶先生所有的回忆文章都写得亲切诚挚，朴实无华，没有任何的造作，童年时遇到的那些事那些人，即使在八九十年后，依然栩栩如生，不仅在他漫长的生命中被不断追怀，而且也给我们留下了一幅仿佛可以伸手触摸的真实的生活图景。那个四岁了还捧着奶瓶到处跑的"大老板"，在阳台上指挥几十个无锡大阿福排戏的"总司令"，将上衣袖子用剪刀剪掉的"小裁缝"，让我读后忍俊不禁。任溶溶先生的童年在父母的呵护下，过得还是快乐和幸福的，他们的慈爱和宽容，让一个孩子没有受到经常的训斥和限制，身心得以自由而健康的成长，倘若现在的孩子要是心血来潮学做小裁缝，将好端端的衣服剪去两只袖子，怕也要遭到父母的喝斥。任溶溶先生写他的"傻姑丈"，听信算命先生的一派胡言，在"寿终正寝"前辞去工作，四处游山玩水，花完钱财，然后在大限前回到家里，静静地等待离世，结果是空等一场，其实离死还早着呢。通篇文字质朴、简洁，犹如白描，没有一点的水分，就像文中所说，这"傻姑丈"的故事都发生了近一个世纪了，可今天读来依然鲜明生动，呼之欲出。其实，这是写作上的大境界了，看似白话，却是内涵丰蕴，对迷信盲从的揭示是相当深刻的。

虽然在父母的羽翼保护之下，任溶溶先生的童年可谓衣食无忧，但在国难当头的抗战年代，还是伴随着动荡不安，内心投下了不少阴影的。他的二哥到街头宣传抗日，过于激愤导致精神失常。他和几个四五岁的孩子一起在弄堂里玩时，有个大约三岁的日本小姑娘总跟着他们，他们跑她也跑，他们捉迷藏，她也躲来躲去。后来，有人想起来说不该跟日本人一起玩，于是他们撇下她走了，等到他们玩完，他回来时看到那个无辜的小女孩仍旧在老地方，一个人孤零零地躲在一个门角落里抽抽嗒嗒，十分伤心。他上学后，孩子们在学校学唱救亡歌曲，结果教歌的爱国大学生被人打伤，鲜血直流，老师请船家帮忙，把船排列起来横过小溪，护送受了惊吓的孩子们疏散。1937年日机滥炸广州，而日军入侵后，整个广州城一片混乱，他家的花园墙被暴徒砸破，还把屋子里所有的红木家具、珍藏书画等洗劫一空，他随全家匆匆回乡避难了大半年。1938年，在上海成为孤岛后，他又随一家人逃难回上海。这些记忆是沉重的，既属于一个孩子和一个家庭，同时也是一个国家和民族的记忆。

任溶溶先生在这本书的开首说："希望读者通过这本书，会得到安徒生老爷爷说的那种怀旧的快乐"。的确，我在这本书里随着他的叙述，得到了许多"怀旧的快乐"。事实上，我在这份怀旧中，知晓了许多有趣的民俗风情。比如在《风筝大战》中，知道了广州放风筝与别处不一样，并不在风筝上做文章，特别考究的是放风筝的线，放风筝的人称之为玻璃线，这种线很锋利，可以割断别的线，放风筝的目的就是要把别人风筝上的线割断。可是别人风筝上的线也是玻璃线，是你的线割断别人的线，还是别人的线割断你的线，那就要斗一斗才知道。这就是风筝大战。在《过年》里，可以了解过春节最让小孩子开心的事莫过于大年夜炸煎堆。煎堆是广东人过年必备之物，用爆米花加上糖浆搓成大圆球，外裹一层面粉皮子，粘上芝麻，在油锅里炸。炸煎堆要用许多油，一家人不好办，一般都是左邻右舍几家人合作，每家人拿来一两斤油，在一个大锅里倒在一起。几家人一面做煎堆炸煎堆一面聊天，像开联欢会，热闹极了。当然，有些旧习俗现在看来也并不是一味让人快乐的。《忆当年送堂姐出嫁》一文中，我们知道了一些婚嫁旧俗，比如新娘的花轿到了夫家后，喜娘要去央求新郎出来"踢轿帘"，一定要新郎踢了轿帘新娘才能下轿。喜娘把她背进新房时，新郎先在新房门口站在凳子上等着，新娘经过时用棍子打她，给她一个下马威。又比如新娘出嫁时要唱"哭嫁歌"，这些歌的内容无非是告别父母，感谢他们养育之恩，如今她们离开了，愿他们保重。任溶溶先生写道："当时在我们家乡，女儿出嫁就等于不再是娘家的人。想到我另有一位堂姐，出嫁后不久成为寡妇，住回娘家来，但逢节日不能在娘家过，只好外出避居几天，甚至临终也不能在娘家，给抬到村外一个破庙里去世，十分悲惨。因此我想，这位出嫁的堂姐唱哭嫁歌，也加进了她的心里话。她从小放牛唱山歌，顺口溜还是会编的。茫茫黑夜，万籁俱寂，听到这些哭嫁歌，实在令人惨然。送嫁不是一件欢乐的事。"

我再次读完任溶溶先生回忆童年的文章，深深感到这是非常珍贵的记忆。任溶溶先生用平白素朴但不乏幽默、温情的文字为我们留下的这份独特的童年记忆，具有一份厚重的守护和保卫童年的力量，这让我想起塞尔维亚著名出版家、《童年时光》的编者莱萨·塞库洛维奇所说的话来："作家们扮演了极其重要且有力的角色，因为他们能够为保护儿童权益提供最宝贵的资源——文字的力量。通过他们的作品，我们能认识到每个孩子的生命都是如此脆弱且宝贵，他们生活中的每一段时光都属于宝贵生命的一部分。"

2015 年 7 月

一个向度的阅读

有时候，我们常常陷于自设的矛盾中，比如，对阅读本土作家作品是否有足够的开阔度心存怀疑，而对阅读国外作家作品是否有文化差异而导致的障碍同样产生怀疑，这样的矛盾往往给我们的阅读带来一种莫名的割裂感，而这种割裂感又往往让我们形成并不完整和贴切的阅读体验，甚至做出并不符合事理的判断。

人民文学出版社、天天出版社此次推出"中西动物小说大王金品共读系列"，恰恰是对上述自设矛盾进行化解的有效尝试，也使读者有了一次全新的阅读体验：一本书，相似的主题或主角，两位作家，一位是东方背景的中国本土作家，一位是西方背景的加拿大作家，一位写作年代在当今，一位则在20世纪初叶。这样一个组合，将曾经自设的矛盾干脆放在光天化日之下，让心有怀疑的阅读者索性放下心来，在一个向度的阅读中获得真实的体验和感受，作出相对客观、公正的判断。

以这套规模硕大的系列中的一本《狼王梦 / 狼王洛波》为

例，两位作家所写的都是"狼王"，同样的故事主角，因此可以说给读者限制了阅读时空，没有太过复杂的多向性，也即所谓的一个向度，但是，正是在这样的限制中，反倒是放大了所有可以比较的东西，让读者无需心揣各种成见和疑惑进入阅读。

两只狼，一只是母狼紫岚，一只是公狼洛波，在两位作家的笔下，它们不约而同地都被赋予了人的品性，都是当作人来写的。于是，如同每一个人一样，它们各有各的故事，各有各的命运。但是，由于两位作家的写作各自独立，所以，尽管都是写狼，可母狼紫岚和公狼洛波有着完全不同的时空，地理上相距遥远，时间上相隔一个世纪，朵玛尔草原因东风吹过而起伏，格伦堡山地则因西部的峡谷河流而跌宕。神奇的是，完全没有交集的作品，时空完全不同的故事，却表达了一种相同的理念，相同的理想，相同的意志，也因此让读者生发出一致的共鸣——原来，两只狼遭遇了本质上是一样的生存绝境；同时，两只狼表现了本质上是一样的情感存在。

因为是在一个向度内的阅读，所以阅读变成是承续的、递进的、互补的，然后达到了审美意义上的"完美"：沈石溪的文字是精致的、凄美的，带有浪漫色彩，西顿的文字是冷峻的、粗犷的、遵循写实主义；沈石溪着重描写的是动物与动物间的故事，西顿侧重于描写动物与人类之间的故事；沈石溪在作品中往往影射人类的现实社会生活，西顿在作品中则倾向于揭露人类的无知和贪婪；沈石溪的批判是隐忍的、温情脉脉，西顿的批判却是犀利的，直击人心；沈石溪展现出英雄主义情结，西顿则体现环保主义理想和悲剧意识；沈石溪揭示竞争法则、丛林法则、生存法则，而西顿赞美感知喜悦的法则、生命的法则以及在此基础上所建立的道德法则；沈石溪在大自然面临前所未有的破坏之时力图唤醒人与自然和谐的意识，西顿在19世纪晚期已经预料到人类今日的疯狂，所以如同里克·巴斯所说，"迫切地想要在人类紧闭的心灵上打开一个缺口"。

于是，我们看到，先前自设的矛盾所带来的阅读上的割裂、焦虑和不信任，在一个向度内比较容易地被释怀了，读者感受到两位原本毫无交集的作家所表达的是同一种态度和意志，那便是洞察到人类对与自己相伴的动物界的无知和由无知带来的对动物的严重伤害，对生态环境的严重破坏，而这种伤害和破坏最终导致的将是人类自己的覆灭。与此同时，预设的一个向度也让读者得以比较容易地获得完整的阅读体验和认知，没有通常多向度阅读所导致的支离破碎，头晕目眩，读者可以直观地感知不同的作家有其不同的审美视角、文学主张、写作风格。有意义和价值的是，这样的不同最后却又殊途同归，展现出作家共同的理想和追求，以及共同的人文情怀和社会担当。

毫无疑问，读者在一个向度的阅读方式中，能够比较实事求是地对文学作品作出符合事理的基本判断。宏观上大到世界各地的作家，微观上小到沈石溪、西顿这样的个案，读者可以理性地、客观地了解到文学作品各有千秋，沈石溪和西顿的动物小说，也各有所长，各有所短，由此解开纠结不安的心结。

正是在这个意义上，一个向度恰恰是多向度多方位的整合，有所限制恰恰提供的是更为集中也更为互补的空间，从而使读者具有了一种国际视域。这样的阅读体验带来的意外惊喜，便是激发读者不再矛盾重重，而是乐意通融地阅读本土和域外作家的作品，并从世界文学作品中获取更多的精神愉悦和心灵的力量。

2015 年 10 月

羁留不住，但随遇而安

我读张好好的长篇小说《布尔津光谱》，感觉与自己那么亲近，与自己的精神特别契合，这倒不光是因为我曾到过作品中写到的几乎所有的地方——乃至小凤仙的故乡四川双流，海生的家乡山东牟平，还有全书中那个并未出生，但始终以他悲悯的眼光看尽了本来属于他的这个温暖的家庭和这个家庭赖以生存的地方的变化的夭折男孩爽冬最后想去的禾木；也不光是因为我在最好的青春时光与海生一样做了木工，当然我全然没有海生的本事，他可以为家里盖起一排土坯房，我只是在上海20世纪80年代的城区改造中，为把新村小区原有的富有特色的石子蛋硌路面翻造成水泥路而做些拦木壳子的活，以使水泥搅拌机中拌出的水泥在用翻斗车装着倒向路面的时候不会越出界限。真正让我手不释卷的是我在北疆小城布尔津待过几日，当许多人都急着奔向喀纳斯，因而忽略了这座小城的时候，我倒是在冥冥之中停下了脚步，并在城西北的那片幽静的原始白桦林中走来走去，想着一个问题，为什么在这个堪称是"移民的小城"

里，那些从四面八方简直是不明就里远道而来的人，会在这个有着寒冷而又漫长的冬季的偏远之地安营扎寨。张好好在小说中不断地提到构成布尔津小城建筑格局的"四条大街"，是不是我曾来来回回走过多次的在我眼里别具一格的云杉一条街、白桦一条街、红柳一条街和白蜡一条街？不管怎样，我想说，我在布尔津停留的那些短短的日子里，最为打动我，同时也最让我迷惑的正是这座小城的宁静和恬淡，不论何处，总是看到人们安静地坐着，轻声地交谈，那份随遇而安有股撼动人心的力量。这是布尔津留给我一个匆匆过客的外在印象。如果这是真的，那么，是什么赋予了这座小城以这样的力量的呢？

《布尔津光谱》正是以文学的方式向我揭示了那个力量的来源，让我感到惊讶甚至有些惊悚的是，那竟是一种悖论的力量，也即漂泊和归心。如同作品中所描写的形形色色的人物，不管是戚老汉、老杨、老曲，还是梅、阿娜尔、钱小苹、发髻女，你会发现他们就像这部文学作品本身所呈现的散文的风格一样，虽然都在布尔津生活，可都只是人生中的一个段落，最后都一晃而过。说到底，人人都像奔流不息的额尔齐斯河永不耐烦地向别人的宣说——我终归是要去北冰洋的，你们便羁留在这里吧。我在布尔津城边见过这条我国唯一流向北冰洋的河流，平静而默默地流淌着，但是到了城郊西南，一旦与布尔津河交汇，便是完全不同的面貌了，河道变得非常开阔，水声哗哗，犹如脱兔奔腾而去。张好好用了一个词："奔走"。布尔津虽然偏僻苍凉，但胸襟开阔，它收留了所有愿意在此停留的人们。但是，人们总是身子停了，心却依旧不停，依旧"奔走"。小凤仙希望她的三个女儿永远留在这里，她甚至将女儿爽春送去读哈萨克小学，让她学会哈萨克语，以期将来有机会去县委工作。想到女儿坐在米黄色的县委大楼中某一间明亮的办公室里，她的心脏就跳得几乎紊乱了。可她又对别人说，将来她的女儿都是要到外面去读大学的。即便是她的男人，那个沉实敦厚、性情温柔的海生最后也把饭碗墩到桌子上，对她说，我总不能一辈子就这样；而她的女儿们也一次又一次地站在额尔齐斯河大桥上，想象着有一天走过大桥，往正前方去，那儿有随手便可以触摸到的柔和的蓝光。

那么，从这个意义上说，张好好用她的充满睿智和诗意的《布尔津光谱》回答了我的问题，也即这个世界上最深刻的矛盾莫过于漂泊和归心了，漂泊与奔走是永恒的，驻足与归舟也是永恒的，人就在这矛盾中生活着，然后感悟到顺其自然，感悟到其实它们最后都指向爱和美满，而不是空空如也。如是，他们才会在心犹不甘中表现出随遇而安。

我去过额尔齐斯河畔的"河堤夜市"，那里人声鼎沸，灯火辉煌，姑娘跳着维吾尔族的麦西来甫，哈萨克小伙子则弹着冬不拉，人们吃着布尔津的招牌美味烧烤冷水鱼，喝着来自俄罗斯的格瓦斯，我在光怪陆离中，觉得其实并不太和谐。我想，以前的布尔津一定不是这样的。事实上，《布尔津光谱》也正描述了日益远去的先前的那方土地，填充了我的想象。其实，不要说我，连布尔津人自己都发现了，世界越来越小，什么风都会吹到这座中国西北顶端的小城，因而不会有世外桃源般的安宁了。小说中所描写的布尔津所谓现代化的进程，与上海、北京这样的大城市没有什么不同，看一样的电视剧，唱一样的歌曲，小凤仙一样去商场里摸奖，海生一样戴着茶色眼镜去喀纳斯做建筑工，旧房子一样地拆掉改建大楼，毛纺厂的污水一样地排入额尔齐斯河，水泥厂黑色的大烟囱一样地直对蓝天……换句话说，所有的蠢蠢欲动，所有的"奔走"都是必须付出代价的。所以，当夭折的婴儿爽冬用自己的眼光看着放大的世界里自家院子的灯火，也会为他的三个姐姐们渐渐流逝的如苹果树昂扬生长的少女时光而叹息不已。

我们注定做不成像额尔齐斯河所说的那样——我终归是要去北冰洋的，你们便羁留在这里吧。我们也羁留不住，虽然我们表面上随遇而安，也想贴骨贴肉地安居一方，但我们也会不由自主被推着去奔走，好在我们知道有许多东西会沉淀于内心，就像海生他们到哪里也摆脱不掉布尔津了，他们的身上已经深深地打上了布尔津的烙印。

今年上海的冬天犹如黄梅雨季，淅淅沥沥，我家窗外的小径上，至今还因为每天的落叶而铺成一地金黄，这令我怀念布尔津最好的八月里那些层次感极其丰富的树林。读着《布尔津光谱》，我常常神思游走，就如此刻我们与爽冬一起蹲在高高的红柳崖上，逃离喧嚣片刻，静静地谛听地球上一个叫布尔津的角落发出的千万种声息，眺望从那里发出的千万道光谱，并同时诘问自己：我能做到像那个锯木工人那样，在那里随遇而安地久居，却又不愿不甘地去奔走，并在这奔走中有意无意地伤害容纳了自己的那个地方，最后怀着一种负罪感，等到退休后每天去到额尔齐斯河对岸，在那片已被贪婪的人们所造成的遍布砂砾的戈壁滩上，栽种一棵小树吗？只有这样，我们才有可能真正永远地留在一个属于最后归宿的地方。

2015 年 12 月

北中原的草木和人心

我毫无保留地钟爱冯杰的文章。

我身在沿海城市，虽然也去过河南一带，但奇怪的是，对这块广袤的土地，无论我听到的还是看到的，都感觉不是那么真实，我总是觉得，只有在冯杰的文字中，我才能真正感知并认识北中原。这样的经验于我而言，实在是唯一的。

这就是文字的力量和魅力。尽管冯杰也有高头大章，恣意纵横，但是，这一次他堪称"小品"的散文集《泥花散帖》（百花文艺出版社 2016 年 1 月出版）照样让我爱不释卷，而且，我发现我对于北中原的了解和识见，通过这部图文并茂的散文集而越发细致和真切了。我承认，我再次被冯杰纯朴、自然、睿智、幽默的文字所折服。

冯杰的"小品"真是很小，寥寥数百字，而他亲自配的画同样也是"小品"，寥寥数笔。可是，不论文与画，却都有着饱满的深挚的情怀，渗透出"乡土美学"的浸润，让我们跟着他身陷其中，辨识北中原的瓜果草木，更辨识北中原的世道人心。

在《泥花散帖》开篇之作《牛舌头》里，冯杰告诉我们，"牛舌头"就是他家乡的那一棵棵充满乡土气质的车前草，他说："我一直生活在北中原，三百篇《诗经》里，有近百首都长在这片土地上。卫风、鄘风、邶风都从我的故乡大地缓缓吹起。风吹草低。车前草低，诗句高。"因了这份缘，于是，他常常恍惚碰到"诗经年代"的那位采诗人，他穿着一袭麻布衣，柳絮如雪，执着一方木铎，蹚着缀满露水的牛舌头，正从他家门前匆匆走过；采诗人当然不知如今牛舌头已然成了美味，连冯杰的姥爷都说"开封的酱牛肉天下第一"。

　　冯杰的文字是独特的，他人难以模仿和复制，这就是一个作家的真本事。在《惊叹，由吁到芋》一文中，冯杰这样写道："在我们北中原殷墟出土的甲骨文里，你就是把全部的龟片翻个底朝天，也找不到这个小小的'芋'字。文字比它本身走来得要更晚一些。我开始把它的来历想象成一出乡村传奇：最早，是在很远的一天，我们北中原的先民在田野或荒无人烟之地苦旅，忽然，看到了那种未曾见过的大叶子，于是，发出惊叹的语气助词——'吁！'再于是，这种植物就开始叫'芋'了。这就是它的来历。当然，还得给汉字戴上一笠遮雨的草帽。中国汉字有个规律，凡带草字头的，都是绿颜色的汉字，能发芽的汉字，能种下的汉字。"配这篇文章的是一幅芋头的国画，黑墨的芋梗芋叶中有一个很小的红点，仔细分辨，才看出原是一只甲虫，疏淡而灵动。画上题有"芋梗一丈，叶大如天"八个字。我觉得自己这才明白了什么叫"绘文章"，也懂得了锦绣文章非得"手工制作"，这才可能成为唯一，成为真正的创造。

读冯杰的文章，我有时会发出会心一笑，有时则会悄然滴落一颗泪珠。比如他写乡下用来驱熏蚊子的艾绳，那是闲时以艾草拧成的，"太短太长都不适。艾绳以拧三尺为佳，太短，不易挂起来收藏。况且因为短小，蚊子看到也无震撼感。""一个人在一生的日子里，他开始去到一个地方，最终要回到一个地方，他去寻找一个人，去惦记一件事，去实现一个告人或不可告人的心愿，去得到一册梦寐的手抄本秘籍，都与一条绳子有关。有形或无形的绳子。内心冥冥里必须有一条牵引着你的绳子。就譬如这条三尺长的艾绳。闻着艾草气息，哪怕不点燃，一个人也能找到自己的家园，看到瓦楞上的草，看到那些逝去的亲人的坟茔。"徘徊在这样的文字里，我感受到那片北中原所孕育的草木乃至人心，离地处沿海的我的精神如此契合，简约平朴，微言大义，老辣而多甘——辣是悲苦生活的点睛，甘是艰难日子的温暖。

2016 年 8 月

在个人经历中建构历史

我一直觉得，如果从个人经历中不仅可以回望历史，同时其个人经历还必定会被写入史册，那么，这样的个人史是可以建构一部大历史的。出版家俞晓群和他的《一个人的出版史》，即是最好的佐证。这部由上海三联书店推出的洋洋三大卷新书，既是俞晓群从事出版工作的个人史，同时也从某个角度为我们描摹了一幅三十年来的中国出版史。

《一个人的出版史》出自俞晓群的日记，详细记录了从1982年至2015年间他在出版工作中所进行的主要活动，所经历的重要事件，所遇到的各种人物，其所见所闻、所思所想与我国改革开放以来的出版业的发展过程高度叠合，所谓"一叶知秋"，读完这部个人记录，对三十多年来整个出版界状况的认识是可以有一个比较清晰的轮廓的。毋庸置疑，这便是这部著作的价值和意义所在。

捷克政治家瓦茨拉夫·维尔说："人人都有参与历史的平等权利。"而俞晓群非但参与了历史，并在某种程度上创造了历史。俞晓群踏入出版界之时，正好赶上20世纪80年代思想解放运动蓬勃开展之际，出版业表现出强劲的发展势头。历史是由细节写成的，俞晓群给这段历史注入的细节是，在他主掌辽宁教育出版社之后，让这家地处东北的名不见经传的出版社发出了引人注目的光芒。"国学丛书""书趣文丛""新世纪万有文库""万象书坊"等一系列具有很高思想与学术价值的丛书的推出，为新时期出版史写下了辉煌的一页，既带动了读书界又一次启蒙思潮，也对中国的丛书出版模式做出了有益的探索，社会反响巨大，包括我在内的众多读者，都从这些出版物中获益匪浅，甚至影响到了自己的人生。俞晓群注定是要进入历史的。本世纪以来，中国出版界又进入了一个转型期，作为海豚出版社的新掌门人，俞晓群再一次显示了他作为出版家的能力和自信，他将这家出版社，同时也将中国出版业在图书出版面临新的困境与挑战之际，引向了一个新的方向，即一方面注重图书内容，一方面注重印制技术。如今，"海豚出品"已成了响当当的品牌，其装帧设计和制作在业界名列前茅，今年我们看到的为纪念莎士比亚和汤显祖而推出的新版"莎士比亚悲剧集"《牡丹亭》，其精美当得起"卓绝"两字。这就是历史中的俞晓群，而他的这部"日知录"，则为我们鲜活地展现了一位出版从业者在这个大时代中的学习与成长的生命历程。

一个会被历史记住的人，除了其煌煌业绩，一定还有独特的创造性的理念。现在，"书香社会"已成为人们的共识，而这一出版理念首先是由俞晓群提出的。1993 年，俞晓群为辽宁教育出版社写了一句广告词："我们的理念：为建立一个书香社会而奠基！"事实上，这是他一生为之践行的目标。在谈到出版"新世纪万有文库"时，俞晓群曾这样说过："我们组织选题的理想更为丰富，搜寻精神家园的情绪更为迫切，解放思想的责任更为沉重。"我觉得，俞晓群是个骨子里的坚守文化的理想主义者，他有着极大的文化担当意识，也有着令人感动的历史使命感和责任感，因此，当别人称他为"中国出版界大佬"时，我倒是看到了一幅他历经起伏却初心不改的孤独而又悲壮的剪影。俞晓群的人文情怀那么深挚真诚，所以他才气场强大，能够聚拢起一大批老中青文化精英和强将，一次次地创造出版史上的梦想与光荣。对于我等崇尚"文化至上"的人来说，文化史，是历史中的历史。

弹指一挥间，到今年 9 月，俞晓群已年届六十。在这个时刻，回望过去也罢，瞻望未来也罢，没有什么比这部《一个人的出版史》更能展示他的努力和抱负了。有一点是肯定的，他不会就此收住缰绳，因为出版是他的终身志业，他依旧磨拳擦掌，跃跃欲试。前几天，我和他见面时，听到他说的最多的还是组稿的事情。我完全相信，这样一个执着的人只会酝酿再一次风生水起，为中国出版史书写新的篇章。

2016 年 9 月

温凉阳光

读完廖亦晨的长篇小说《悲悯》，正值黄昏，西下的太阳渐渐淡去，气温也随之变化，由温转凉。我忽然想到，其实，廖亦晨写的《悲悯》，也是让我们在她的文字里感觉着那些有时温有时凉的阳光的。

没有人会疑问，阳光是有温度的，但许多人却总是以单一的温暖来阐释阳光，忘记了淡去的太阳会变得冷凉起来，温度降落。这实在是一种常态，可在现实生活中，这样的常态却成了异态，以致我们感觉单薄，以一代十，意气用事，于是，便一味地注重我们所喜欢的温暖而轻看我们所不喜欢的冷凉。但这是生活吗？显然这是一厢情愿，而且是对生活的误解。廖亦晨以她的敏感洞察了我们这样的认识误区，所以在她的文字里帮我们恢复常态，帮我们纠正偏见。

《悲悯》写了几个女孩的邂逅、投缘、龃龉和重逢，其中也写到了疾病与死亡，写到了冷漠与隔阂，用廖亦晨自己的话说，"有一种命运叫做羁绊，相遇在离别之前，重逢在过往之外。世上注定会有暗与光、黑与白、悲伤与欢愉、消逝与存在……于是，就有了她们的故事——在该是最明亮的岁月里迷失，又在最黑暗的时光中重拾光明。"这样的故事让我一次又一次地感知到生活的多重性，感知到阳光并非始终维持在一个恒温中。在故事主人公们的身上，我所看到的人性的复杂令我恍然，那是因为这样的复杂在表层上相当模糊，似是而非，没有清晰的边界，所以我们才会时常惊讶，时常怀疑。但这就是生活的真实状态，廖亦晨只是用她擅长描摹和解析的笔触将这一切呈现了出来。这样的呈现并不容易，温凉并不是简单的对立，而是相对的，交互的，甚至是融合的，这是一种深邃的哲思。如果说，故事的场景是在单纯的校园，不如说这是拓展开来的更为广阔的生活背景。

廖亦晨在《悲悯》中表现出特别的时间感，从晨到昏，从夜到昼，几度轮回，周而复始。说实在的，这样的时间感让我觉得非常紧张，也感到难以捕捉。可是，紧张感使人愿意探寻，让故事的每一个瞬间都记忆犹深；而难以捕捉的时光，使人相信时间可以改变一切，温与凉都在转眼之间。我与《悲悯》中的那些主人公一起度过漫长而又短瞬的日子，发现时间才是一只看不见的手，调控着日日夜夜，并让我们不断体验着时差所导致的浑沌与清晰，错乱与平衡，焦躁与安然，温暖与冷凉。

谁说不是这样呢，时间的变化使《悲悯》的故事和故事里的主人公被赋予了一种成长的意味，成长不就是变化吗，成长中的每一个阶段当然想法不同，表现不同，认识不同，但这都是具有内在联系的，是递进的，是富有层次的。于是，我们才有可能真正意识到时空变幻中的人是复合的，时空变幻中的阳光是完整的。

廖亦晨在《悲悯》中试图用一场演出来阐释她的小说的主题，所以我们看到了无休无止地去往东方的那些幽冥，他们的诘问正是我们所思考的，他们的回答正是我们所关注的。答案也许真的很有些艰难、复杂和琐碎，可这就是生活的本像和本真，不管我们是豁然开朗，还是依然纠结，但这毕竟是清澈明了的——人在成长中可以不断地认识自己，发现自己，也可以不断地认识他人，发现他人，而所有的认识和发现都导向我们终于明白阳光的温度并不是一成不变的，有温暖也有冷凉，温暖可以接受，冷凉也是自然，因为有温暖，也有冷凉，阳光才真切，生活才丰富，人生才完整；因为有冷凉，因此我们更应该追求温暖，感受温暖，珍惜温暖。

2016 年 12 月

见信如晤

　　近日，一档电视节目《见字如面》受到观众的好评，在手书信函因通讯方式的改变而逐渐淡出日常生活之时，节目以读信的形式打开历史节点，带领观众走进那些依然鲜活的时代场景、人生故事，去触碰那些依然可感的人物情状和社会风物，重新领会人类的精神情怀与生活智慧。

　　其实，早在去年年初，我就读到过一本让我心仪的书，那是英国人肖恩·亚瑟编著的书信集《见信如晤》。这本书的初衷与《见字如面》如出一辙。2009年，肖恩在网上开设了名为"见信如晤"的博客，旨在收集各种各样的信件，出乎意料的是，一时间竟涌来百万访客。四年之后，肖恩将精心收集来的一批各具风味、扣人心弦的信件编成了图书出版。我在阅读收入中文版的124封信函时，每每浮想联翩。

　　1967年，爵士乐传奇人物路易斯·阿姆斯特朗写了封热情恳切的信，寄给驻扎越南的一名给他写过慕名信的海军士兵，他像老朋友一样在信中娓娓追忆自己的童年往事，字里行间妙趣横生。著名小说家弗吉尼亚·伍尔夫在 1941 年 3 月投河自尽前，在家里的壁炉台上留下了一封写给丈夫的信，上面写着自己撑不下去了，读来令人心碎。古巴领袖菲德尔·卡斯特罗长期与美国不和，但在 1940 年 11 月，也即他十四岁的时候，却曾给当时的美国总统富兰克林·罗斯福写了封信，希望他能寄给他一张十元纸币，"因为我从来都没见过十元绿色美钞，我想要一张"，他甚至还建议如果要用铁来造船，那他会透露古巴最大铁矿的所在位置，让人不免感叹历史有时如同魔幻。一位名叫纳多的先生写信向大名鼎鼎的作家 E. B. 怀特寻求对于人类惨淡未来的看法，怀特在 1973 年 3 月的回信中说："只要世上还有一个正直的男人，只要世上还有一个拥有同情心的女人，就一定会有更多这样的人，景象就不会荒凉。抓紧你的帽子，抓紧你的希望。给钟上好发条，明天又是新的一天。"我想象怀特提笔写这封信时，洋溢在他清癯脸上的笑容能温暖冰冷的心灵。

过年前的一天，我去居家附近的一条河边散步，再次遇到了那个帮人看管旧书摊的小男孩，他是随他父母从外地来上海打工的，就住在建筑工地，由于种种原因，还没落实可以上学的学校。有一次，我在他看管的旧书摊上找到一本契诃夫的书，里面有一篇小说《万卡》，我便建议他读上一遍。后来，他告诉我，看到受尽欺压的小男孩万卡在风雪天里给乡下的爷爷写信，请求爷爷把他领回他的身边，但那信封上地址和姓名一栏，他只写了"乡下，爷爷收"时，他都掉泪了，他说他想起了自己在老家的爷爷。我问他，这个春节是否回老家，他说不回；我又问他，那你想念你的爷爷吗，他说很想的。我说，那就给你爷爷写封信吧，说说你在这里的情况，说说你对他的思念。他说，可以用他爸爸的手机给爷爷打个电话的。我说，这样的想念太短了，也会像风一样消逝，应该写封亲笔信才好，让思念在路上走得长一些，跨过许多山许多水，而且你爷爷收到后，可以一读再读。小男孩接受了我的提议，我说，我有一张八十分的邮票，一直派不上用场，我可以送给你，但你别忘了信封上要写清收件人地址和姓名。

我相信这封信会让小男孩的爷爷非常开心，当他将信捧在手上时，会感觉像是见到了孩子，并将他紧紧抱住。我也相信当传统的书信因这个世界的日益数字化而消退时，反倒愈加弥足珍贵，得以留住一段段往昔的日子和生活中的某一时刻。或许，有一天，我们都会重新拿起笔来，写下一封我们自己值得纪念的信。

2017 年 2 月

人生的印记，生命的光芒

　　孙毅先生的"上海小囡的故事"长篇小说三部曲终于完成并付梓了，此时此刻，我尤为高兴，因为可以说，我是这部作品创作全程的见证者。

　　当孙毅先生年过九十后，他每次与我见面或是通电话，都会说到自己的一个心愿，那便是在有生之年，他要完成一部融进自己人生经历的长篇儿童小说——他说，这将是他的最后一部文学作品，写完后，他可以完全没有遗憾地离开这个世界。听到这样的话，我特别感动，从中可以感受到一位毕生从事文学事业的作家的不懈努力和追求，这是带有强大的生命力量和高贵的精神品质的。我非常清楚，孙毅先生要写这样一部作品，并非为了什么名利，在他这样的资历、年龄，若还想着名利不啻是个笑话，他之所以要倾尽最后的心血，全然出于一份责任感和使命感。就我个人所见，这个世界上以使命感来写作的人其实并不很多。

　　孙毅先生既是一位作家，也是一位革命家，解放战争时期，他就在上海白统区加入了中国共产党的地下战线，是参与了党的地下少先队的建立及其发展的屈指可数的健在者。纵观我国的儿童文学创作，在烟波浩渺的作品的海洋里，涉及中共领导下的地下少先队的题材不是没有，但完整、准确而富于历史感和艺术感染力的描写地下少先队从建立到新中国成立后的发展、壮大的长篇小说尚属空白。那是由于不是所有的人都能得心应手地驾驭这个特殊题材的，而这一文学史上的重担恰恰就落在了亲历者孙毅先生的肩上，在我看来，没有其他人比他更为合适的了。

带着责任感和使命感的写作，是令人肃然起敬的。

去年夏天，最为炎热的一天，我去看望住在徐汇区中心医院的孙毅先生，让我吃惊的是，他竟然在病床边放上了两张小桌子。圆形的桌上堆满了他从上海图书馆复印来的上海解放前夕地下少先队编辑出版的全套《新少年报》；方形的桌上则是厚厚一摞稿子，孙毅先生不用电脑，完全是在纸上用钢笔一笔一划写出来的手稿。我对他说，您住在医院应该好好休息，您这次住院不就是因为原本好好的腿走得太多、太累而导致肌肉萎缩，都站立不起来了——要知道，先前，九十多岁的孙毅先生可是开着电动车到处跑的，为了保证这部长篇小说在史实方面的准确，他四处找寻当年的资料，还进行了大量的采访。每有新的发现，他总会在电话里兴奋地告诉我。可是，有一天，他在电话里却声音沮丧，他跟我说，他不能站立了，得挂拐杖，得坐轮椅。我听后很难受，为了写作，我知道这次他是要拼尽性命了。

可是，孙毅先生根本听不进我的劝说，精神高昂地告知我写作已接近尾声。他说，这部长篇小说分为三个部分，时间跨度从抗战时期到解放战争时期再到共和国的初创期，以一个上海小囡的成长经历来反映我们国家所走过的艰难，所追求的光明，所达到的巨大而深刻的历史变迁。他说，尽管为了写这部小说用尽脑力和体力，乃至患上腿疾，但一切都是值得的，而且他相信他写完这部作品时，一定会重新站立起来，就如这部小说的主题，一个弱小的孩子在枪林弹雨中坚强地长大，并翻身做了国家的主人。

我真的为这样的一位老作家而感动，我觉得我从他身上学到了许多对人生而言非常重要的东西，比如坚守理想，比如充盈热情，比如勤奋执着，比如永葆童心……我读过孙毅先生的手稿后，建议将长篇小说的三个部分作为既有联系又各自独立的三部曲，并分作三本书出版。基于我对孙毅先生以责任感和使命感来写作的尊敬，也基于我对这部长篇小说重要价值和意义的认识，我提议去申报上海市重大文艺创作项目，我相信一定会得到有识之士的认可，因为这是一种填补空白的创作。让我高兴的是，孙毅先生接受了我的建议，而我的提议和为之进行的努力也得到了圆满的结果。孙毅先生一直说要感谢我，但我觉得应该感谢的是他自己，是他为我们、为孩子、为中国儿童文学园奉献了一部难能可贵的佳作。在我眼里"上海小囡的故事"长篇小说三部曲，不仅仅是一部文学作品，更是孙毅先生长长的人生的印记，展现出的是生命永恒的光芒。

孙毅先生以他顽强的毅力最终实现了自己的心愿，而在他完成这部作品的时候，他真的重新站立了起来，他非但又可以走路了，而且又可以骑电动车了。那天，他让我去他家里看下修改后打印出来的书稿，他说他会在一个地方等我。我去到那里时，惊讶得瞪大了眼睛——他开了一辆电动车过来，并招手让我坐上车子。一个今年已经九十五岁的老人，生气勃勃地骑车带着我一路驶去，簌簌作响的风向我扑面而来。

2017 年 3 月

荒诞得一如平常

读安建达的中短篇小说集《37传》，我感觉自己一直摇摇晃晃的，我想，这或许就是作者希望达到的他的文字的效果吧。安建达的小说走的是荒诞这一路，但我觉得他的笔触犹如放大镜一般将那些荒诞放得更大了。这是需要自信和底气的，还要靠作者非凡的表达能力和技巧。

安建达的小说无一例外地充满荒诞、讽刺、辛辣和幽默，读起来酣畅淋漓，很容易让人身陷其中，因而也就摇晃起来，一时间虚实莫辨。《怪异的脸蛋》说了这么一个故事："我"在木工厂做小学徒时，老板娘动辄因为不满而拧"我"的脸蛋，于是，"我"便实施报复，在给老板家刚出生的男婴换尿布时，每每拧那孩子的脸，拧得左右红扑扑的，老板娘不知所以然，还以为可爱，逢人便说俺家小子的脸蛋儿像苹果。许多年过后的一天，"我"忽然脸蛋肿胀起来，非但像张大烙饼，而且还梦见了从前的那个男孩，就此不得将息。"我"上医院去找熟悉的医生看病，医生检查后发现"我"的脸上有拧过的手印，并怀疑是"我"自己拧的，"我"不承认，倒是说出梦里那男孩曾拧过其脸。医生追问下，方知他也认识那孩子，不过，医生说，就在前阵子，这个长大了的孩子得了抑郁症，跳楼死了，脸摔成了一张大烙饼。读这样的故事较易引发一种"代入感"，让人不由自主地联想起自己生活里的种种"因果报应"。

《37传》说在一次同学聚会上，数学很差的"碎"回忆说"我"在班上只跟一个叫谭艳的女生说话，其他的都置之不理，还说有一回他发表关于男女出轨问题的高见时，"我"和谭艳联合起来批驳他。"我"听后一头雾水，说绝对没有这回事。"碎"却斩钉截铁地说就是你们俩，还说你跟谭艳没有联系了吧，他倒是有她的电话，并马上告知了"我"，同时说道："我判断，你会忍不住联系谭艳的，要我说，还是不要去见她为好，你心里会失落的。"原本"我"没有兴趣联系谁，可"碎"的话却叫他的手指头不听使唤，按下了谭艳的号码。"我"和谭艳不仅通了电话，而且很快就约了见面。结果，在咖啡馆里，两人有一搭没一搭地聊天，很是无趣。"我"告诉了"碎"，"碎"爆笑起来，说你们还真的见面了，速度之快超出了他的预计，还承认自己只是想就外遇出轨这事儿拿他俩试验试验。"我"说，可惜你没有试验成功。"碎"却说你俩见面就算成功，虽然你还蒙着，但那个谭艳可是明白着哪，不然她完全可以一笑了之的，她去见你，说明她充满好奇心，而好奇心经常是出轨的导火索……"一般说，女人三十七岁容易出事儿，男人是四十岁，谭艳今年正好三十七岁，要不你再试试，没准她今天就是跟你装样子的，回家后辗转反侧的呢。""我"听后没好气地说"碎"天生数学不好，因为他跟谭艳都是三十七岁，他还差三年才四十岁，所以他们俩永远不能一起出轨的，凑不到一块儿。这样的故事，要说荒诞当然荒诞，但其实也有些惊心动魄的，因为读到后来我真的摇摇晃晃，稀里糊涂，不知究竟该信任谁才对。

想来，这便是安建达的本事了，写的小说能够让人读到这种份上，说明他已经将荒诞拾掇得精准而到位，并以其出乎意料的强悍张力将荒诞加倍地放大，让人看得更加清晰，从而得到更加真切的印象，更加深刻的认识。说到底，荒诞的不是安建达的文字，而是现实生活本身。安建达毕业于北京大学中文系，很早就开始文学创作，但后来却以雕塑艺术家名享业界，我想，或许正由于他在雕塑创作中的拿捏得当，使得他现在"不忘初心"，再返文坛时，对世道人心有了更细致入微的洞察，因而可以举轻若重，夸张得不动声色，荒诞得一如平常。

2017 年 1 月

永远的星辰

时间走得太快，程乃珊老师离开我们已经四年了。

可这四年来，我从未停止过对程老师的怀念，我经常想起我们在一起时的那些时光，而这所有的时光都与文学相关，这就使得这份怀念有了一种特殊的质感。我自己都很惊讶，我与程老师的第一次和最后一次见面都记忆犹新，仿佛刚刚结束，每一个细节都非常清晰，一点模糊都没有，真正是深沉的刻铸而非仅仅是浅表的记得。

1982 年早春，我第一次去愚园路见程老师，是为了向她求教文学，那时她已蜚声文坛，而我则刚刚开始练笔。那一天，程老师跟我说，能与文学结缘是人一辈子中最幸运的事情。我记住了，我希望自己能像程老师那样，让自己的人生与文学维系。程老师帮我达成了这个心愿，在她的推荐下，我得以发表了第一部文学作品。2012 年初夏，我去富民路见程老师，这是我最后一次见到她。那时候，我们两人都在重症治疗期间，可是我们谈的依然是文学，程老师告诉我她的创作计划，她说她脑子里的上海故事写也写不完，她还嘱咐我说，你也要多写点。我记住了，我想我要向程老师学习，因为她是在用自己的生命坚守文学，用矢志不渝的真诚和热情，用强烈的使命感和责任感描述百年上海。

这样一份与文学交织的怀念，让我时常重读程老师的作品。那样的时刻，我发现程老师从来没有离去，她以她的文字与我们同在。不是所有的作家都能在无限的时间和空间里永不淹没的，能够不朽，惟因公认的经典的作品，任由时间流逝，空间转换，却永不泯灭。而程老师留下的文字，至今还是那样鲜活，那样深邃，那样难以超越。

我读过好多次《上海探戈》《上海素描》和《上海街情话》，这都是程老师杰出的著作。我第一次读《上海探戈》时，还曾写过一篇书评，我认为在中国这个舞池里，大概只有上海这座城市才能跳出探戈的韵味；而用文字来捕捉、描绘并解读这样的韵味，程老师可谓顶尖高手。同样，《上海素描》和《上海街情话》也是萦绕着独特的探戈旋律的。能领悟"上海探戈"神韵的作家，需要有相当的积淀，而这种积淀不是刻意而为的，甚至是不由自主的。从某种意义上说，我觉得"老克勒"和"小市民"是构成上海最为生动的探戈舞步的两个层面，他们的追求和奋斗，他们的生存和流变，足以阐释一部上海史。在我看来，上海是一座典型的让有梦想的普通人涌动并力争上游，且可从中脱颖而出，变"流民"为"绅士""淑女"的城市。看尽百年上海沧桑，真正精彩的正是这两个层面的生活。而程老师恰恰得天独厚地融入了其中。

程老师是"老克勒"的后代，我曾在静安寺附近她家花园洋房里悠悠转着的老式台扇中，感受到弥散开来的优雅的氛围，所以，她可以直达家族最为深刻的"内心"，真切地触摸着"老克勒"们每一根精细的神经。程老师又是一位长年在"下只角"的学校里教书的先生，她还没成为专业作家时，我曾去她任教的中学看她，那所学校在惠民路上，逼仄、潮湿，校门前有几只开了盖的马桶，那是对面弄堂里的住家洗涮完后拎出来晒太阳的。程老师每天在静安寺和惠民路间往返，就像穿越两个截然不同的部落。这段生活让她真实地走进了小市民阶层，并且对他们的喜怒哀乐有了深切的洞察和理解。因而我一直认为，程老师上海题材写作的不可替代性，正是在于她将笔触深入于"老克勒"和"小市民"这一上海滩最为出彩的两个层面的生活流中，而这也是她上海题材写作的认识价值和意义所在。

让我备感欣慰的是，程老师的这些作品始终在读者中不断地流传，我想，这是程老师赋予文学的永恒的生命，她自己也在这样的文学的生命中永存。这次，学林出版社再次推出程老师的《上海探戈》《上海素描》和《上海街情话》三部著作，可见她的作品仍然为时代所需，为读者珍爱，我想象着众多的读者会与我一样，读着程老师的这些作品，像她在《上海探戈》中所说，"嗅到来自一个全新世界的甘美清新的气息，这种感觉会一寸寸地伸展。"程老师的写作是富有理想和情怀的，她娓娓道来的所有的上海传奇，不只是追怀逝去的过往，还着眼于历史的链接和文化的传承，她希冀通过自己的作品，让读者都浸润于上海独特而丰厚的文化之中，并将包容并蓄、海纳百川、积极向上、努力进取的海派精神发扬光大。

在这个清朗的夜晚，我为程老师的杰作写下这篇代序的文章，说实话，我是诚惶诚恐的，作为她的学生，我知道自己远远不及她的文学成就，因而我甚至都没有这样的资格，不过，我真的很愿意能够做这件事情，这让我可以再一次重温她的作品，再一次向她表达我的怀念和敬意，再一次仰望夜空，在浩渺的星海中找到属于她的那颗永远不落的星辰。这颗星辰一直照耀在我们的头上，并引领我们探索更好的世界，更好的未来，更好的自己，更好的生活。

2017 年 5 月

渡尽劫波听迦陵

　　江胜信最近出版了一部新著《讲诗的女先生——中国古典诗词专家叶嘉莹的故事》，我读后非常感动，叶嘉莹这位"白发的先生，诗词的女儿"，历经劫难而冰心永存，倾心传播中国古典诗词，把不懂诗的年轻人一个个接引过来，一同沐浴和享受古典诗词这条久远的生命之流，使之永不枯竭，这是需要一份怎样的责任担当啊。

　　叶嘉莹先生别号"迦陵"，而迦陵也是"迦陵频伽"的省称，这是佛经中一种鸟的名字，能在山谷间传递钧天妙音。年过九十的叶先生犹如飞鸟，至今仍四处讲课，为年轻一代传递古典诗词的妙意。我读叶先生的故事，眼前浮现出一幅幅画面：国破之哀、亲亡之痛、牢狱之灾、丧女之祸。但是，叶先生一次次从劫难中站起身来，用坚定的脚步朝前走去，一手执鞭，一曲诵吟，将前面的路开拓得更加广阔而高远。是什么力量让一个人可以这样勇往直前，不因挫折而动摇？我想，唯有信念。对叶先生而言，她的信念是既然从前辈、老师那里接受了古典诗词这个优秀的文化传统，就有责任传下去，"如果这么好的东西毁在我们手里，我们就是罪人"。于是，她凭借这样的信念，在三尺讲台上坚守了七十多年，迄今还在传业授道。我没有机会聆听叶先生讲课，但通过这本书，我一次次地感受到她对中国古典诗词的深挚热爱，感受到她要倾尽一生将这一文化遗产传承给后人的赤诚之心和道义担纲。书中写道，有人劝叶先生"年纪大了，多写点书，少教些课"，但她淡然道："当面的传授更富有感发的生命力，如果到了那么一天，我愿意我的生命结束在讲台上。"这仿佛是上天向她示谕的使命，她不仅仅是讲诗者，也是诗的使者，诗的化身。

叶先生是中国古典诗歌专家、中央文史研究馆馆员、南开大学中华古典文化研究所所长，带出了众多硕士生、博士生，可谓桃李遍天下，但近些年最让她有成就感的却是那么多的幼儿园小朋友成了她的忠实"粉丝"。叶先生痛心于当今很多年轻人守着文化宝藏，却被短浅的功利和一时的物欲所蒙蔽。在这一点上，我和叶先生深有同感，可我只是徒叹，叶先生就不一样了，她从1995年起，在指导博士生的同时，高瞻远瞩地开始了少儿诗教。叶先生设想在幼儿园中开设"古诗唱游"的科目，以唱歌和游戏的方式教儿童们学习古诗，她编撰了《给孩子的古诗词》，精心遴选218首经典古诗词，还亲自讲诵，分十多次录制了长达几十个小时的音频资料。其实，对于一些少儿国学班让不识字的孩子摇头晃脑地吟诵经典，我是很有些腹诽的，没有想到，在书中，我知道原来叶先生也是持反对意见的。"学诗要和识字结合在一起，还要遵照兴、道、讽、诵的步骤。"叶先生告诉我们："这种古老的读诗方式起源于周朝，兴是感发，道是引导，讽是从开卷读到合卷背，最后才是吟诵。"她拿杜甫的《秋兴八首》举例："先要让孩子了解杜甫其人，知晓他的际遇，再在吟诵中感受诗人的生命心魄。这样才能'入乎耳，箸乎心，布乎四体，行乎动静'。"我以为，叶先生这样教孩子学习经典才是正道。

没有飘零，没有磨难，就没有今天的叶先生。1948年初春，带了些随身衣物，二十四岁的叶先生南下出嫁。"很快就会回来的。"之前从未出过北平的她，来不及守住这个简单而笃定的念头，就如同一叶扁舟卷入大海，漂到中国台湾，漂到美国，漂到加拿大，等到再次回到故乡，竟已过了二十六年。飘零终成过往，天津南开大学的迦陵学舍成为她安顿晚年的家园；所有的磨难也已成过往，她选择"不怨天，不尤人"，"独与天地精神相往来"。书中以生动而翔实的笔触，再现了叶先生长年漂泊、浪打扁舟、风雨飘摇的人生遭遇，我读到其中叶先生在中国台湾白色恐怖期间被羁押入狱，待无妄之灾结束后写的一首诗《转蓬》，诉尽了天地茫茫、无家可归的悲苦和无助："覆盆天莫问，落井世谁援。剩抚怀中女，深宵忍泪吞。"叶先生虽然命运多舛，但她就像一棵携着有生命力草籽的蒲公英，即使飘落到再遥远再荒凉的地方，也会把根深深扎进去，而她所依仗的就是传讲中国古典诗词，正如她后来公开的应对困境的"独家秘诀"——她说，那便是钟嵘《诗品序》里的一句话："使穷贱易安，幽居靡闷，莫尚于诗矣。"一个人无论是贫贱艰难，还是寂寞失意，能够安慰人、鼓励人的没有比诗词更好的了。我一直觉得，与其说是叶先生选择了诗词，不如说是诗词选择了她这么一个能悟诗、解诗、弘诗的女先生。

我想说，这本书写得如此出色，是因为清新饱满的文字与作者江胜信本人如此吻合。江胜信年纪轻轻，可在新闻界已是成就卓然的"名记"，这位《文汇报》高级记者视域宽广，目光敏锐。她同时也是一位作家，腹有诗书，妙笔生花，因此在她描绘把中国古典诗词带向全世界的一生坎坷亦辉煌的叶嘉莹先生时，我可以同时在书中领略到一种特殊的新闻与文学相携的美感。江胜信为我们书写了一个可以信赖的叶先生，使我们得以在诗意弥漫中用心倾听迦陵频伽，妙音和雅，婉转如歌。

2017 年 5 月

以恐惧丈量的距离

译林出版社上海出版中心出版的第一本书是美国当代著名作家、记者塔那西斯·科茨的《在世界与我之间》。这部著作于2015年出版后即获得美国国家图书奖，2016年，作者入选《时代周刊》"全球最具影响力100人"，可见译林出版社的眼光和速度非同一般。

掩卷之后萦绕在我耳边的都是振聋发聩的声音，那巨大的声音直撞心扉。这也许是记者出身的作家们的特性，他们追求的文字是能够发声的文字，不仅被诵读，而且要在社会上成为具有影响力的一种不可忽视的声音。科茨便是这样。《在世界与我之间》的文字非常文学化，由于采用书信体的私人叙事的形式，使得本书在表达上尤为感性，叙述上优美典雅，更因为是写给只有十六岁的儿子的信，其拳拳之心令人感动，寸寸柔肠，温暖弥漫。我以为，这样一部旨在控诉迄今连绵不绝的种族主义，为黑人伸张公道和权益的著作，以书信的方式娓娓道来，是科茨精心的构想。因为家书总是能够让人激发恻隐之心，从而在某种代入感中或感同身受，或直抵内心的最柔软处。

本书的三封信可以看作是科茨献给爱子，同时献给未来的祈祷文。科茨无疑是这个新媒体时代一个强大的声音的存在，作为黑人作家、记者，他近年来活跃于像《大西洋月刊》网络平台这样的新媒体，发表各种时评，表达自己对政治、经济、社会、文化等诸领域问题的看法，见识敏锐而犀利，文字优雅而亲和，是"网红"级人物，因此，一呼百应，点击率极高，所以他是一个能被社会听到的发声者。这为《在世界与我之间》的写作和出版作了极为扎实的铺垫。

在我看来，时代发展至今，"种族歧视"这个概念已经很泛化了，即使在美国，也不仅仅专门指称黑人与白人之间的种族问题，甚至将"少数裔""弱势群体"等等都涵盖其中，而且，这些方面的歧视还很普遍，其严重程度同样如科茨所说充满恐惧，骇人听闻。但为什么科茨却独独抓住黑人所遭受的"种族歧视"不放呢？我想，这有深层次的原因。事实上，我们很容易被表面的现象所蒙蔽，经过南北战争、平权运动，今天的美国至少已经不敢明目张胆地实行种族隔离，走在人流如织的纽约街头，黑人和白人共享阳光，摩肩接踵。可是，正如科茨通过对美国近四百年来历史的揭示，通过对个人亲身经历的诉说，使我们看到"种族歧视"已如基因般深深地根植于美国社会乃至法律体系，就像科茨说的那样"它是传承下来的"，而黑人因歧视所面临的恐惧无处不在。就我个人在美国所见，那种隐性的、另一种形态的"种族隔离"依旧存在，白人居住区和黑人集聚区有着相当明显的不同，除了贫富敝盛有别，恐惧不安感的强弱是最为显著的。

　　科茨在书中以近年来发生的一系列黑人被白人警察在所谓的"执法"中无辜杀害，但警察却因白人的身份而逃脱制裁的事例，证明黑人现今的处境与过去并无二致，他强调恐惧始终伴随着黑人的一生，以致在劫难逃。科茨对恐惧极其敏感——有一次，他带着五岁的儿子去看电影，散场后，当他们走出电梯时，由于儿子磨蹭不前，一个白人妇女便推了他儿子一把，并催促说："走快点！"科茨完全无法接受，认为这名白人妇女是仗势欺人，于是他转过身与她理论，这时，站在不远处的一个白人男子为她帮腔，还逼近他，大声吼道："我可以让警察把你抓起来！"科茨怒火中烧，但考虑到站在身边的儿子的安全，还是控制住了自己，但他因此内心惊骇不已，他明白那白人男子所说的"我可以让警察把你抓起来！"也就是说，"我可以夺走你的身体！"科茨甚至沮丧地认为，他对保护儿子黑色身体的能力没有信心。我们可以轻易地说他"神经质"，但若设身处地地仔细想想，他的恐惧竟是如此真实，如此真切。正因为这样，他才要给儿子写下这么一封信，让他永远记住这个事实，这个真相，而不要抱有任何幻想，更不要轻信、笃信种族歧视已然成为翻过去的陈旧历史。

科茨在给儿子的信中这样写道："我希望你拥有自己的生活，一种远离恐惧的生活，甚至远离我。我受过伤。我身上有老旧规则的烙印，它虽然在一个世界保护过我，却在另一个世界成为我的桎梏。"这沉重的话语相当深刻和睿智，声如洪钟，坦承了一位黑人父亲所面对的风险、脆弱与希望。说起来，我们对恐惧很不陌生，世界与我之间的距离可以用恐惧丈量。我相信科茨的坦承会唤醒许多人的良知；我相信科茨的儿子会像他父亲期待的那样既接受严酷的现实但也每一天都努力抗争；我相信所有的人都能听到科茨所发出的强烈的声音，那便是一个好的社会必须让人民免于恐惧，而并不是无视恐惧或藐视恐惧。

2017 年 6 月

窗　景

　　新近，我看了一本书，是五十位身处全球各地的作家写的自家窗前的风景，并配上一幅素描，我一页页地读着，感觉简直是一次豪华的世界环游。

　　诺贝尔文学奖得主、土耳其作家奥尔汗·帕慕克这样写道："从伊斯坦布尔住家的窗户望出去，左边是亚洲，中间是博斯普鲁斯海峡，开口向着马尔马拉海，以及每年夏天都会造访的岛屿，右边是通往金角湾和伊斯坦布尔居民口中的旧城。"帕慕克的文字让我回想起自己也曾在那个地方坐过这样视角的位置，只不过那是一家咖啡馆。我坐了一个上午，从大雨倾盆到阳光穿透乌云，而帕慕克在此地住了几十年，虽说不能同日而语，不过，我想，其实我们一样看到了最有蕴义的风景。

　　居住在埃及开罗，写过我认为是杰作的《亚库班公寓》的亚拉·阿斯万尼打开窗子，面对的是一栋贫民居住楼，他觉得窗景里最美的是晾在二楼晒衣绳上的衣服，普普通通，可袖子等处却加了一些设计，穿起来便会显得好看许多，于是，他由衷地赞叹面对贫苦却毫不屈服的骨气。家在索马里首都摩加迪沙的奴鲁丁·法拉赫从楼顶眺望这座他心目中美得令人屏息的城市，但当看到几乎每栋建筑都被子弹打得坑坑洼洼，很多住房都已倾倒、塌陷，这才发现这座美丽的城市其实已经面目难辨，所以，他以《倾颓》来命名他的小说三部曲。法国小说家、剧作家克里斯蒂娜·安戈一看到窗前的景致，便打定主意搬进了这幢位于巴黎的公寓，她在写作时经常往窗外瞧看，永远看不腻摇曳生姿的树枝，或折叠桌子的撑脚，或小巧的欧石楠花，想象着花盆里薰衣草的香气，季节变换的时侯，则幻想着加快或减缓季节的更迭，明知那不会成真，却依旧在秋天时巴望叶片高挂在枝头上愈久愈好。定居伦敦的写过《小岛》等获奖作品的英国女作家安德烈娅·利维描写她家窗前有一所学校，说很熟悉那学校的作息，熟悉到成了她的时钟。这与我如出一辙，我家窗前也有一所学校，而我每天在学校的铃声里起床，做眼保健操，孩子们上课了，我也开始读书或写作。这一切，如同亚拉·阿斯万尼所说，不管场景如何多变，所有的窗口传递出来的，无非是浮世人生。

事实上，对于感性的作家们来说，窗景是他们对于这个世界的极具个人化的体验和感知，有人喜欢将自己的书桌面对窗户，这样，可以瞥见光影游移、四季轮回，以此确认这世界的存在，而且还迷人有趣，挑战着自己去书写它；但也有人喜欢背对窗子，让书桌的前面只是一堵空白的墙壁，用自己的文字去填补。获得过诺贝尔文学奖的南非作家纳丁·戈迪默住在约翰内斯堡，从她家的窗子望出去是一片植物"丛林"，但她的书桌却背对着窗，她说："我不认为小说家需要有窗景的房间。他或她眼中所见的，是写作者赋予生命的人物的出身背景、周遭环境和个人境遇。我们不需要风景；我们全然沉浸在小说人物的所见与所思之中。"我觉得，戈迪默这样说，其实是将风景看在了心里，置在了内心，她所举的另一位作家的例子是最好的说明："实施种族隔离期间，瑟罗特在单独监禁的牢房里写诗，他眼前的风景绝非监牢墙壁。"内心宽阔的人，即使只看见一摊水迹，也会如遇汪洋大海，波涛汹涌，海鸥翱翔。

不管怎样，意大利作家蒂姆·帕克斯米兰家里的悬挂在外的小阳台，加拿大作家希拉·海蒂位于多伦多的一处居所窗口的灌木，墨西哥作家弗朗西斯科·高德曼在墨西哥市家中透过窗子俯瞰到的罗马科洛尼亚区里的一座公园，写过我很喜欢的长篇小说《天虹战队小学》的印度尼西亚作家安德烈亚·伊拉塔，他所住的雅加达一栋屋子前的可以观看日出和日落速度的高楼大厦……都是让我心驰神往的。我想，的确像这本书的编者所说，一扇窗子不仅是与外在世界接触或分隔的界面，同时也是一面镜子，映照出我们向内的凝视，并投射到我们自身的生活。

2017 年 9 月

不知死，焉知生

　　大多数的人都这样认为：每个人都是天生知道人的生命是有期限的，人总有一死，因此，生命是最宝贵的，应该让它在生活中获得最大的价值。但事实真的是这样吗？其实，太多的大人从未认真想过这个问题，所以就不要说我们的孩子了，即使偶尔说起，孩子也不会当真，不会觉得与自己有多大关系。

　　这与我们向来缺乏生命教育有关。我们中国人向来不喜欢谈论生命的话题，总是觉得太过沉重，谈论生命就不能回避死亡，而谈论死亡更是大忌讳了，死亡被看作是恐怖之事，丑陋之事，难堪之事，阴晦之事，很不吉利。既然不谈死亡，所以人们虽然活着，却不会更深地触及生命，而活着与生命其实并不是一码事。事实上，即使被尊崇为大圣人的孔子对死亡的话题也是回避的，他的弟子子路曾问他死是什么，孔夫子轻描淡写地回答："不知生，焉知死？"汉代的马融解读为，这是因为死事难明，语之无意，所以孔子不答；也就是说，谈论死没有意义，生才是当下最为要紧的。而在我看来，"不知死，焉知生？"更为重要，若不认识死，其生便如"皮之不存，毛将焉附"，从某种意义上说，只有懂得并理解死，才更懂得并理解生。

正是由于没有生命教育，因此我们的孩子对生命的价值，生活的意义缺乏应有的理解，对死属于生命的一部分，同样需要尊重更不知所以然。最近，我自己的朋友中，发生了这样极端的两件事情。同样是朋友的父母去世了，他们生前对我朋友的孩子疼爱有加，可是，在他们去世之后，一个孩子异常恐惧，非但不去参加追悼会，还把老人给他的东西全都扔掉了，他觉得死亡是一件丢人的不可告人的阴暗倒霉的事情；而另一个孩子则是走不出失去爷爷的痛苦，根本不相信爷爷会死，觉得天塌下来了，所有的爱都被死亡带走了，精神压抑颓丧，完全不能接受死亡这件事情。

这是在家庭、伦理、情感生活中发生的事情，如果放到社会层面，最近发生的几件事情更是令人不寒而栗。一件事是，北京理工大学附属中学的一名初二男生，因学习成绩不理想，父亲把他的手机给没收了，索要手机未果后，男孩选择了跳楼自杀，两天后其母亲也因丧子之痛跳楼自杀。在这不久前，一位年仅十五岁的杭州初中女生，因为家长不让她玩手机，便直接从十九楼跳下去，自杀身亡。另一件事是，山东肥城两名十五六岁的少年当街将一名流浪老人活活打死。几乎与此同时，广西浦北三名未成年人（其中年龄最大的只有十四岁），在一个流浪汉身上故意泼上汽油点燃，致使流浪汉被严重烧伤。这些触目惊心的事例不能不让我们反思生命教育的缺失所带来的严重后果：对生命的不尊重，不仅不珍惜生命，甚至还会践踏生命。

从上述事例，我们看到了生命教育对孩子有多么重要，因此，儿童文学创作理应注重生命教育，使之成为不可或缺的题材。说到底，就文学本身而言，生与死，向来就是永恒的"母题"，儿童文学虽然有自己的特性，需要考虑到孩子的心理和接受能力，但是，回避这个"母题"显而易见是不明智的。所以，当我们的教育体系依然斤斤计较于分数的时候，文学家们则应以责任感和使命感，将生命教育纳入自己的创作范畴。正是基于这样的认识和担当，我写就了《皇马之夜》这部以"生命"为主题的短篇小说集，希图小读者通过我的文学作品来认识一些被刻意回避的有关生命与死亡的问题，以此更加健康地成长。

在我的这部短篇小说集中，《皇马之夜》写了这样一个故事：一位身患癌症，生命即将走到尽头的老人，曾是这座城市一支从未进过球的足球队的一员，听到著名的马德里皇马足球队要来这里与他曾效力过的球队进行比赛时，偷偷溜出医院，他希望看完这场比赛，心满意足地落下生命的帷幕。他失踪后，医院和家人到处张贴寻人启事，结果刚好被几个孩子发现，那要不要报警呢？孩子们陷入了空前的矛盾之中。其实，这个故事涉及临终关怀，涉及生命的尊严，最后，我让我的小主人公们帮助老人达成了最后的心愿，也让他们认识到，什么才是生命的圆满。《水孩子》取材于真实事件，一位父母死于艾滋病，而自己也感染了病毒的艾滋孤儿，被村里人赶到一条小船上，孤独地在河里漂流，永远不得上岸。这当然是大人们的决定，而知道这个决定后，他先前的小伙伴们会做出怎样的选择呢？这就是我想通过文学作品对孩子进行的有关生命的教育。我想让小读者懂得一个道理，那就是没有人文情怀，没有悲悯之心，那会置生命于黑暗、无助和死寂，人不可以随意放弃自己的生命，也不可以随意亵渎他人的生命。《谜友》则是写两个同样得了白血病的患者，一个是老人，一个是孩子，老人平静地面对死亡，既享受生命之美，又坦然认同自己转瞬即逝的人生智慧，帮助孩子走出恐惧的深渊。我想通过这篇用优美和轻松的笔调写的小说让小读者明白，应正视和坦然面对死亡，这样才能正视和坦然面对生活中的各种困难和挫折，这是积极的人生态度。同时，也让他们接触一下生命的哲学，理解生死合一，有过生，才有死，没有死，不足以证实生，死系生之所依，死亡是生命的组成部分，生与死不是一刀两断的关系，死作为生的一部分，永存于生之中，在这个意义上，所有的死亡其实都是诞生，正如黑格尔所说，死亡是精神的生命。我把这篇小说给那个不能接受爷爷去世的我朋友的孩子看了，后来，他跟我说，现在他知道了，离开这个世界与来到这个世界一样是美好的，死去的亲人会因我们温暖的回忆而永生，而活着的人只有继续好好地生活下去才能告慰逝去的亲人。

为什么要将生命教育纳入到儿童文学中，那是因为我相信文学的力量，相信文学的启示，相信文学有益于小读者心灵世界的建设。我想，通过生命教育，可以帮助孩子培育一种关爱的、宽阔的、达观的、慈悲的生命意识，从而更加热爱生命，热爱生活。生命教育中，死亡是个不容回避也无需回避的题目，如果说死亡也是一门必修课，那么，文学是可以帮助孩子学习死亡的，说到底，学习死亡的根本目的便是学习生命，学习幸福，学习勇敢。

2017 年 11 月

在中国惊艳的欧洲艺术

　　最近几年，包括美国纽约大都会艺术博物馆、英国大英博物馆、法国卢浮宫博物馆等世界著名的博物馆都来中国进行巡展，让中国观众得以不出国门也能欣赏到杰出的欧美艺术作品。不过，由于受时间限制，展期较短，观众总觉得意犹未尽。没有想到，我这次却在杭州图书馆遇到了风华卓绝的"欧洲艺术馆"免费展出，而且打听了一下，展期长达三年。"欧洲艺术馆"以欧洲艺术为主线，展品包括雕像、绘画和家具，重点则推介雕塑艺术作品，是迄今在中国最大规模的欧洲雕塑黄金时代的作品展示。

　　我去过国外众多著名的艺术博物馆，但是，只有在杭州图书馆的"欧洲艺术馆"我才第一次有"亲切"之感，这份亲切感如此特殊，让我在整个观展过程中格外激动。"欧洲艺术馆"所有的展品都是首次在中国展出，尤为值得一提的是，此次展览迎来了孙中山先生雕像原件的"完璧归赵"。孙中山先生石膏坐像是 1927 年由中华民国驻法国使馆向当时最受人们喜爱的雕塑家保罗·兰多斯基订制的，雕像眼神专注，表情刚毅，南京中山陵祭堂中四米多高的孙中山先生大理石雕像正是以此蓝本塑造的，就连基座的六块展现孙中山先生非凡一生的浮雕图案也是据此原样雕刻。这件展品的陈列经过精心策划，布置在模拟的当时兰多斯基的工作室内，使观众可以产生亲临制作现场的感觉，因而特别亲切动人。

　　"欧洲艺术馆"给予我的"亲切"感，还来自于所有这些珍贵的艺术品均为一位中国年轻的女士收藏。法国罗丹博物馆馆长卡特琳娜·舍维约说："吴静女士是新一代的收藏家，事业有成后，想把自己的收获——无论是物质上的还是精神上的，都贡献出来，为祖国服务。她深爱着自己的家乡，而她回报祖国的方式就是让祖国人民有接触欧洲艺术和文化的机会。"我前些天刚去过美国洛杉矶盖蒂艺术博物馆，在那里看到了一件"镇馆之宝"，这是由比利时布鲁塞尔青铜公司制作的一尊硕大的青铜花瓶，这尊青铜花瓶1889年曾在巴黎世界博览会展出，轰动一时。19世纪末期的比利时雕塑正引发主题革新的潮流，力图更好地呈现"完美的细节"。让我惊艳不已的是，吴静女士现在居然将比盖蒂艺术博物馆收藏的更加高大更加精美的堪称"世界第一"的青铜花瓶得手了，这尊高达340厘米的顶天立地的青铜花瓶，是比利时著名雕塑家皮埃尔·阿方斯·伯格特的作品，完成于1883年，表现的是希腊神话中英雄珀尔修斯战胜海怪，营救埃塞俄比亚公主安德罗美亚的故事，富有很强的戏剧性,引人入胜,体现了雕塑家造型赋神的高超技艺,系1880年后比利时雕塑复兴的杰作。我忽然想到,盖蒂艺术博物馆中的作品是美国"石油大王"保罗·盖蒂倾一生财富所收藏的,身后又把藏品捐赠出来,成为向公众开放、为公众分享的人类共同文化财富,这才是一条财富增值、回馈社会的良性路径,也是个人价值的最大实现,因而真正会名垂青史。而中国的吴静女士尚还年轻,却已开始了这份慷慨的慈善公益事业,这为中国的富人树立了良善的榜样,是值得尊敬的。

或许您没有机会前往杭州图书馆"欧洲艺术馆"一睹巴普蒂斯特·卡尔波、奥古斯特·罗丹、埃马纽尔·洛兹、保罗·加列、安德烈·特雷布歇、查尔斯·勒贝克等诸位大师的名作,那这部由费城艺术博物馆欧洲装饰艺术和雕塑部主任奥利维耶·于斯泰尔专门为此次"欧洲艺术馆"展出所主编的导览书《巨匠风华—欧洲艺术藏品精选》(中国美术学院出版社2017年9月版),照样会让您大饱眼福。至于欧洲雕塑为何更容易被中国观众所理解,用罗丹博物馆馆长卡特琳娜·舍维约的话说:"吴静女士的收藏,不但可以促进东西方两种文化的对话交流,还可以让丝绸之路另一头的西方世界意识到雕塑是一种纯粹和完整的艺术,因它能让人感知世界的本源。"

2017年11月

惊心动魄的日常生活

近年来，吉林小说家赵欣厚积薄发，作品连连，而且大多发表后即被各类选刊选载，说明他的创作质量也是得到肯定的。

我最近集中读了他这两年里发表的小说，说实话，我真的很震撼，赵欣的小说所描写的都是日常生活，而如今太多同类小说所呈现的日常生活都是一个套路，琐碎得婆婆妈妈，基本都是老生常谈，全然没有新鲜感和惊人处，因此总有人讥讽现在的此类小说平淡无味，而现实生活则远比小说来得精彩。可我认为这是一种误解，那是因为没有读到真正的小说，真正的小说是门艺术，艺术中的日常生活是完全不一般的。

赵欣的小说就是不一般的，他通过精湛的艺术手段，让司空见惯的日常生活在小说里变得惊心动魄。

《鸟笼》(《北方文学》2016 年第 3 期）写了一对七十多岁的老父母时时处处为儿子着想，甚至为了避免与儿媳发生冲突，让儿子难堪，花光一辈子的积蓄，买了一套房子给小夫妇，自己则仍然住在位于 7 层的老屋里，爬上爬下。儿子与儿媳很少去探望老人，老夫妇的生活自然是清冷的，尤其是一个得了脑血栓，一个得了尿毒症后，也只能自己照顾自己，他们始终不想给儿子增添什么麻烦。这样的故事我们当然听得太多了。但赵欣在小说中别开生面地契入了这么一个主情节：老人儿子买给孙子玩的一对鸟儿，在孙子考上大学后，儿媳妇嫌闹，让丈夫送到了老人处。老夫妇像对待儿子一样呵护着这对鸟儿，冷清的家里变得温馨而热闹。后来，鸟笼破了，无法修补，老夫妇特意买了一个新的，没想到，这新鸟笼的门没有扎牢，鸟儿竟然飞走了。后来的有一天，当老人的儿子和孙子终于来看望他们时，敲了好半天门也没有回应，这时邻居猛然想起来有一个月没看见他们了。于是，"几个人又咚咚咚地敲了好一会儿。突然，孙子侧耳，说，爸爸，有声音！儿子眼睛亮了起来，忙把耳朵贴在门上，喊了一声，爸！妈！孙子也跟着喊，爷爷！奶奶！里面霎时静了下来，但很快就有了声音，是叽叽喳喳的鸟叫声，清脆悦耳。"小说到此戛然而止。我读到这里，心惊肉跳，我想，要是没有精当的小说艺术，这种日常生活自然也就被淹没了。可是，这对老夫妇的日常生活却在很长的时间里浮现于我的眼前，并且不忍合上眼睛。

《谁动了我的故事》（《中国作家》2016 年 9 期），写一位剧作家纠结于自己一个剧本的结尾。剧本讲述一对男女彼此深爱着，后来在战争中走散，许多年来两个人都在苦苦寻找对方。剧作家设计了两个不同的版本：一个是两人冲破重重阻力终于相聚，另一个是就此止笔。剧作家自己认为，第一个选择会让读者感到圆满，第二个则会留下更多空间，而这总是显现出剧作家的高明之处。在他拿捏不定期间，家里的日常生活让他烦心不已，他那丧偶的父亲居然认识了一个同样丧偶的妇人，两人很快同居。如果为了互相照料也就罢了，可父亲偏要正式结婚，考虑到将来会生出无数麻烦，剧作家兄弟俩表示不同意，这令老父顿然苍老。事情也就拖了下来。不料，后来妇人病重，且自己提出搬回了家去。再后来，父亲也中风了，不能走路，不能说话。有一天，剧作家在给父亲喂食时发现他有话要说，猜了半天，想到他是不是在提醒要给妇人补偿呢？于是，剧作家提了钱找到妇人家，回来后还向父亲作了汇报，父亲的眼神亮了起来，这是他得病以来状态最好的一天，但剧作家感觉到他似乎还有什么愿望没有实现，因为每当他离开时，父亲就会满是期待地看着他，一只手艰难地移到他的方向。这天，剧作家对剧本做了决断，决定选择第二个版本，这一对男女能否重逢，让观众去发挥想象力吧。完成后，没来得及关电脑，他就感到疲乏了，到第二天早上才把剧本发了出去。不料，影视公司后来的反馈是，他们对两人最终相聚很是满意，这让剧作家大吃一惊，说是发错了，不是这样的结局，随后重发，影视公司说收到的与前稿一模一样。这样的事情让剧作家大为惊诧，自然也让我这样的读者惊诧莫名，究竟是谁动了剧作家的故事呢？但有意思的是，我把小说读到这里后，却已经对那些疑惑不感兴趣了，倒是发现剧作家父亲表达不出来的究竟是什么了。小说艺术的力量就这样轰击我心。

事实上，日常生活就是单调重复的，五味杂陈人人也都尝过，稍有出格才会吸人眼球，这就给描写日常生活的小说带来了极大的挑战，若仅凭没有根基而杜撰的穿越、戏说，那是无法征服读者的。赵欣的小说在题材上如同日常生活一样甚至有重复之感，比如《透析》（《飞天》2017 年第 6 期），还是写家人的生老病死，写经济拮据的无奈和酸楚，但小说艺术却赋予了他神来之笔，貌似重复的故事中因为夹进了一个曾在婚内出轨的男人的种种愧疚、反思、弥补，就显得很是独特了，尤其是男人的一切努力还是导致了乱序状态，这使熟视无睹的日常生活又显得波涛汹涌。又比如《哥哥和我》（《当代小说》2017 年第 6 期），写的是日常生活中一个小警察被母亲催婚的故事，但这部小说的杰出之处在于非常艺术化地拓展了人物在时空中的关系，从而使日常生活获得了宽阔的外延和精深的内涵。这篇小说在创作上表现出作家难能可贵的艺术创新精神，不仅吸取了中国古典小说的传统手法，还借鉴了国外实验小说的一些经验，使得日常生活题材的小说显示出夺目的强悍，那些惊心动魄让读者很难回过神来，很难无动于衷。

2017 年 12 月

诗意童年

在这世界上，没有什么比诗意环绕的童年更美好的了。

当我打开由九久读书人与人民文学出版社推出的《我爱诗歌》时，我完全被这本美丽的童诗集给迷住了。那些诗写得太美了，太富有诗意了，而这本童诗集的作者都是小学生。说实话，我读过许多成人作家写的童诗，当然写得很优秀，但是，当童诗由儿童自己来写时，我所读出的真的是一种特别新鲜的味道。

《我爱诗歌》是一部获奖作品选，是从"首届全国99小诗人评选"中精挑细选出来的，此次活动收到了全国各地孩子们创作的一万三千多首作品，在"爱阅读的小孩"微信公众号上展示了其中二百六十一首童诗精品，最后评选出九十九位小诗人。我读这些童诗的时候，仿佛真真切切地回到了童年。童年本来就是伴随着梦想的，而梦想的特质就是诗意盎然，这诗意天真烂漫，七彩缤纷，像蒲公英一样满世界飘荡。

可是，从什么时候起，我们的童年似乎少了许多诗意，多了许多焦虑，诗意一缺，梦想也就变得有点模糊和沉重——那些现实中的种种功利折损了本该飞翔的翅膀。失去诗意，那我们的童年就是不完美的，不完整的。

虽然弥漫着那么多的焦虑和茫然，好在我们依然有童诗，依然有那么多从课业堆里探身出来，仰望星空，然后写下一首首童诗的孩子。

"天空是个糖果屋。/香蕉味的，/是月牙儿软糖。/苹果味的，/是软绵绵的云朵棉花糖。"

"回声/是个小精灵/他把爱你的声音/从山的这头/带到山的那头/再从山的那头/带回来"

"妈妈的裙子是花苞。/当她转起来的时候，/裙子的花就开了。"

"松鼠的眼力真好，/趴在高高的香樟树上，/就能读到图书馆里所有书的封面。"

"我是一片天空。/开心时，/我就拉上蓝色的窗帘。/不开心时，/我就挂上黑色的窗帘。"

"银杏树上/挂满了小扇子。/如果小鸟/来做窝，/夏天的时候，/一定不会热。"

"冬/用她雪白的肚子，/孵着鸟语花香。"

"我向窗外眺望，/灯火在那里闪烁，/我听见有人在吟唱，/我看见有人在熟睡，/但没有一个同我一样的，/在窗内写了十年，/还写不完作业的人。"

"每一片叶子上，/都有张地图。/上面纵横交错的路线，/我不知道通往哪里？/或许是一个秘密花园，/或许是一个海外宝岛，/或许是春华秋实，/或许是炎炎夏日。/但/我可以肯定，/那里/一定非常美丽。"

……

这些诗意缱绻的句子，每一行都让我砰然心动，童趣也罢，想象力也罢，都不是硬凑出来的，更不是"伪装"出来的，真的叫一任天真，让我看到了在童话里冥想，在自然中嬉戏，在生活里发现，在现实中思考的当今的孩子。我想，如果把这些童诗写在苍穹，那天空该是怎样的澄澈；如果把这些童诗写在田野，那大地该是怎样的辽阔；而生活在这样天地间的孩子，该是怎样继续拥有着最率真最奔放最富幻想和创造的童年。

我觉得不管社会怎么发展，看一个人的童年是不是有质量，有一个永远存在的标准，那就是诗意，没有诗意，哪怕物质再丰富，童年也会很苍白，很匮乏，很贫瘠。很多时候，我们是靠着诗意才获得高贵的精神的，诗意概括了我们所有美好的东西：真挚、善良、勇气、智慧、理想、希望。比起别的孩子的童年，我相信这些"小诗人"在精神上更加宽广和丰厚，虽然他们同样也有着人们皆知的压力和负担，但我相信他们的精神面貌更阳光、更自信，心身也更自由、更灵动。他们凭借着诗意，留住了一个完满的童年。

这是一本图文并茂的童诗集，每首童诗都配有一幅插画，而所有的插画同样出自小学生，同样富有诗意，童心灿烂。读着这样一本美丽的书，我变得有些敏感，因为我想到，事实上，诗意是很不容易才能得到的，也很容易就会失去，而且失去以后很难再找回来，因此，我们需要格外珍视、保护孩子所存有的那份诗意。愿我们在成长的过程中，愿我们每一个人从孩子到成年到老年，永远不要丢失了诗意，因为丢失了诗意，天空和大地都是没有色彩的，生活会很枯燥、单薄、干瘪，了无生气。

谢谢孩子们的这些童诗，让我们相信诗意终究重回，梦想终究启航，童年终究萦绕在诗的美妙芳香和意境之中，不可剥夺。

2018 年 3 月

甜到心里的暖意

彭学军的"天天向上成长书系"又推出了一本新书《向上生长的糖》（采芹文化、新蕾出版社 2018 年 5 月），这是一本小说集，收录了八部短篇小说，有写城市生活的，也有写农村故事的；有写留守儿童的，也有写失忆老人的；有写一图快意而离家出走的，也有写为了能养一条狗而努力克服缺点的；有写在景德镇的纸窑如何学做瓷器的，也有写丢失书包后怎样回溯梦游般的线索的……精彩的情节、生动的人物、出乎意料的结局、丰蕴深厚的思考让人不忍释卷。

一部短篇小说集涉猎的题材如此广泛，可以看到彭学军对现实生活的关注、了解和理解。如今有太多的儿童文学作家不仅自己的生活面狭窄，而且对现实生活漠不关心，靠一点小聪明写东西，玩玩文字游戏，还自以为是。彭学军从文学创作起，所有的作品都有扎实的生活基础，都是她对这个世界独自的发现和理解，这突出表现在她的小说都有极其精准、令人信服的细节。现代文学已经将细节作为首要的度量衡，细节被认为最能传达文学的力量。《向上生长的糖》写了小树和大嘴两个孩子对一棵甜粟秆的细心呵护，其中所有的细节逼真而细致。为了不让甜粟秆被太阳暴晒，小树和大嘴为此搭了个草帘。"大嘴找到了一根长黄藤，拽了几下没拽动，就叫小树捡来两块石头，大一点儿的垫着，把黄藤放在上面用另一块石头去捶，捶断了，他们就有了一根特别结实的绳子。然后大嘴就坐在地上开始编草帘子。小树负责提供原材料。这么久没下雨了，地都旱得实实的，草不好拔，小树一会儿就觉得双手被勒得生疼。大嘴把小树拔来的草分成一束一束的，用黄藤缠绕一束，打一个结，再缠绕一束……"这些细节就像电影画面一帧帧地放映，不容有一帧虚晃跳跃。从这些细节可以看到彭学军对生活的观察是悉心的，是了如指掌的，甚至可以认为她参与到了生活之中。现实题材格外考验一个作家，对生活有足够的熟悉和洞察，才有开掘各种题材的底气，不用以什么穿越、玄幻之类来唬弄和掩盖，那是没有根基的虚浮的飘萍。

现今，儿童文学很繁荣，但是谁也不可否认也伴随着许多的浮躁，急功近利的出版导致作家一窝蜂地去写长篇小说，由于儿童文学对长篇小说的字数要求较低，因此有些作家胆大妄为到当作"行活"，甚至一年可以写上几部，还自欺欺人地放言无需别人以文学来对待，"我写的是童书"，完全没有对写作应有的敬畏。彭学军写过多部长篇小说，但都不是敷衍之作，非常厚实，是长期写作与思考积累而成的硕果，呈现出长篇小说应有的文学品质。即使有过这样的历练，她也始终保持清醒，当其他作家都去赶长篇的时候，她倒是静下心来，在短篇小说的创作中探索艺术的可能性。《我的书包丢了》便是一篇杰作，体现出彭学军对艺术的执著追求。男孩成皓在上学途中，丢失了自己的书包，这样一个故事很容易便会落入叙述的俗套，比如，怎样去寻找，比如寻找中发生了一些什么事情，可是，这篇小说完全不是这样的，而是在每一节课中，回答任课老师惊讶的疑问，故事的走向因此也就被彻底颠覆了，没有老路俗套，没有陈词滥调，而是充满了想象力，充满了童趣。在语文、数学、英语、美术、自然五堂课中，任课老师都不相信一个孩子会把书包弄丢，这就好比一个士兵丢了枪，一个司机丢了车，一个程序员丢了电脑，一个国王丢了子民，简直不可思议。于是，成皓在老师的疑问中开始回忆上学路上的点点滴滴。他的回忆竟全然出乎人们也包括他自己的意料之外，仿佛梦游一般，似真似幻，但正是这样的回忆，却拼接起了一个我们所愿看到的理想的诗意的童年。彭学军是一个严肃的写作者，没有一部作品是游戏之作，在这篇有着无限想象力的作品中，我们感受到了短篇小说艺术的魅力，这不是依靠拙劣粗陋的杜撰来达到的，展现了一个优秀作家对写作的敬重，对艺术不断探索、进取的精神。

《向上生长的糖》中的八部短篇小说在艺术风格上各显缤纷，但都具有一个同样的主题，那就是温暖与关怀。我们总说今天的孩子不容易，很辛苦，少有童年应有的快乐，反映出对现实的一种无奈，但作为文学作品，在深刻揭示这些无奈的同时，应该给予孩子更多的关心和慰藉。彭学军的小说不是没有锐利的地方，但都包裹于温暖、恬静和祥和之中，想必她更多考虑的是对孩子的关怀与保护，在他们满是焦虑的周遭撒布一些安宁和宽慰。《我想养一只狗》中的"我"，为了能实现自己养一条狗的愿望，他不得不遵从父母，列出了十条需要克服的缺点和弱点，并且非常努力地一一去改正。其实，这个"十条"是将现实中的无奈艺术化了，因此更具象更真实更贴切，而"我"每一次通过努力而达到的成功则让人们对孩子更为心疼——"自觉按时起床，不迟到"，那个变态闹钟谁都恐惧，可"我"现在却每天放在了床头边；"吃胡罗卜"，原本每个人在吃的方面都各有所爱，不能强迫，可"我"如今却硬逼自己把不喜欢吃的胡罗卜吃得津津有味；"体育达标"，两百米跑不随每人体质而强硬规定标准时间，可"我"还是竭尽全力，"把骨头缝里的力气都使出来了"；"期末考试进入前十"，这莫名其妙却大行其道的要求害惨了多少孩子，可"我"现在却拼了命闯入犹如火海的题海里苦苦挣扎……这样的孩子是多么需要温暖啊，而读完整篇小说，荡漾在心头的正是这份宝贵而深挚的温暖。

说到底，这是彭学军通过文学所传递的人文关怀，孩子可以在这样的关怀中，因感受着温暖而得到抚慰，得到释怀。其实，所有的孩子都是渴望温暖的，就像《向上生长的糖》里的小树和大嘴，他们之所以如此看重并保护甜粟秆，是因为这甜粟秆还是糖，糖的滋味很暖和很惬意，是可以甜到心里去的。在美国著名儿童文学作家莫里斯·桑达克看来，人生最艰难的一段路程，也许是童年。那么，在这个意义上，我们可以认识到彭学军短篇小说温暖与关怀主题的宝贵价值。

2018 年 6 月

刀光剑影背后的温暖

释戒嗔在《小和尚的白粥馆》一书中将禅意写得十分走心，所以在海内外拥有众多的读者。甚至有不少人踏遍江浙鲁豫一带的寺庙，希冀找到他和他笔下的那座天鸣寺。不过，他们都没能如愿，因为释戒嗔不愿抛头露面，那座山里的小寺庙以及这位睿智而平和的小和尚终究隐没于云雾缭绕中。

其实，释戒嗔保持他的神秘的一个重要原因，是不想受到外界的打扰，沉浸于自己的修习。或许得益于这样的安静，所以，他能够闭关数年研读史书，并于近日推出了一部讲述历史小故事的新著《有人说》。我读了这本他辗转捎来的书后，非常惊讶，因为几乎所有历史的书写都追求将历史写成能卷起千堆雪的狂风暴雨、惊涛骇浪，刀光剑影则是时处相随，仿佛是历史本身的标配。可是，释戒嗔却打破常规，偏偏揭示刀光剑影背后的人性的温暖和光亮，他将发生在二十四史里的故事叙述得如此平静，如此优雅，就像平常生活里的日出日落。我想，当一切尘埃落定，心平气和地回溯历史，倒是有可能褪去表层的波澜壮阔，在一个个被淹没、被忽略的细节中窥察到历史的原貌。

我们对荆轲刺秦王、狸猫换太子、赵氏孤儿、岳飞之死之类的故事可谓耳熟能详，但这些流传的故事真的没有演绎乃至杜撰的成分？释戒嗔用一种在我看来和他本人一样神秘的方式，质疑甚至颠覆了那些因满足人们的猎奇心而罩上太多假象的野史杂闻。他用的神秘之法就是让历史事件中的人物以第一视角来讲述自己的故事，从而显得更为客观而真实。比如，释戒嗔认为民间传说中的狸猫换太子的故事是缺乏逻辑的编造，漏洞百出，偏离史实很多，以致造成人们对宋仁宗赵祯的养母刘娥的恶劣印象。这次，释戒嗔让作为故事主角的赵祯自己来讲述了一回。赵祯是在母亲去世之后才知道自己并不是她的亲生儿子的，他难以接受这样的事实，因为在他心里，那个在炎夏里为自己驱赶蚊虫，哼着儿歌陪伴自己入眠的母亲，怎么可能与自己毫无血缘关系？而当他听到传言说当年母亲差人用一只剥了皮的狸猫从他的生母李氏那里替换了刚出生的他，并将他占为己有后，他彻底崩溃了。他开始痛恨起欺骗了自己的养母，还怀疑养母毒杀了自己的亲生母亲。但在他打开生母的棺木后，看到里面既不是发了黑的骸骨，也不是一座查无对证的空冢，而是下葬时用水银完好保存着的遗体，并身着皇太后的服饰，此时，那些有关李氏被毒杀的谣言自然不攻自破了。现在的赵祯知道了母亲对他爱得如此战战兢兢，甚至处心积虑地留下证据，告诉儿子自己一直厚待他的生母，而且不会做出任何可能会伤害母子亲情的事情。一个直到最后都没有让孩子察觉出自己不是亲生骨肉的养母，让我们可以相信，这不是赵祯太笨或者刘娥太会伪装，而是刘娥自始至终都将真挚的母爱给了养子。

我很喜欢释戒嗔重述的另外一个历史故事。两千多年前，吕后和戚夫人之间的那场太子废立之争，最终以戚夫人和她儿子刘如意的死亡而告终，吕后的儿子刘盈即位成了汉惠帝。历史上的刘盈是个很不起眼的帝王，《史记》中甚至没有属于他的本纪，刘盈只是他父母刘邦和吕雉故事中一个无关紧要的配角，他的出现也只是让他的母亲吕雉多了一些争权夺利的筹码。但是，释戒嗔却在《史记》里关于刘盈为数不多的笔墨中，发现了正史中并不多见却极其温暖的片段，并通过刘如意自己的嘴说了出来：原来，在刘盈的心中，他从来没有将刘如意当作自己的对手，他就只是刘如意的哥哥，尽管他们同父异母，但却依然情同手足。在自己的母亲吕后加害刘如意的时候，刘盈总是小心翼翼地保护着他，承担起了一个哥哥的职责，让刘如意真切感受到了兄弟之情。虽然刘盈的努力最后失败了，刘如意死于吕后的毒酒，但刘如意至死都不会忘怀刘盈牵着自己之手的那幕场景。释戒嗔重述的故事，让我读后很是感动，在原本刀光剑影的背后，我看到了一些坚守的温暖；在原本充斥着鲜血和眼泪的故事中，我看到了一些闪烁的光亮。确实，人生中总有一些光亮不会熄灭，就像夏夜里那漫天飞舞的萤火虫一样，永远不会被夜色席卷，无论那是多么深沉的夜。

2018 年 10 月

迟到的正义非正义

罗恩·威廉森是美国俄克拉荷马州庞托托克县埃达镇上的一个年轻的棒球手，志向远大，前程无量，可现实生活中的不如意使他常常心情沮丧，精神上也出了问题，缺乏安全感，显得紧张、担忧、焦虑、压抑。尽管如此，他还是一心一意地做着他的棒球梦，但没有想到的是，1982 年 12 月 7 日晚上，小镇上发生的一起谋杀案彻底粉碎了他的理想和前程——他被指控为强奸杀人犯，并被判处了死刑，而证据只有一个，那便是他在拘留期间，因无法忍受折磨人的审讯，随口编造了一个口供，他说他做了一个梦，在梦里他喝了酒，有点醉了，"假设我正巧到了被害者的门口，敲了门，她说，等一下，我在打电话。想象一下，我闯了进去，强奸了她，最后把她给杀了。"

这样荒唐的"梦境口供"显然是不足为信的，但急于破案的警官、监察官和法官却不可理喻地像是抓住了最后一根救命稻草，随后竟然一步步地将这个口供给"证实"了。虽然每一

· 245 ·

次开庭，愤怒的罗恩都拒不承认，坚称无辜，甚至大闹法庭，但死刑令最后还是正式下达了，执刑日期定于 1994 年 9 月 27 日星期二 0 点 1 分，此时，距谋杀案发生已快十二年了，罗恩也已经在监狱的死囚区里关押了 6 年 4 个月。根据美国法律，一经下达死刑执行令，立刻进入最后的一个程序"人身保护令"，也即为最后的上诉。不幸中之大幸的是，罗恩遇到了珍妮特·切斯利律师，而这位律师提交的人身保护令上诉被随机分配给了联邦司法区的弗兰克·西伊法官和联邦治安法官吉姆·佩恩，他们在执刑倒计时的秒针滴答声中，凭借高度的责任感和职业道德，发现了罗恩一案的种种疑点，从而在死刑执行期只剩 5 天的命悬一线时分下达了暂停执行令。接下去，在汤姆·兰德里斯法官、巴里·谢克律师、"无辜者计划"志愿者、俄克拉何马州贫困者援助辩护系统的律师和工作人员的推动下，开启了该案的重审，1999 年 4 月 15 日，罗恩终于被宣告无罪，重获自由。

罗恩出狱时，精神已经崩溃，四十六岁的人满头白发，一口烂牙，瘦骨嶙峋，看上去像个六十多岁的老头。他已无法重新开始安稳的生活，嗜酒如命，引发肝肾衰竭，出狱后仅仅五年便去世了，在这个世界上只活了五十一年。在他离世前的一年，2003 年，真正的凶手格伦·戈尔站上了法庭的被告席。罗恩安葬两天后，美国著名小说家约翰·格里森姆在《纽约时报》上读到了讲述罗恩令人唏嘘经历的长篇讣告，很受触动，并意识到这篇讣告只是冰山一角，这位写过《杀戮时刻》《陷阱》《终极证人》等十多部小说（其中九部被改编为电影）的作家，之前从来没有想到过要写一部非虚构作品，但是，读完讣告只有几个小时，他已经和罗恩的两个姐姐联系上了，就此开始了长达 18 个月的调查和写作，最后出版了《无辜的人》（译林出版社于 2018 年 11 月出版简体中文版，译者于霄）。

格里森姆一次次地回到事件现场，从与众多当事人的访谈和上百万份文件中梳理出案件的真相，还原了罗恩这个无辜之人蒙冤的整个过程。事实上，这样的真相揭示和过程追索，并不只是一部非虚构作品引人入胜的故事建构，而是通过对冤案产生的每一个细节的回溯，让我们清晰地看到本应运送正义的刑事司法系统在侦查、检察起诉和审判的每一阶段、每一环节是如何失守的。罗恩的"梦境口供"是如此经不起推敲，但是，为了提高破案率，整个司法系统不惜弃置法律的尊严而合谋来"证实"罗恩的口供——他们找到因多种罪名而被判刑的格伦·戈尔，以要加重他的刑罚相威胁，拿着罗恩的照片，让他提供谋杀案发生当晚看见被害人和罗恩曾在一起并发生争吵的伪证，这一虚假证据导致建立了法律意义上的凶手与被害人之间的联系。之后，戈尔就与检方达成辨诉交易，检方撤销了对他的两项严重指控。他们数次用测谎仪对罗恩进行测谎，由于罗恩不停地坚决否认知道或参与了那次谋杀，因其不配合，导致每次的结果均为不利的"不确定"。他们对采集的 31 位男性的毛发、液体样本进行检测，由于当时尚缺乏 DNA 检测手段，仅凭检测者的经验和感觉行事，导致一直有选择性地对测试数据进行更改或阐释以指向罗恩，而很长时间内却没有人要求戈尔提供毛发和液体样本，后来即使采集了，但不久之后便告"丢失"。他们在监狱里寻找"告密者"，让与罗恩关在一起的人在法庭上陈述，曾经听到罗恩在悄悄地祈祷获得受害人的宽恕……就这样，司法系统一步一步地竟成功坐实了罗恩的"梦境"并非虚幻而是真实的存在。这样的回溯让人触目惊心，甚至难以置信，然而这一切都是完全真实的，因而比起小说，更加直击人心，更能唤起人们的思考。

　　格里森姆以其细腻的笔法和深层的关怀，将这幕荒诞而恐怖的闹剧撕开来，把那些不当的侦查工作、落后的检测手段、"垃圾科学"、说谎的目击证人、不负责任的辩护律师、懒惰的检察官和傲慢的法官一一呈示在人们的面前时，与其说在于展现冤假错案对于无辜者所造成的不可挽回的伤害，从而说明迟到的正义也是正义，不如说在于对美国刑法制度的精准剖析以及对人性的深刻反省，从而说明迟到的正义因太过沉重，甚而如英国政治家威廉·格拉德斯通所指出的已非正义，因此只有完善并规范地执守法制，不再让无辜者蒙难才是根本的所在。对于正在致力于防范冤假错案的当下中国来说，《无辜的人》无疑具有重要的启示意义和价值。

2019 年 2 月

趟回岁月的激流

前一阵老屋大修，搬到临时居所，所有的东西都打包装进大纸箱里，其中有四个纸箱，我特意用加粗黑色记号笔标注了《文汇月刊》——这是我迄今保存完整的两种杂志之一，从第一期到第一百二十一期，一本不落。虽然我只是这本杂志的一个最为普通的读者，但是，对我而言，这不仅仅只是一本物态的杂志，而是密密匝匝地揉和了我的一段非常时期的生活。今年正月元宵节刚过，我读到了中国大百科全书出版社最新推出的罗达成撰写的《八十年代激情文坛——我在〈文汇月刊〉十年》，顿时，重新趟回到了过往岁月的激流之中。

一

罗达成的这部回忆录堪称皇皇巨著，近 56 万字，厚达 550 多页，以这样的体量来记录《文汇月刊》十年的出版史其实并不为过，它是庞大的，也是厚重的，更是激扬的，作为这本杂志的副主编，作为见证并参与创造了《文汇月刊》的辉煌及至20 世纪 80 年代中国报告文学黄金期的编辑家和作家，罗达成充满激情和温暖的叙述真实、真切、真诚。这样的回忆录由罗达成来写，确如上海市作家协会副主席、《上海文学》杂志社社长、诗人、散文家赵丽宏所说："非他莫属。"

《文汇月刊》真是文坛的一个奇迹，一创刊便以名家荟萃、琳琅满目、锐意进取而让人们竞相传阅，交口称赞，很多期均以打动人心的文章而洛阳纸贵。1980 年 1 月，这本杂志横空出世时，我还不到二十二岁，正在上海沪东一家小小的房管所里做着木匠，每天背着装满刨子、锯子、凿子、榔头、螺丝刀的工具袋，按着居民的报修单，挨家挨户去修理木门窗和木地板，更多的时候，则是跟着施工队将新村里原有的弹硌路面统统铲掉，铺上水泥路。可我的心里却有着一个梦，我希望有朝一日能成为记者和作家，虽然这个梦实在是遥不可及，但我却孜孜不倦，所以，每当《文汇月刊》出刊，那一天总像是我的节日，我愿意读着杂志陷进我的白日梦里。

我是《文汇月刊》忠实的订户，但邮局送来的杂志常常被人"捷足先登"拿了去，我只好再去报刊亭购买，可好几期内容精彩的杂志刚上摊便被抢购一空。罗达成在回忆录里也有这样的记录：新华书店只看了目录，就包下了开印的 10 万册创刊号，上市第一天，上海南京东路新华书店挤坏两块玻璃；孟晓云的报告文学《胡杨泪》发表后，各地索要这期刊物，只能匆匆赶印 10 万本小册子；刊登刘晓庆自传《我的路》的那期杂志加印到 30 万册仍供不应求。罗达成在本书《写在前面：心头的熔岩与读者的梦》一文中，用"熔岩"来形容他作为编辑深埋心头的在《文汇月刊》的那段经历，而他所说的"读者的梦"，则心有灵犀般地描画了像我这样有着梦想的普通读者，在《文汇月刊》的陪伴下走过的整个 20 世纪 80 年代。

由于那时我无法进入大学读书，所以，我就靠着自学来学文学、艺术、写作，而教科书就是《文汇月刊》。那时候，没有一本文艺综合性期刊能做到像《文汇月刊》那样，齐集了中国最优秀的作家和艺术家，期期都有豪华的作者阵容，都有后来被证明是经典的精品力作。这使我从一开始就有了一个追求的方向，我会反复阅读那些触动了我的报告文学、小说、散文、文艺评论、杂文，在上面用铅笔划满了标示重点的三角形、圆圈和波浪线。有一天，我外出干完活，回到房管所里，一个领导拿着一封写有我名字的信向我走来，我看见我的信已被拆开。领导说："这是上海市工人文化宫《工人创作》编辑部寄来的，里面有你参加创作学习班的录取通知和听讲证。但是我要告诉你，因为这要占用半天工作时间，所以我们不同意你去！"我听后，觉得再解释什么也是无用的，所以，很干脆地说："好吧，那就不去了。不过，请你把听讲证还给我，我要做个纪念。"领导听后，一边说你又不去，要听讲证干嘛，一边当着我的面，把听讲证撕个粉碎。我心里沮丧极了，掉头而去，这时，门卫间里的老戴叫住我说，你订的《文汇月刊》来了。我当即站在路边，读起了当期杂志中刊登的汪曾祺的小说《职业》，看到里面的主人公，那位卖椒盐饼子西洋糕的小男孩，为了生计非常尽职地吆喝，可有一天，见巷子里没人，他天真毕现，将"椒盐饼子西洋糕！"调皮地吆喝成了"捏着鼻子吹洋号！"我读着不禁大笑起来，先前的郁闷非但一扫而空，文艺创作的激情更是空前地被点燃了。

二

《文汇月刊》是由文汇报社主办的，它的出版生逢其时，沐浴着改革开放的春风。罗达成在回忆录中引用时任文汇报社党委书记、总编辑马达的话说："那时正值百废待兴，我们也是雄心勃勃，计划在日报之外，再搞周刊、月刊和《文汇年鉴》。"当马达在为报社的发展勾画蓝图、运筹帷幄之际，刚刚归队的《文汇报》一位老将，也曾是《大众电影》主编的梅朵已经前来请缨了："希望报社能办一本以文学为主并扩及其他文艺领域的综合性的刊物，要办得与众不同，名家云集。"马达和报社领导班子很快就批准筹办《文汇月刊》，由梅朵、谢蔚明和徐凤吾组成了"创刊三老"。

这是一批有担当的具有高度事业心的人，罗达成在回忆录中详细讲述了梅朵和他自己因为忠诚于一份事业而倾心投入工作的故事。为了组稿，身患严重心脏病的梅朵每个月都要去一次北京，有时一待就是二十来天。那时，北京的高层楼房老断电，电梯停开是常事，梅朵便一次次地爬十几层的楼梯去拜访"高层"作家。他还带着面包和药片挤公交车，每天十来个小时地来回奔波，在文艺名家中横闯直撞。历经劫难的梅朵是个宽厚的长者，但他的组稿风格却疯狂而霸道，逼稿、催稿"不择手段"，一天里又是写信，又是打电话，最为厉害的"杀手锏"就是发电报，而且他发电报还总是掐着夜半三更，还总是"加急"，那重如擂鼓的敲门声在静夜里格外吓人，让作者胆战心惊、痛苦不堪，不得不乖乖地按时交稿。结果，"梅旋风"的绰号在京城作家圈里传开了，还被概括出一句话来："梅朵梅朵没法躲"。但正是这样的职业坚守和敬业精神，文学的沃野里开辟出了《文汇月刊》这块风光旖旎的新苑。

梅朵工作起来自己不喘气，也不让别人喘气。罗达成在《文汇月刊》做报告文学编辑的同时，在梅朵的"强压"下，自己也写出了众多优秀的报告文学作品。罗达成这样回忆他遭遇梅朵的第一次"突然袭击"：那是1980年11月中旬，他调到《文汇月刊》才两个月，去福建开会、组稿半月后刚回到办公室，就被梅朵截住了。梅朵说答应为下一期杂志写李谷一稿子的作者临时说不写了，可配发文章的李谷一的封面已经在印，所以，另外找人顶替来不及了，就由你去写吧，下午就去北京，机票已经为你订好，出差费用也给你借好了。罗达成听后，一下子被打懵了，他完全没有准备，对流行音乐领域一片茫然，但梅朵不由你分说，将你逼上梁山，甚至凭空取好了标题：12月5日前一定要发稿，15日准时出版。就这样，罗达成被逼出了一篇影响甚广的报告文学《你好，李谷一》。我一直都很喜欢罗达成的报告文学作品，他的文字富有激情和诗意，同时也具有撼动人心的力量，他写的《中国的旋风》《"十连霸"的悔恨》《杭州市001号》《一个成功者和他的影子》《少男少女的隐秘世界》《与大海签约》等都成为我日后写作报告文学时的"标杆"。

三

其实，"梅朵梅朵没法躲"，这句话我最早是从女作家程乃珊那里听到的。《文汇月刊》在强势突击报告文学的同时，也在小说方面锐意进取，推出了茹志娟的《路标王》、张辛欣的《疯狂的君子兰》、张贤亮的《肖尔布拉克》、李杭育的《红嘴相思鸟》等一大批优秀作品。《文汇月刊》另一位副主编肖关鸿主要负责小说这一摊，他很快就盯上了当时在文坛迅速崛起的程乃珊。程乃珊在1985年调到上海市作家协会任专业作家之前，一直在地处上海东北角棚户区的惠民中学做着英语教师，有时，我因为马路工做得又苦又累，还不时受到斥难，所以便去找程乃珊"诉苦"。我至今清晰地记得这所上海"下只角"的中学，门前的小路逼仄而潮湿，校门口放了一排开了盖的木制马桶，那是对面弄堂里的住家洗涮完后拎出来晒干的。我和程乃珊在学校的图书室里一聊就是很长的时间。其实，她那时也很困难，她想请创作假，可学校却不允。但她精神振奋地跟我说，没有什么可以难倒我们这些具有文学理想和信念的人的，我们最终都会实现自己的愿望。她的话给了我很大的勇气和力量。在程乃珊的推荐下，我在1983年发表了自己的"处女作"，后来如愿以偿地成了一名记者。那时，程乃珊也被梅朵和肖关鸿逼得天天埋头写稿，但她不负众望地在《文汇月刊》上写了许多好作品，像中篇小说《女儿经》发表后风靡一时，很快就被拍成了电影。

罗达成在回忆录中，用一个章节满怀深情地写了他和赵丽宏的深挚友谊，回忆了他们第一本书的出版经历，让我们看到了文学跋涉者的艰辛以及收获的喜悦。有意思的是，我加入中国作家协会的介绍人之一便是赵丽宏。我后来不仅从事写作，还做起了制片人，拍摄电影和电视剧，我担任制片人的第一部影片便获得了中国电影华表奖，而我在影视方面的最初启蒙即得益于《文汇月刊》。

从2012年初到2018年1月底，罗达成写作这部回忆录用了整整6年1个月的时间，从七十岁写到七十六岁，完成之时，用他自己的话说，这才如同无边苦海中始终看不到岸边灯火的一叶孤舟，挣扎靠岸。他在第一时间将完工的消息告诉了赵丽宏，因为他是动员他写这部回忆录的始作俑者。他曾在上海作协那个淡雅、书香味十足的咖啡馆里，"警告"罗达成："如果不以这本极有价值和意义的回忆录终结写作生涯，你一定会抱恨终身，不能原谅自己！"罗达成是怀着一份责任感和使命感来写这部回忆录的，他说他将不惜以生命为代价。写完这部回忆录才几个月，罗达成便被确诊罹患直肠癌，随即动了手术并进行化疗，我听到这个消息后，感觉真是悲壮如斯，我想，对梅朵、罗达成他们来说，《文汇月刊》的确是比自己的健康和生命更重要的。

1990年6月，《文汇月刊》最后一期的封面，是满头银发的柯灵先生，披一件黑色的呢子大衣，神情凝重地席地而坐，身后由方砖铺就的甬道上，是片片散落的金黄色的落叶，虽然枯萎，但呈现出曾经有过的生命的灿烂和饱满。《文汇月刊》停刊后，罗达成转去《文汇特刊》。我曾在他主编的《生活》副刊上发表散文《烛照生命》，以此表达即使岁月的流逝和变迁无可挽回，但为理想和信念付出的努力不会被遗忘，将镌刻在人们的心里，镌刻在史书上。前几天，我问我曾经的同事、马达的女儿马晓霞，是否还保留着《文汇月刊》，她说她父亲去世之后，她把整套杂志拿回了自己的家里。我也问了我的好友张菱儿，她的祖父、曾在《文汇月刊》上发表过作品的著名诗人公木当初保存的杂志现在何处，她告诉我说，在河北辛集的"公木纪念馆"里。

2019年3月

火星掠过生活的黑洞

　　读于是的短篇小说集《你我好时光》（江苏凤凰文艺出版社，2019 年 1 月出版），我常常会心惊肉跳，发现自己坠入了令人窒息的黑洞。这黑洞就在我们熟视无睹的现世生活里，它将许多的无常悄无声息地吸入，而让人的躯壳和灵魂昭然毕露。

　　于是自己说，她在写作刚刚起步时正巧遇到了人生中第一次面对死亡的体验，结果，生者与死者便构成了她小说中的主人公：那是一些被他人的死所改变的人；而所谓的改变，并不可能脱胎换骨，只是带着死亡一起活下去，并且尽量不去恐惧。《你我好时光》由六部短篇小说构成，对这些故事里的人来说，亲人、爱人、陌生人之死，是他们未来生命的附加值。

　　打头作品《你我好时光》中的女主人公"我"与已婚的前男友青蒙藕断丝连，在两人的交往中，"我"始终摆脱不了死亡造就的心理阴影——在她流产的时候，青蒙没有陪在她身边，而来看望她的母亲在从医院回家的路上死于交通事故。两条生命的蓦然逝去，导致"我"与青蒙之间的关系也濒临破裂，

"我"渐渐成了孤僻的人，与生活有关的每一条线索都断了，封闭在自我的世界。封闭像是一种堡垒，可以免于他人的入侵以保护自己，但事实上，这种封闭是非常可怕的，对于群居动物的人类来说，任何自我封闭导致的结果就是内心的冷漠，冷漠则是残酷的自戕，成为一具行尸走肉。好在"我"养了一只猫，这只猫在发情期时，被青蒙认为会沾上怪味道而让妻子生疑，于是给它去了势，它从此有了一种笃定的忧郁，开始有一种凄厉的长鸣。后来，这只猫一天天地弱下去，这让"我"生平第一次有机会去照顾别人，正是在这段与他人（尽管是只猫）重建关系的过程中，"我"感受到这只猫是在帮助她弥补母亲去世前后她的缺席，也在弥补不能成为母亲后的她那无处安放的母性。在看护这只猫的最后几天里，"我"明白了生命最终的形态，猫比任何亲人都尽职地教会她死亡的定义，并且终于补全了亲眼目睹亲人辞世时自己该有的撕心裂肺的痛，同时确证了自己应有的脆弱，那是任何孤绝的表象都无法伪饰的。我认为，这部小说的价值就在让我们意识到自我封闭的堡垒其实无异于坟墓，坦然承认自己的软弱，有助于打开内心的封闭之门，尝试与这个世界和解。

《祥云弥渡》虽说时空显得七颠八倒，可我觉得特别贴切，因为故事中的一些人物由于患有失忆症，所以回忆错乱，对生活乃至自己的身份都分辨不清，也就显得模棱两可，似是而非。

同样的，小说里的女主人公曾遭遇过死亡，她人生里的第一场死亡，是未成形的孩子，那是她十九岁跟小情人私奔时的失败的爱情结晶；第二场，是一个陌生的痴呆老头，那是她私奔后借居屋的房东。就是在借居地，她认识了每天来照顾痴呆老头的林阿婆，她为老头送馄饨，为他擦身，在她流产之后，林阿婆也无微不至地照顾她。她曾问林阿婆住在哪里，林阿婆说就住在楼下。有一天，她跟老头聊起了林阿婆，不料，老头很疑惑地问谁是林阿婆，还问她你是谁。她想起有一次老头管她叫小林，便就这样回答了他。老头听后愣了一下，当他再次叫出小林时，好像年轻了三十岁，回到盛年，回到爱时，脸上被激情和惊喜所照亮，然后，他翻出床头柜里的相册和里面夹着的许多被退回来的信，信封上收信人的名字叫林秀珠。他相信此刻他所爱的小林回来了，就在他的身边，因而心满意足，可是，当夜他便死了。她急急地下楼去找林阿婆，但邻居们都说这里没有这个人，在邻居去打报警电话的当口，她奔出弄堂逃离了。几年以后，她来到即将拆迁的这条弄堂，终于又见到了坐在一家店前的林阿婆，但她却没一点反应。店里的人告诉她，这老太姓王，以前在这里摆馄饨摊的，后来脑子不行了，儿女就把店转手了，可她却还以为店是她的，天天来这里上班。她听后，泪水突然涌了上来，她握住老太的手说，王阿婆，你要记得啊，你叫林秀珠，老太点了点头。这部小说试图营造某种疏离感，在时空倒错中分解掉生活本身形成的过多的积郁，但是这样的结尾，可能出乎作家的预设，让读者反倒体悟到生活中的矛盾与无奈，即便通往末路，也能安然若素，甚或"回光返照"，所以不必慌不择路。

说实话，于是的小说是有些晦涩的，基本上都不采用线性叙述，没有单向故事，结构复杂，山重水复，人物心思挪抟，面目恍惚，情节扑朔迷离，似是而非，逻辑隐蔽，若即若离，但这正是于是小说的魅力所在。读她的小说因为不能一目十行，因为不能不动脑筋，所以特别耐人寻味，嚼劲十足。写偶遇、网络直播的《夜泳馆》，所有的暧昧、离奇、荒诞如同虚拟世界一样地无序，最终看似导向某种结果，却又无法定义，就像小说的最后一个句子："无论在三百米外的黑暗中发生什么，我只是等。什么都不用做。"我以为具有深刻的洞察力，这既是一种人生状态，也是现实生活的真相。写自杀、身后处置的《未来的墓》，依据几页解剖图的蛛丝马迹来探寻真相，有着侦探小说的韵味，可又不像侦探小说，将强悍的逻辑置于漫不经心之中，由此可以得到新鲜的阅读体验。《肉体标本》和《通往神婆的路》故意设置了一些障碍，让读者不能按部就班，但是跟着小说慢慢地去找寻细节之间的隐密关联，找寻多维度时空中的各种支点，是令人兴奋的。于是的小说文本所具备的独特性，一方面表现出作家坚韧的艺术追求，另一方面揭开现实生活的表层，直抵内在真实，实现读者各自的心理投射，我认为这是最为成功的，体现了短篇小说的力量所在。

我很认可于是的观点，她认为世上所有的故事都和生死有关，这一点根本不足以让人害怕；反而是拒绝、无知或无感的态度，会令人觉得恐怖。因此，于是的小说并不是技术主义的，我甚至以为她把自己都放入了小说，所以格外坦诚而真挚。于是说她感觉自己一直身在火星，是的，晦涩源于生活的黑洞，但我们可以把头抬到最高，找一找火星，或许会发现火星可以掠过生活的黑洞，虽然就像雪花，只能存在于瞬间。

2019 年 8 月

"隐秘角落"里的历史现场

  张伟先生的新著《近代日记书信丛考》（上海大学出版社 2019 年 9 月）是一部非常引人入胜的书，通过近代一批著名人物的日记或书信，挖掘和发现了不少淹没在历史风尘中的重要史料，涉及近现代政治史、文学史、史学史、艺术史等诸多方面，张伟称这些日记或书信为"隐秘角落"，而他的研究让我们看到了"隐秘角落"里的历史现场。

  张伟认为，如果说正史、方志和家谱并列为中国史学的三大支柱，那么，日记、书信和回忆录则可说构成了个人文献的主要部分。在有关人物研究的第一手文献中，通常日记、书信、回忆录作为直接资料，有助于人们对历史人物多重面相的认识，特别是日记、书信，尽管也有落笔时的过滤、斟酌等问题，但相对而言比较可靠，而日记最个人化也最具私密性，是最直接袒露心迹的第一手资料。很多时候，就其揭示人物内心世界的真实性来说，往往比作者公开发表的文章来得可信，它们本身所具有的当时语境和丰富细节及给阅读者所带来的身临其境的现场感，是读后人选择性的描写阐述不可能达到的，因此日记更凸显其价值，更受到人们重视。

这几年，张伟在整理现代文学史上已消失很久的自由派作家傅彦长的日记方面卓有成效，而傅彦长日记中不少"隐秘角落"也由此而一一呈现出来。透过傅彦长的遗存日记，可以窥见我们以前所不知道或知道很少的20世纪20年代至30年代民国一些文人日常生活中的人际交往，以及这种交往对他们思想和创作的影响。傅彦长是认识鲁迅的，鲁迅日记1926年5月15日就有"顾颉刚、傅彦长、潘家洵来"的记载。但将傅彦长日记与鲁迅日记对读，就发现了"隐秘角落"。傅彦长日记1927年12月5日记云："到内山书店，遇周树人、王独清。"该天鲁迅日记怎么记的呢？记云"夜往内山书店买书五本"，提及内山书店仅此一句。那么，也许该天晚上傅彦长到内山书店见到了鲁迅，他还见到了王独清，难道那晚鲁迅与创造社的著名诗人王独清也见了面？傅彦长日记1933年4月10日又记："午后到沪，在新雅午餐。遇张振宇、鲁迅、黎烈文、李青崖、陈子展。"该天鲁迅日记又只字未提在新雅午餐。鲁迅当然不可能独自一人去新雅，很可能那天中午他与《申报·自由谈》主编黎烈文在新雅谈事。这两条鲁迅日记的失记提醒我们，鲁迅日记中的"隐秘角落"还很多，而这正可通过张伟对傅彦长日记的梳理而展示若干。

张伟对康嗣群 1938 年"孤岛"日记的解读同样值得关注。康嗣群在"孤岛"时期临危受命，担任美丰银行上海分行经理，但他是新文学的爱好者和参与者，曾与鲁迅和周作人交往，也曾与施蛰存合编过刊物《文饭小品》。当时的上海除租界外均已被日军占领，市区的公共租界和法租界如同"孤岛"，康嗣群心情十分苦闷，为了排遣孤独和寂寞，他大量阅读各种中外书籍，并将自己的体会和感受写进日记里。1938 年 4 月 29 日，他在阅读巴金的《家》时写道："阅《家》数十页。述鸣凤死，颇为凄切。忆方叙【即靳以】曾云此段令其感动，觉慧似已走出新阶段，然余认为巴金君于此只能称之同路人也。"1938 年，胡愈之等组织复社，汇集鲁迅的各种著译，历经艰险出版了第一版的《鲁迅全集》，康嗣群在第一时间购买了此套全集，阅读后记下了自己的感想："晚阅《鲁迅全集》中《小说旧闻钞》，颇有意趣，先辈治学之勤苦，亦于此可见。"（1938 年 8 月 26 日）更值得注意的是康嗣群对斯诺《西行漫记》的关注和阅后的心态变化。1937 年 10 月，英国伦敦维克多·戈兰茨公司出版了美国记者斯诺实地考察陕甘宁边区，拜访了包括毛泽东在内的中共主要领导人后写成的《红星照耀中国》，1938 年 1 月 24 日，精通英文的康嗣群买到翻印本后，立刻开读，并在日记中写下了自己的观感。和许多知识分子一样，康嗣群对当时占据一方根据地的共产党充满好奇却不了解，出自外国记者之手的这本实地考察，可谓一把钥匙，一下子揭开了他心中的许多疑惑。康嗣群看此书相当仔细，从其日记可知，从 1 月 24 日买书首日，一直到 2 月 16 日，连续二十余天，这本书都放在他的手边。康嗣群在日记里记道："阅数十页，语多伤及当政者，十年剿共政策，今日思之，当容有错误也。""毛泽东在 Snow 之笔下，至为称赞，其成功实自有原因在。""红军之军事人才之多，实令人惊诧。军队加以政治训练，实为人民所需要之军队"。张伟在对康嗣群"孤岛"日记释读时以为，这些忠实的记载，正代表了国统区中很多知识分子对共产党从不理解到心存同情再到隐约怀有某种期许的心路历程，也是国民党失去民心的时间长链中的重要一环。这便是康嗣群"孤岛"日记中，国统区知识分子内心"隐秘角落"的真实的历史呈现。

相较于日记，张伟则认为，书信因是当年实物，且阅读范围很小，故往往有真情流露，参考价值较大。《近代日记书信丛考》中，张伟对陈寅恪首次留欧期间明信片上一首佚诗的考证、对丰子恺和傅抱石抗战时期致张院西一组信札的解读，都是令人欣喜的新发现。张伟尤其擅长从不引人注意的看似普通的一枚明信片或一通三言两语的短信中揭示文坛故实。比如他对胡适 1911 年 11 月 6 日致马君武关于辛亥革命的一枚明信片的分析，极大地有助于胡适研究。张伟收藏的胡适这枚明信片未为《胡适全集》所收录，信中写道："祖国之乱已不可收拾矣，此邦舆论多右民党，以此邦本自由之邦，故尔尔也。……日来以故国多事，心绪之乱不可言状，如何！如何！"此明信片发自美国纽约州的伊萨卡，当时胡适正在康奈尔大学农学院就读，他与在德国留学的老同盟会会员马君武私交笃深，同在海外的两人虽远隔千里仍经常通信，互通信息，倾诉心声。张伟根据种种迹象判断，马君武在1911年9月初寄出给胡适的信后不久就离德回国，积极投身辛亥革命，武汉首义时代表广西率先赴会，于武汉与各省代表起草临时政府组织大纲，因而胡适11月6日寄给他的这枚明信片他并未收到，故而此信流散在外。胡适留美期间，同大多数留学生一样以强烈的爱国激情时刻关心着国内政局，辛亥革命的爆发，更激起胡适对祖国命运的关注。从总体上而言，胡适对国内的革命是支持的，当时美国有人诋毁中国的革命，胡适曾投书《纽约时报》进行反击。他还对袁世凯的复辟行为有着清醒的认识，在日记中一再予以批驳。但同时，胡适信奉的乃是根植于自由主义的政治思想而派生的改良主义，这也是他在此信中坦言自己"心绪之乱不可言状"的缘由。另外，由于是拿官费留学，所以还涉及个人的切身利益，恐更有彷徨不知所措之感。这枚胡适致马君武的明信片，为我们了解胡适当时的真实思想提供了宝贵的第一手资料，同样让我们窥见了"隐秘角落"里的历史现场。

张伟在上海图书馆工作了整整三十八年，得天独厚，看到了很多那些外间难以过目的日记信札，但这并非他鉴赏、研究的唯一来源。几十年来，张伟省吃俭用，节衣缩食，寻觅、收藏了众多历史文献，《近代日记书信丛考》一书中超过一半的文献都是他的个人收藏，这是非常令人钦敬的。诚如著名现代文学研究专家陈子善先生所言，张伟的这本新著真是秋水长天，一片清明，书中篇什都有独特视角、独家发现和独到见解，填补了中国近现代文学史、艺术史和学术史研究的一些空白，不仅充分显示了日记书信研究的重要性和必要性，也生动展现了文献学的魅力。

2019 年 11 月

"娱记"唐大郎

　　用现今的话说，被誉为"江南第一支笔"的唐大郎先生也是一位"娱记"，20世纪40年代上海众多充满烟火气息的小报上，大半都有唐大郎的文字。他每天固定地要为五六张报纸撰稿，除了生活秘辛、时事杂感，还有大量精彩纷呈的文艺圈消息。那时候的"娱记"不像现在条线划分精细，电影、戏剧、曲艺、音乐、美术、文学、出版……都是要一把抓的，而且也没有什么"统发稿"，所以，唐大郎深扎文艺圈，用他自己的话说，天天"混迹"其中，以致一年到头没在家里吃过几顿饭。我自己也曾当过十数年"娱记"，深知要做到这样是很不容易的，其实就是勤奋与投入。

　　读中华书局近日出版的由张伟、祝淳翔编辑的《唐大郎纪念集》，对这位后来执掌《新民晚报》副刊的前辈有了更多的了解。为了做好电影报道，唐大郎深度介入影片创作，常常与夏衍、黄佐临、桑弧、曹禺等影人探讨剧本，还时时泡在电影公司或拍摄现场，所以，他写出来的影剧消息就"独此一家"。比如他写影星金焰抗战结束后回到上海，老友们为他洗尘，"老金负醉来，知其好饮犹不减当年也。席上谈笑甚豪，愚问老金，谓上海报纸，谓汝在抗战期间，营商颇能富，亦可信乎？则曰：不可信。……老金犹壮硕，面目无减，而豪气英才，亦如往昔。是日，（吴）祖光着一汗衫赴宴，睹者大奇，祖光曰：我特以顽童姿态出现耳。"

唐大郎的影剧评论写得很到位，这与他的舞台实践不无关系。他曾在桑弧编剧、朱石麟导演的电影《灵与肉》中饰演角色，还与周信芳、桑弧、胡梯维、金素雯等合演话剧《雷雨》。他更是一位资深京剧票友，与李少春、周信芳搭档演《连环套》，与名旦角章遏云合作《狸猫换太子》。吴祖光记述一晚冒寒到西藏路看戏，快到唐大郎出台前，观众又是吹哨子，又是喊名字，可见他气场强大。舞台上的他脱掉眼镜，目光里有一种无可奈何的神气，眉心一抹胭脂最为俏皮，额角低，下巴短，面横阔，就像魏碑里的"圆"字，他没戴衬领，所以脖子全部亮出，显得头大颈细。当时，漫画家丁聪忍俊不禁，为其造像一幅。那天，唐大郎的一举一动、一说一唱，都引得观众喝彩。他开唱后第三句便忘了词，观众笑得起哄，但他不慌不忙，偏着头用力想，想起来了接着唱，台风出奇之稳。结果，后来出场的李少春完全没了光彩，因为风头都让唐大郎给盖住了。其实，在另一位著名报人金雄白眼里，既没有唱戏的喉咙、也没有演戏的训练的唐大郎，经常上台票戏，也是有着因为写作的鼓励的。说起来，今天的"娱记"真还没有他的这等勇气和本事，有一次，一位导演叫我去一部电视剧里露下脸，我一听就吓得落荒而逃。

唐大郎性情豪爽，不媚俗，也不畏强项。老作家、老记者舒諲回忆道，唐大郎并不专写名伶，一旦发现可以造就的人才，必为之奔走揄扬。京剧名家张文涓十四五岁时还落泊在福州路茶馆里唱髦毛戏，唐大郎认定这个女孩日后定成大器，就写文章宣传她，张文涓这才得以受到关注，后来北上拜余叔岩门下，成为继孟小冬之后的余派传人之一，这与唐大郎的奖掖提携是分不开的。唐大郎不像如今有的"娱记"，拉帮结派，只逐利益，没有立场地瞎捧胡吹。事实上，唐大郎笔墨泼辣，可谓骂人骂出了名，对于社会及娱乐圈里的污浊人事，他在报上写文詈骂，声势惊人。唐大郎自剖说："我一向在文字上骂人，都一贯的酣畅淋漓，连蕴藉都不懂。"但他既快意恩仇，又心地肫挚，比如，1940年费穆拍摄的电影《孔夫子》上映，影片中孔子在乱世春秋对其弟子谆谆而言："国家兴亡，匹夫有责，看，强国欺凌弱国，乱臣贼子到处横行，残杀平民，生灵涂炭，拯救天下之重任，全在尔等每个人身上！"可说这正表达了费穆自己的心声。熟料，在当时上海一片纸醉金迷、奢靡成风的社会背景下，影片卖座不佳，文艺界甚至有一批人还乘机落井下石，嘲笑费穆的迂腐和不识时务。就在这时，唐大郎伸出了援手，公开发文声援费穆："他们根本没有欣赏艺术的能力，何况，《孔夫子》的陈义，又如此崇高。"唐大郎的仗义执言，我觉得当为今日"娱记"所发扬。

当然，唐大郎并不是什么"娱记"，他是真正的成就卓著的报人、作家和诗人。

2020 年 1 月

1774 年的"微信"

    叶卡捷琳娜还是年轻的德国公主时被带到俄国，嫁给了当时的王储彼得，由此陷入了地狱般的黑暗生活。叶卡捷琳娜机灵聪慧，知书达理，热情奔放，但也野心勃勃，于是，在伊丽莎白女皇逝世而彼得继位后，她策动政变，自己登上了皇位。夺位登基后，叶卡捷琳娜需要一位能力相当者辅佐施政，她看中了风度翩翩、气场十足的英俊军官波将金，而波将金也为她所倾倒。那时，波将金还在前线带兵作战，他们便日日夜夜鸿雁传情，在信中称对方为"孪生灵侣"，爱情和野心成就了历史上这对成功的浪漫伙伴和政治联盟，并由此改写了俄国的历史。

    1774 年，波将金大公听从叶卡捷琳娜大帝的召唤，回到圣彼得堡，此后成为大帝最著名，也是权势最大的情人，同时也成为大帝最为重要的左右手，所有军国大政，几乎全由两人所定。直至去世，波将金一直是俄罗斯帝国的二号人物，而他对叶卡捷琳娜也始终一往情深。不过，他们也有龃龉的时候，而且波将金脾气甚大。一次，他俩吵翻了，互不理睬，后来，一方面大公出于对自身暴躁脾气的反省，另一方面也是大帝对惯常的颐指气使、呼来喝去的收敛，他们坐了下来，决心结束争执。如同现在的一对吵过架后寻思和好的情人，面对面坐着却不说话，低着头用手机开始微信聊天，只是大公和大帝使用的是一张纸和一支笔。于是，这世界上就留下了这封两个人写在一张纸上的奇异之信，你一句，她一句，你写这面，她写那面：

大公：让我的爱人这么说。

大帝：我同意。

大公：我希望，这将结束我们的争吵。

大帝：越快越好。

大公：别吃惊，我被我们的爱弄得心烦意乱。

大帝：别心烦。

大公：你不仅向我倾注了善行，还把我放在你的心上。我想独自占据你的心，超过其他所有人。

大帝：你正牢牢地、强有力地占据着我的心，并且仍将在我的心里。

大公：因为其他人不会爱你如此之深。

大帝：我知道，这我相信。

大公：我是你亲手创造的。

大帝：我很高兴这么做。

大公：对我好，你应该感到高兴。

大帝：这是我莫大的荣幸。

大公：当你想到我的慰藉时，你应该从崇高地位带来的高强度劳碌中感到宽慰。

大帝：当然。

大公：阿门。

大帝：让我们解放思想，跟着感觉自由行动。它们最温柔，会找到最好的方法。结束争吵吧。阿门。

难道这不是今天的微信模式？难道这不是用一种最合适的方式来解决争端？难道这不是一经晒出便成了撒狗粮？写过这封书信之后，大帝秘密地嫁给了大公，并同意他们将像夫妻一样继续统治俄国，他们联起手来向乌克兰扩张，吞并克里米亚，建立黑海舰队，创建从敖德萨到赫尔松的新城市。

这样奇特却又干预了历史的信函在《书信中的世界史》里比比皆是，这部由备受好评的《耶路撒冷三千年》的作者、英国历史学家西蒙·蒙蒂菲奥里撰写的新著，以解密书信档案的方式，给我们讲述了不一样的世界史。西蒙认为，在即时性和真实性方面，没有什么能比得上书信，而人类有一种本能——记录可能随着时间的流逝而丢失的感情和记忆，并与他人分享。不少人早已离世，但留下的书信仍然鲜活，而正是因为那些存世的书信，让我们得以窥见历史的真实一幕。《书信中的世界史》收录了100多封信件，涉及爱情、友谊、战争、权力、衰败、告别等等人类的永恒课题，每一封信都蕴藏着人性、生命、道德、信念的刻度，并影响了历史的进程。

书中收有司马迁写于约公元前93年的致任安的信函，也即《报任安书》，信中以沉重的笔触坦陈自己因遭腐刑所忍受的屈辱与悲痛，但也表达了自己勇敢而坚定的信念，即使身陷牢狱，也要奋力完成《史记》。无数的岁月过去了，但今天的人们如要研究中国古代史，一定都不会绕开这部具有划时代意义的巨著。书中所收1862年7月至1864年11月间的几封马克思与恩格斯互致的信札，显示了这两位改变世界的马克思主义学说创造者的深厚情谊。马克思在信中告诉恩格斯，他刚刚从《新闻报》拿到整整一个季度才6英镑的稿费，结果就被肉铺老板催逼着全部夺走还了欠债。恩格斯慷慨地接济他，通过协助经营家族企业来承担马克思一家的生活开销。有意思的是，恩格斯的父亲是个富有的棉花制造商，但乐于助人的恩格斯却用父亲的财富去资助立志推翻资本家的革命斗士。杜桑·卢维杜尔是法国殖民地圣多曼格的一个黑奴，揭竿而起为自由而战，成为第一个黑人共和国的总督，可是，他因为报复殖民者而与家人一起被逮捕。在被押往法国的军舰上，受伤的杜桑给拿破仑写了一封字句凄惨的信，为自己的家人乞求宽容。杜桑后来死在监狱里，但在一年之内，法国人被击败，他创建的海地赢得独立。

我们常常怀疑"被书写的历史"，其中充满了流言、猜测、神话、误解和书写者的臧否，可私人书信却是真实的，我们可以从中听到真话，尽管留存的信件并非总是说出真相，但无论如何都反映了某个独一无二的瞬间和一段经历——歌德称这个瞬间为"生命的即时呼吸"。1774年，叶卡捷琳娜大帝和波将金大公写下的那封犹如当今微信聊天的信函，还好用的是纸和笔，能够一直保存至今，由此保留了一段有温度、有触感的历史细节，若是手机，若是平板，若是电脑，很可能便会在无意间就非常轻易地被一键删除了。

2020 年 10 月

安徒生的到来

　　最近，中国近现代新闻出版博物馆的建设工地又变得忙碌起来，这座位于上海市区东部的中国首座新闻出版类专业博物馆预计在 2021 年开馆，所以，馆内展览的设计工作如今也在同步进行中。我应邀担任少年儿童新闻出版这一部分的策划，回望一百五十年来中国少年儿童出版事业走过的漫长道路，我发现绕不开一个人，他就是丹麦的安徒生。

　　安徒生被译介到中国来是个大事件，不仅对中国现代儿童文学的发生和发展影响深刻，更重要的还在于帮助我们确立了不同于旧传统的崭新的、现代的、进步的"儿童观"——以前，人们总认为儿童是没有独立地位的，新的儿童观则强调"儿童本位"，即客观上儿童具有与成人一样的独立人格、独立精神、独立生活，这是必须得到尊重的；作为"精神人"的儿童，应该有属于他们自己的精神世界与文学世界。这种"儿童的发现"与"儿童文学的发现"，是与中国思想文化的先驱者对安徒生的发现联系在一起的，他们意识到安徒生童话对于中国儿童以及体现儿童本位的文学书写和出版的重大意义和价值。茅盾说："'儿童文学'这名称，始于'五四'时代。"安徒生的到来，为中国现代儿童文学提供了恒在的参照。

我大致列了一个安徒生童话来到中国的"线路图"，这个线路图纠正了一些以往关于安徒生在中国种种"第一"的说法（比如学术界一直认为周作人是第一位介绍安徒生到中国的人，理由是他1912年10月在撰写《童话研究》时提到了安徒生，他译为安兑尔然）：1909年2月，孙毓修在第6卷第1号《东方杂志》上发表《读欧美名家小说札记》，第一次向中国读者介绍了安徒生的生平和作品，其首创的"安徒生"这一中文译名沿用至今。1914年7月，《中华小说界》第7期发表刘半农编译的《洋迷小楼》（即《皇帝的新装》），安徒生童话第一次进入中国。1918年1月，中华书局出版由陈家麟、陈大镫编译的安徒生童话集《十之九》，这是中国第一部以文言文翻译的安徒生童话集。1919年1月，《新青年》第6卷第1号刊载周作人翻译的《卖火柴的女儿》，这是中国第一篇用白话文翻译且具有儿童文学特质的安徒生童话，由此引发了安徒生翻译传播热，成为"五四"新文化运动中重要的文化事件。1924年，新文化书社出版由赵景深翻译的《安徒生童话集》，这是中国第一部用白话文翻译的安徒生童话集。1930年9月至1931年10月，上海儿童书局出版由徐慰慈从英文转译的三卷本《安徒生童话全集》，这是中国第一部安徒生童话全集，收入 21 篇童话。1957 年，新文艺出版社出版由叶君健翻译的 16 册本《安徒生童话全集》，这是中国第一部从丹麦文直译成中文的安徒生全集，而且是名副其实的"全集"，收入 164 篇童话。

我自己最早读的安徒生童话全集就是叶君健的译本，装帧设计非常精致，封面绿莹莹的，古朴典雅的边框里镶有一幅黑白插图。那么，叶君健是怎样与安徒生"相遇""相知"的呢？那是在 20 世纪 30 年代，当时叶君健在学英语和世界语，教材里选有安徒生的童话，其中《海的女儿》深深触动了他的心，他一直忘不了那条"小人鱼"。二战结束后，叶君健去英国剑桥大学英王学院研究西方文学，每到寒暑假，他会去丹麦住上一段时间，在那里学习丹麦文并重读安徒生的童话。在阅读过程中，他发现以前通过其他语种所读的那些安徒生童话，不少与原作大相径庭，任意删节或改写，有的甚至是严重歪曲，至于原作中的浓厚诗意、哲思和幽默，那些译文几乎没有表达出来。于是，他决定要将安徒生童话直接从丹麦文译成中文。叶君健翻译的安徒生童话先是分册出版，立刻受到读者的欢迎，在分册出齐后，他又将译文仔细修订了一遍，用他自己的话说，"事实上等于是重译"，最后再汇集成全集。叶君健的中文译本无疑是中国最权威的安徒生童话全集，而且在国际上被认为与美国让·赫尔舒特的英译本并列，是"当今世界上的两个最好的译本"，叶君健也因此被丹麦女王授予"丹麦国旗勋章"，他是全世界安徒生童话众多译者中唯一一位获此殊荣的翻译家。

作为一名儿童文学作家，我一直受到安徒生童话的滋养，安徒生的个人经历和他的作品，引发我内心深处的共鸣，这大概与叶君健当初对安徒生童话的理解和感受是一致的。叶君健曾经说过："安徒生的父母是鞋匠和洗衣匠，他从小家境贫寒，没受过正规教育，但他对文学有一颗赤诚和执着的心。我也是出身寒门，走上文学道路也经历了艰难坎坷的历程，类似的身世，使我在读安徒生作品时，仿佛较容易地体察出他观察社会和生活的那种感受。当然，真正吸引我的还是那些童话的艺术感染力。他的童话，既有美丽的幻想，更有深邃的内涵。他运用童话的形式，同情穷人，颂扬劳动，并不失夸张地揭露上层社会的丑恶和陋习，使人往往在苦笑之中产生种种联想……正是这种幻想童话、政治讽刺、诗歌语言三者结合的现代童话，激起了我的共鸣和喜爱，促使我下决心去翻译它、研究它。"

有意思的是，我与安徒生同一天生日。今年的 4 月 2 日，因疫情待在家中的我再一次开读安徒生童话。让我特别高兴的是，此时恰逢叶君健翻译的《安徒生童话全集》再版。这次由草鹭文化和译林出版社再版的《安徒生童话全集》，以叶君健生前再三修订的最后一版译稿为底本，收录 166 篇童话（比旧版增加两篇），同时还严格按照丹麦原版修订脚注和内文外语单词，确保文本的准确性。此外，出版方参照丹麦原版图书，精细呈现 569 幅古典名家插图，威廉·比得生、洛伦兹·佛罗里西、弗里茨·克雷德尔三位插画家的画作，透着安徒生那个时代的端庄与安宁。每一篇童话后面，都附有叶君健的译后记，这不仅是介绍安徒生创作背景的"导读"，更仿佛是这位最懂安徒生的老人与读者的一次次促膝谈心。此次再版同样分为 16 册，采用了彩虹配色书脊，摆放在书架上，犹如一道通往童话世界的"彩虹桥"。随着安徒生的"再次到来"，我就在这样的童话世界里，远离污浊和喧嚣，回归纯洁与宁静。

2020 年 6 月

点燃幽微的浮光

　　《丁景唐传：播种者的足迹》日前由上海文艺出版社出版，这是一部值得细嚼的传记。传主丁景唐是位 1938 年加入中共的老革命，长期从事地下工作，中华人民共和国建立后，历任中共上海市委宣传部文艺处处长、宣传处处长、新闻出版处处长、上海市出版局副局长、上海文艺出版社社长兼总编辑，为国家文化事业的发展，为"五四"以来的新文化建设，做出过重要贡献，他的经历本身就是丰富而珍贵的历史信源。

　　传记详细记述了丁景唐为出版《中国现代文学史资料丛书》《辞海》《中国新文学大系》等重大出版工程所付出的巨大努力，史料翔实，叙述生动。例如，20 世纪 50 年代中期，丁景唐在了解上海鲁迅纪念馆工作时，发现在白色恐怖的年代里，革命文艺期刊很难保存下来，许多刊物流传很少，有些已成海内孤本。他深感保存和抢救革命文艺资料的重要性和迫切性，于是，他向新文艺出版社（上海文艺出版社前身）建议要广泛收集现代文学书刊，并亲自参与制定了长期规划，包括整理和影印革命文艺史料。正是在他的提议和倡导下，不久后，《中国现代文学史资料丛书》甲、乙两种问世。甲种是有关现代文学历史的编选、整理、编目等专题的丛书；乙种是"五四"至解放前的革命文学期刊的影印本，从 1958 年到 1962 年，先后影印出版了两批 40 余种 20 世纪 20 年代末、20 世纪 30 年代初的革命文学期刊。

丁景唐长期从事文学、出版领域的领导和组织工作，与文化名流非常熟悉，从传记中，我们可以读到不少关于他与名家大师交往的鲜为人知的故事，而这些故事勾勒出现代文化史上的重要一幕。比如，1980 年 11 月 2 日，丁景唐在北京拜访茅盾时询问道，瞿秋白牺牲后，鲁迅主持编印他的遗著《海上述林》，是否曾约他一起开会相商。茅盾听后很认真地回答：时隔多年，一时记不清楚，要再回忆回忆。后来，茅盾反复回忆并查证有关材料，终于使模糊的往事清晰起来，最后在《茅盾回忆录》之《一九三五年纪事》中明确地写道：得知瞿秋白牺牲消息的半个月后，鲁迅曾约他一起商量编瞿秋白遗作的事，详细交换了编选范围、筹集资金、联系印刷厂等方面的意见，"最后决定，由鲁迅与杨之华商定遗作编选的范围，并由鲁迅负编选的全责。由郑振铎去联系印刷所，等有了着落，再由振铎出面设一次家宴，把捐款人请来，既作为老朋友聚会对秋白表示悼念，也就此正式议决编印秋白的遗作。"“8月6日，郑振铎在家中设便宴，到12人，都是当年商务、开明的老同事、老朋友，也是秋白的老朋友，记得有陈望道、叶圣陶、胡愈之、章锡琛、徐调孚、傅东华等。大家回忆起瞿秋白当年的音容笑貌，没免凄然。"茅盾的回忆，充分说明鲁迅、茅盾、郑振铎等好友对瞿秋白的深切悼念，而《海上述林》的出版，则为瞿秋白树立了"诸夏怀霜"的丰碑。

这部传记的作者丁言昭是丁景唐的三女儿，她很小就跟着父亲到处跑，后来又帮着父亲做资料整理工作，还在父亲指导下进行中国现代作家的研究，她将这些也写进了书里。所以，传记里面的许多内容也是作者自己的亲身经历，仿佛是在她的自传中带出了父亲的故事，因而细节特别精彩，也特别鲜活。诚如陈思和为此书所写《序》中说的那样，整个叙述画面呈现出斑斓多彩的景像，如关于王映霞、关露、梅娘等人际关系的描写都是如此，不仅丰富了丁景唐晚年生活场景，也通过这一家人的血缘传承展示了更为深刻的文化传承。

1944年春，丁景唐赴杭州开展地下学生运动。那时，从西泠桥畔通往岳坟的路上，都被铁丝网封锁着，丁景唐穿过封锁去拜谒秋瑾墓，写下了《西子湖边》一诗。他在诗中慨叹眼前只残剩幽微的浮光，但他相信蓝空闪亮着一颗星，那是落日光后的长庚，也即启明星，表达了对美好明天必将到来的信心。他的一生的确通过踏踏实实的工作，为中国文化的未来发展点燃起幽微的浮光，一路播撒下发扬光大的种子。

2020 年 8 月

两个聂鲁达的"相遇"

　　1834 年 7 月 9 日，捷克的聂鲁达出生在布拉格，他的父亲是个退伍军人，在小城区开了一家杂货铺，那里有一条通往城堡的坡道，坡道旁边是个巷子，叫马刺匠巷，住着的都是工匠伙计，聂鲁达也曾在那里居住过。现在，这个巷子改叫聂鲁达巷了，以纪念聂鲁达这位捷克 19 世纪杰出的现实主义诗人。

　　聂鲁达一生坎坷，贫病交加，颠沛流离。他父亲早逝，母亲以卖纸烟糊口度日，他考入查理大学文学院后，因为家境困难，不久便中途辍学，此后，聂鲁达长期从事新闻工作，同时进行文学创作。1857 年，二十三岁的聂鲁达出版了第一部诗集《墓地之花》，个人和社会生活中的一桩桩悲剧撕裂着诗人火热的心，捷克民族在腐朽的帝国景况日趋恶化则激起诗人强烈的不满，他迫切要求改变穷人的处境。他在诗中写道："墓地上芳草青青，可有鸟儿歌唱？那被埋葬的希望，能否发芽生长？"聂鲁达常常去斯米霍夫那里的小斯特兰那墓地散步、思考，在聂鲁达的笔下，这块墓地是一片风景如画的地方，可当他穿过那里的工厂区，看到辛勤劳作却衣衫褴褛的工人们时，总是两眼噙满泪水。1891 年 8 月 22 日，孑然一身的聂鲁达与世长辞，年仅五十七岁。

十三年之后的 1904 年 7 月 12 日，智利中部小镇派罗诞生了一个男孩，他的父亲是个铁路工人，母亲是一名小学教师，可他出生不久，母亲就因肺结核去世了。男孩是个天才的诗人，十岁便开始诗歌创作，十三岁时就在特墨科《晨报》上发表了第一篇作品《热情与恒心》。但是，男孩的创作却时常遭到父亲的反对和奚落，这使他感到非常难堪，于是就用化名在报刊上发表诗歌。男孩的名字很长，叫内夫塔利·里卡多·雷耶斯·巴索阿尔托，他想给自己起一个使用一生的笔名。他想了很多个名字，但都不满意，他希望这个笔名要有深刻的含蕴。身在南美洲智利的男孩在十四岁那年，读到了遥远东欧的捷克诗人聂鲁达的作品，深受感动，觉得这是冥冥中的天意，让他得以跨越时空与这位先哲相遇，遂决定用"聂鲁达"正式命名自己。1923 年，十九岁的他出版了第一部诗集《晚霞》，第二年，凭借诗集《二十首情诗与一首绝望的歌》获得巨大声誉，从此，智利的聂鲁达声名远扬，到他 1971 年获得诺贝尔文学奖时，更是名满天下。

两个聂鲁达的"相遇"真不是一种偶然，因为他们在文学理想和精神上有着相同的地方。捷克的聂鲁达追求人类的平等和自由，主张文学创作必须深入了解社会生活，必须同民族解放运动相结合。这一主张既贯穿于他的创作之中，也是他的崇高的生活目标。他一生写了大量诗歌，都收在《墓地之花》《诗书》《宇宙之歌》《故事诗和歌谣》《平凡的歌》，以及去世后出版的《星期五之歌》六本诗集中，这些诗篇题材广泛，内容丰富，感情炽烈，意境清新，结构简明自然，诗句生动优美，"为了神圣的权利，我总是岿然屹立！"表达了民族强烈的生存信念和不屈不挠的战斗精神，因而不论在捷克人民争取民族独立之时，还是在反抗德国纳粹占领时期，都起过极大的战斗鼓舞作用。同时，他积极投身于民族独立斗争，是一位有着广泛影响力的知识分子的精神领袖。智利的聂鲁达二十三岁起成为外交官，去过世界很多地方，眼界开阔，同情人民革命运动，为世界反法西斯战争大声呐喊，他的《西班牙在我心中》《献给玻利瓦尔的一支歌》《献给斯大林格勒的情歌》《葡萄园和风》《在匈牙利进餐》《沙漠之家》《漫歌集》等诗集，在反法西斯前线广为流传，同时用他的真挚、奔放、深邃、辽阔的诗歌为拉丁美洲重新谱写了一部历史。由于反对右翼极端分子和独裁统治，他曾被驱逐出国，流离失所，生活跌宕，就是在这段流亡的日子里，他真正遇到了捷克，遇到了聂鲁达巷，他激动地歌唱："新生的捷克斯洛伐克，质朴的孩子们的母亲，沉默的英雄们的故乡……"

两个聂鲁达在文学理想和精神上如此契合，而最后的"诗人之死"同样让人唏嘘。捷克的聂鲁达孤苦无依，晚景凄凉，病重后无钱医治，临终前由于身边无一亲人，只好将遗嘱写给一位女仆，内容竟是一张详细的负债单，列出他所欠医生、裁缝、书店、钱庄等方面的钱，期望如果书商能支付稿费，请女仆帮助用这笔钱还账。智利的聂鲁达则死得十分蹊跷，1973年9月，智利发生军事政变，聂鲁达计划出走墨西哥，就在9月23日他临走前的一天，突然被一辆救护车送到了圣地亚哥的一家诊所，几个小时后便在那里死亡，终年六十九岁。当局宣布他的死因是前列腺癌，但他的司机却指证说，有人被当局主使，向他的胃中注射了致命的毒药。

　　捷克的聂鲁达没有到过中国，可智利的聂鲁达曾经三次来到中国，当他得知自己中文译名中的"聂"字在繁体中是由三只耳朵组成时，他说："我有三只耳朵，第三只耳朵专门用来倾听大海的声音。"这也应该是捷克的聂鲁达的回答。

2019 年 11 月

流淌的是溪水，也是血脉

我很长时间没有读到过这样真实深沉，这样真切悲悯的乡村小说了。如今，有不少作家在写乡村小说，但浮在表层的居多，或唱乡村挽歌，或咏乡村牧歌，其实凭的都是自己的揣摩和想象，我将之称为都市阳台上的无根的浪漫，轻飘、浅显而苍白，多为人云亦云。因此，当我遇到陈集益的中短篇小说集《制造好人》，有一种惊世之感，每每让我读得心堵、心痛、心沉，我不知道要不是这样，那还侈谈什么乡村小说。

我相信，如果没有扎扎实实的乡村生活的经验，如果没有对乡村的一份刻骨铭心的感情，那陈集益是写不出这样一部小说的。现在崇尚"天才写作"，堂而皇之地宣称从未踏足乡村的人可以比有乡村体验的人写得更加活灵活现，但真的能像陈集益小说集中的《金塘河》那样，写出农民对于丰收的祈望竟是如此的既执着、渴求又嫉恨、厌恶吗？能像《制造好人》那样，写出乡村里一个个在当下社会境况中彼此牵扯而扭曲的灵魂吗？能像《伺候》那样，写出一位农妇一辈子对于屈辱的忍受和坚韧的守持吗？事实上，光有写作的天分是没有用的，最有阅读价值、打动人心的还是写作者与乡村每一块田垄、每一条河流的血脉相连，是自身饱受甘苦后对乡村了然于胸的深切认识，不然是不会有力量的。

陈集益乡村小说的力量在于他在文学创作中敢于不自我设限、自我设禁，他以莫大的勇气将乡村生活置还于本来的场景，也即与整个国家、时代、社会无法切割的关系。他笔下的乡村不是孤立的存在，所有的人也不是天然的勤劳或懒惰、良善或邪恶。他强调可以追溯的历史，比如因分到等级很差的田地而跟他的儿子们一遍一遍地说着曾祖父窝囊的人生变故，心心念念于祖上"一等一的好田"的父亲；他揭示整体社会环境的影响，比如那台通过硕大的密密交织的关系网而从都市搬运到连路都不通的村里来的制造好人的机器；他裸露一个时代试图遮掩的特征，比如普通农妇慧珠面对难以撼动的强势主体所陷入的两难选择的绝境。我认为陈集益以文学的真实再次赋予了文学失落许久的应有的品格，而文学品格的失落正是今天的文学日渐边缘化甚至为人奚落的重要原因。

真实是陈集益乡村小说能够撼动人心的关键所在，而这种真实表现于小说写得非常饱满。《金塘河》将父亲苦苦经营的农田刻画到了每一条隙缝，而每条隙缝的肌理、每条隙缝的经历，都在陈集益的笔下被精细地展示和描述，这都是些夯实的文字，一点水分都不掺。为了阻止年复一年的洪水侵袭，不再一声不响地看着红浑之水漫进稻田，看着汹涌的浪头拍打脆弱的田坎，将之掏空，父亲带着儿子们开始了建设一条石坝的宏伟工程，小说将每道工序都细细写来，真实到我读着的时候，也随之一步一步地跟进，在劳作的场景里感同身受地汗流浃背，每一个手指都在酸痛。因而当这道防洪堤建成时，我如释重负，祈祷从此岁月静好，因而石坝最后由于过于强大的自然和居心叵测的人为的原因仍然毁于一旦时，我对这片土地的情感和牵挂已经不可自已。这种真实不是机械照相，也不是复制自然，而是用文学的语言创造出来的，源于扎实的生活，但比生活的真实更为丰富，更有蕴含，从而更能直击人心。

或许像《制造好人》这样的小说以荒诞的手法写了现实生活中其实不会真实发生的故事，于是很容易会被贴上"现代派"的标签。但在我看来，给文学创作贴任何标签都是莫名其妙的，因为世界一直在发展，人类一直在发展，每一代作家也一直在努力寻求突破和创新，所以文学不可能不发展，文本不可能只停留在一种风格、一种样式、一种形态，从这个意义上来说，所有的写作永远都是现代写作。与其用"现代派"来为陈集益的乡村小说贴标签，还不如探寻他的作品的"现代性"——现代性才真正是文学的价值所在。《制造好人》写了一个用机器来制造好人实验的故事。村主任为不得罪各方关系，也为了贪点参加实验的人头费，动员村民去做实验，结果，面对这台实验机器，包括村主任在内的所有的人都予以拒绝，因为没有一个人可以接受自己需要被改造成好人的前提设置，以致最后大打出手，局面失控。显然，这是一个虚构的故事，但却写得真实到丝缕毕现，同样有每条隙缝的肌理、每条隙缝的经历，这种真实让人毛骨悚然、胆战心惊，以致引发强烈的共鸣和呼应，让人不可置疑地承认这就是现实中的真实存在。由此可见，一方面真正杰出的作家其实就是为每一个故事都找到其最为合适的表达方式，无关"传统"或"现代"，也无关"主义"和"流派"，若给作家贴上标签，倒是限制、格式了其创作；另一方面，文学的真实再次赋予了文学的品格，而现在可以认定的是，文学的品格与我们一直念叨的现代性息息相关，说到底，便是对时代的质疑和批判。福柯将现代性理解为"一种态度"，换句话说，现代性从根本上意味着一种批判的精神。我认为陈集益的乡村小说写作是对这种现代性的最好的诠释，而且，他让我们看到了质疑、批判的实质是对更加美好的东西的最为恳切的期望，所以，陈集益的乡村小说才会如此感人，因为他笔下的乡村河流，流淌的不仅是溪水，也是稠浓的血脉。

2020 年 1 月

木兰与《青春红楼》

我很高兴，在这个春天艰难到来的时候，读到了年轻的80后木兰创作的刚刚由浙江文艺出版社出版的《青春红楼》，这是她的一个梦，而现在这个梦像花朵一般地绽放了。我特别感慨，是因为这本有思想、有温度，能与读者共情的阅读《红楼梦》的读书笔记，如同这个春天，是倚靠着爱、坚守、真挚而写下的。

木兰很小的时候就开始读《红楼梦》了。那时，家里堂屋最醒目的地方挂有一座时钟，钟面上有"红楼梦"三个字和一对石狮子，表盘的背景是大观园的大门。因此，在成长的岁月里，《红楼梦》便成了她形影不离的伙伴，是她可以随意穿梭随时切换的"平行世界"。我相信唯有这样的阅读，才会带着一份初心、一份美好，才不会老气横秋，才会像书名《青春红楼》一样，让笔下写到的二十一位金陵女子闪烁着青春的光芒。

木兰是以挚爱、善良、正直、率真来定义她的这些红楼女性的，而这恰恰是青春最为宝贵的东西，也是影响一个人整个生命的走向的。在木兰看来，爱是让人成长的强大动力和丰厚土壤，一个在成长过程中不缺爱的人，才会获得爱的能力；而爱的能力，是你创造一个属于自己的世界的能力，是你的生命和人格生长的能力，这就是你的生命力。惜春从小没有得到过爱，所以，她的性格中也长不出爱的能力。看起来，她打小锦衣玉食，仆役环绕，生活无忧，可是，她却没有生命的活力，她没有热爱的可投入其中的事情，没有真正能让她欣喜快乐的东西，更没有一个让她牵挂关心、注入感情的人。而香菱自小被拐卖，身世苦难，但是，看似被黑暗和残暴整得麻木的呆头呆脑的她，却没有绝望，反而对光明和温暖充满了渴望，她从来没有投降，所以上天给了她一次学诗的机会，她痴爱着写诗，并且在写诗的过程终于体验了一回幸福的滋味。

我读《青春红楼》时，常常会让思绪飘返我的来路，这时会有一种深刻的恍惚感，让我怀疑是否曾经拥有过向善向真的青春时代。木兰是深爱着林黛玉的，但她钟情于这个人物的不是她凄婉的命运，也不是她绝世的姿容和聪慧，而是她真诚的性情。黛玉活得很真实，她不会曲意逢迎自己内心不认可的人，不会揣摩他人的爱好而小心翼翼地见风使舵，她觉得受了宝玉的冷落，就会用眼泪、吵嘴把心中的所想表达出来。大观园众姑娘们聚会的场合，总有黛玉的画面，都很明媚欢快。黛玉在本本真真地做自己，她不拘束，也不装假。确实，一个连自己都无法真诚面对的人，你无法想象他会真诚地对待别人，也无法想象他会打动谁的心。无论是在真实生活中还是在文学作品中，那些极具魅力的人物形象几乎都不完美，但毫无例外都很本真。让这样的真诚保持一生，真的并非易事，所以，我的那种恍惚感，其实是失落乃至丢弃的印证，经过岁月的侵蚀，青春时代的那些纯真、清澈和明朗是多么容易地就变得面目不清了。傅雷说，真诚是需要极大的勇气做后盾的。真诚地面对自己的内心和生命，做出每一个不负此生的决定，是林黛玉根植于骨子里的勇敢。

《青春红楼》最开始写的一章是《花儿落了结个大倭瓜》，写了乡野粗妇刘姥姥与王熙凤的独生女儿巧姐的人生奇缘。《红楼梦》里写尽了花团簇锦，但一朵不被人算作花的南瓜花，却成了全书中唯一的花儿与命运的光明隐喻，预示着轮回中生生不息的希望。其实，木兰写这本书，是她对年少时光的恳切执守，是对生命中遇到过的好人的感恩和回报。她在广州读大三时，为了维持学业，在外兼职打工，很偶然地遇到了一位长者。这位长者的理想是做一名教师，但阴差阳错，进了别的行当。他了解了木兰的情况后，让她全力以赴地完成学业，并资助她直到考上了北京的研究生。他的善举在木兰的心中种下了一颗种子。他对木兰说，无论如何，都要趁着年轻好好读书，从书中觅得生命的珍宝，而且，永远不要丢失善良、朴实和正直。我想，《青春红楼》便是他为木兰种下的那棵种子在十多年后长成的一棵树，而青春时代的纯真犹如甘露，会永远流淌在每一条枝干，每一片叶子中。从木兰自身的故事里，我们可以看到，年少时读的好书，可以帮助人开启好的人生。

2020 年 5 月

那个钓鱼的"老爹"

说实话，虽然我看过一张海明威钓鱼的照片，照片上的他还炫耀地展示一条被他捕获的硕大的金枪鱼，这使我不得不相信他写的《老人与海》有着自己亲身的体验，所以写得如此惊心动魄，如此壮怀激烈，但我真的不知道这位"老爹"居然拍过那么多的钓鱼照片，而且很多还是摆拍，用今天时髦的话说就是"拗造型"。

如果不是看了新近译林出版社出版的由海明威的孙女、电影明星玛瑞儿·海明威编写的《生活，在别处：海明威影像集》，我还以为那么有男人味的硬汉"老爹"私底下肯定对拍照这件事嗤之以鼻呢。可事实上，海明威从小到大拍了数不清的钓鱼照片，而且始终保持着一贯的"经典"姿势：微侧着身子，一只脚直立，一只脚弯曲，右手抬起，绝不旁垂，笑容里满是自信和得意，如果有战利品，那是一定要合影的，所有被捕获的鱼一律头朝下，鱼尾挂在钓竿上。我觉得其实这就是海明威一生的写照——他矢志不渝地塑造一个硬碰硬的男子汉的形象。

我觉得没有什么比海上钓鱼更为浪漫了，无际的大海，蓝天白云，风帆在浪尖鼓荡，阳光下的身躯健壮而性感。这种浪漫不是柔线条的，有着压倒一切的坚韧和刚毅，有着火焰般的炽热和激情，同时也有着一些刚愎自负和率性而为，因此刺激里暗藏危急。如果海明威只有一张钓鱼的照片，那我们可以会心于他的一时浪漫，但是，数百张的钓鱼照片铺排、叠合在一起，那就不仅仅是浪漫了，我们看到的是一个人穷尽一生为自己制作的标本和塑型。海明威的一生都伴随着对母亲的矛盾心理，母亲爱他，却控制他，甚至驱逐他，这极大地影响了海明威的写作和行事风格，他一方面用"海明威斯坦"来羞辱母亲，另一方面又用她的标准来培养和展现自己的"男子气概"。所以，海明威才如此迷恋"拗造型"，还时刻不忘用照片将之记录下来，以向母亲、世人证明自己。我在感慨海明威的执着时，认为他的孙女对他的评论是中肯的："用最好的钓鱼线，品最好的波尔多酒，追求宴会上最美的女人，我的祖父知道什么是最好的。他想要去尝试，去品味，去感受，去迎战自身的极限。他明白一个人只有拥有非凡的经历才能成长。"

　　一张张的照片，直观地向我们展示了海明威的成长过程。我真是羡慕他有着这般非凡的经历。那张拍摄于1916年的他在河中捕鱼的照片，姿势和照片的构图显然是精心设计的，他戴着帽子，穿着长衣长裤，站在如绸的水里，一只手向上，一只手朝下，眼睛看着自己拉开的长长的钓鱼线，整张照片似乎呈现出一种平静的氛围，那时的海明威十七岁，还在橡树园中学学习，但他的内心哪里有一丝平静，他渴望着能去前线，成为一个冲锋陷阵的战士。就在第二年，海明威成了红十字会的志愿救护车司机，并坐船横渡密布着德国潜艇的大西洋。在船只启航前，他最后一次与故乡的小伙伴们钓鱼、划船，当这位少年用手划过冰凉的河水时，他心里非常肯定，他永远不会死。确实，穿梭于战场，结果身上留下了147枚弹片，但他活了下来。后来，他一直没有收帆，一直与大海相伴，逐浪漂泊，他无法忍受长久地在某处定居，如同他无法长久地爱一个女人。他的一生就是一部最精彩的冒险小说。

今年是海明威诞辰120周年，岁月的更替并没有让人们遗忘他，相反，在这个很多人满足于平庸度日、得过且过、谨慎胜于行动的无趣、无聊的世间，海明威比以往任何时候都具有当下性："我们选择了以抗争的姿态度过这一生，而姿态是很重要的，重要的是保持抗争。"书中有一张临近他生命结束时的照片，拍摄于1960年，他依旧坐在河边，这是一条蜿蜒于山涧森林里的河流，激越湍急，与岩石相撞时迸出白色的水花，简直是"可以被摧毁，但不能被打败"的"海明威意志"的最好诠释。

我现在明白了，这位钓鱼的硬汉"老爹"，想告诉我们的是——要想成长，只有去生活，而且是离开你固守的"此地"，去"别处"生活，哪怕就像海明威那样拗一次钓鱼的造型，酷如热带草原上的猛兽、斗牛场上的公牛、乞力马扎罗雪山上那只不知从何而来又往何处去的雪豹、墨西哥湾流里不屈不挠的马林鱼。

2019 年 12 月

人生忽然

　　我拿到了辽宁美术出版社刚刚印出的"当代名家影像"丛书，作为这套丛书起步的三本书，是韩少功、苏童和毕飞宇三位作家的"影像人生"——一张张照片，一节节文字，记录着他们的一段段人生。

　　影像的最大好处莫过于直观。一般而言，阅读首先是从视觉开始的，所以现在的出版物很注重"视觉冲击力"，相信较之含蓄的文字，图片更能吸引眼球，往往可以"先声夺人"。确实，有时候真是一大段文字叙事也没有留下什么印象，倒是一张照片却让人注目良久，并为之撼动。用韩少功的话说："一只枯瘦的手，一位前贤的冷目，一堵斑驳的乡村老墙，一段雪域森林的清晨航拍……似乎胜过千言万语，向他们传达了更多说不清甚至不用说的概念和逻辑。"看韩少功影像《到此人间一游》，他下乡前夕拍的腰挎手枪袋、站在河边栏杆旁极目远眺的照片，当年在村子里与后来成为他妻子的梁预立一起演出节目时留存的照片，许多年后所拍的掩没于绿色田野间的破败的知青故居的照片……这些影像再加上他的摘自长篇小说《日夜书》和长篇散文《山南水北》里的文字，他曾度过的知青岁月便历历在目。看苏童影像《南方想象》，那几乎是他的文学作品的"书影集"和以照片标识的"年谱"，加之他的文学"朋友圈"，自有别趣。看毕飞宇影像《伫立虚构》，可给喜欢他的读者带去不少惊喜，这位风度翩翩、当代男作家的颜值担当者，提供了诸多令人赏心悦目的照片，尤其是摆拍的《飞向天空的伞终会重回大地》《扔掉的无以计数的文字》等堪称艺术大片，充满了时尚感。

对于我来说，这样的影像书最能打动我的，是一个人生命长河中那些被定格的瞬间。这样的瞬间事实上总是契有一个硬核故事的，尤其是那些老照片，大多是因了某种"纪念"才拍下的，与今天分分秒秒的随手拍完全不能同日而语。正是具有这样的"纪念"意义，才让我在阅读时会不由自主地回望经历过的历史，并油然生出一种"人生忽然"的感叹。

人生忽然，是觉得人生看似漫长，其实不过弹指一挥间，年华匆促。看照片时，这样的感觉尤其强烈，从幼稚的孩童到满脸的沧桑，只需几张照片，岁月的流淌便一览无遗。都说一张好照片是有丰富内涵的，在我看来，这种内涵一是成长的过程，二是成长的结果。成长的过程比较容易理解，无非从小到大一路走来的历程，到过的地方，干过的活儿，还有依年龄排列的脸庞。那成长的结果是什么呢，当然可以是人生的成果，诸如作家作品的书影，获得的荣誉证书，盛况空前的讲座海报，与名家要人的各种合影等等。但真正让人看重的还是那张脸，成果的表现就是肖像上所展示出来的精神，若是朝着向善的方向，那就是成熟的、慈悲的、祥和的、谦逊的，眼里有智慧、有悲悯，甚至有忧郁，还有重返的天真；若是朝着向恶的方向，则是委琐，是做作，是飞扬跋扈，是装模作样。人生短暂，但声名还是要延续一些时间的，由于相由心生，因有影像作证，所以要守住每一个向善的时刻。

人生忽然，是觉得人生仿佛命中注定，却也不可预知，虽然尽可能让生活按部就班，但仍充满了不确定性，乃至无常。这样的生命形态，使"忽然"成为一种对生活的深切感受，而且这种感受无时不在，无处不在，贯穿我们的一生，而影像恰恰把这种感受扩充、放大了。一张好的照片，应该是有灵魂的，让人看后会生出感动，生出慨悟，生出警策，生出自觉。说到底，每一个值得留下的瞬间其实都在呈现一个人其独特人格的形成、发展乃至嬗变，让读者从中感知一个灵魂的生成，一种品格的炼成。在这个意义上，人生再怎样不可预知，但生存的每一天都是有比较的，与前一日比较，与前一阵比较，与前一期比较，影像则忠实地记录了这一切，要想有所选择，彰其宜人的一面，掩饰不宜见人的一面，也是很难的事，照片提供了一种证明，一种真相。因此，影像书的要义在于真诚和真实，因为每一幅照片都既映射自己，同时也映射他人。归根结底，人生无常，因有影像作证，所以要认真地走好每一步，让所有的瞬间都伴有人性的光辉。

"当代名家影像"丛书让我看到了许多的美好，我在感慨"人生忽然"的同时，很是认同韩少功所说，"所谓有内必有外，有品必有相，有义理必有声色……我相信独尊文字的态度无异于半盲"。说实话，我在看影像的时候，比看主人公的文字，可以看到更加深藏不露的东西，可能这是主人公自己也不曾料到的——如今的个人影像在很大程度上已不是专为"纪念"了。

2020 年 4 月

神秘的"萨拉戈萨手稿"

　　我在阅读扬·波托茨基融合了志怪、魔幻、戏谑、荒诞、幻想、冒险、爱情、哲学等各种叙事类型的长篇小说《萨拉戈萨手稿》时，一直以为遇到了一位"后现代派"作家，待放下厚厚两大卷的书后，想了解一下这部读起来完全像当代小说的作者究竟是哪路大神时，才发现他早在1815年便已作古了。

　　我很难以文字来简要叙述这部厚达900多页的"浩浩汤汤"的长篇小说的故事，反正，就如书中所说："亲爱的阿方索，我们来到这里并非因为偶然……我们在等你"，结果，我们与瓦隆卫队的年轻上尉阿方索一起等来的是——他去马德里加入他的军队，但很快发现被困在了一家神秘的路边客栈，和形形色色的怪人待在一起，他们中有小偷、强盗、贵族、妓女、隐修士、吉普赛人……他在66天里记录下了他们的故事，可直到四十年后，这部手稿才被一个受命参加萨拉戈萨围城之战的法国军人发现。说实话，我最初捧起这部书时，内心非常挣扎，如今世事瞬息万变，谁还有耐心犹如石雕般安坐着静静地读完一本厚书。可不多会儿便发现我错了，因为我已深陷其中，难以自拔——这本书太诡异了，竟然是一个故事套着一个故事，环环相扣，组成了一根结结实实无法被拆分的链条，让人欲罢不能。虽然"嵌套小说"早前就有，但是，每一个故事都可自成框架，然后再引导出新的故事来的"连环嵌套"的小说形式，则是波托茨基创造的。

《萨拉戈萨手稿》是部使人着迷的充满神秘感的小说，波托茨基缔造了一座让所有读者都如坠雾里的迷宫，可丰富多样的叙事、多线并存的人物并没有使这座迷宫显得摇摇晃晃，相反倒是结构稳定，始终构成一个统一的整体。我觉得书中众多的人物犹如一座座小桥，见到这些散布在全书各处的小桥，我们就能明白，我们面对的不仅仅是一系列的故事和一块块孤立的小天地，所有人物的命运其实都包含在同一个宇宙之中。我在阅读的时候发现小说里有个非常重要的主题，那就是"荣耀"，因为它奠定了书中各个人物的价值体系和存在意义。瓦隆卫队的上尉、盗匪佐托、大商人苏亚雷斯、身为乞丐但气质高贵的阿瓦多罗，他们每个人都有自己的荣耀操守，也都有自己特定的道德标准。不过，波托茨基以令人叹服的方式让读者清晰地感受到，这各有千秋的荣耀操守虽能激荡书中的小世界，但却都有其局限、荒谬的一面，这种讽刺是极富洞察力并促人深思的。

这部叠床架屋的小说，其书名"萨拉戈萨手稿"就已构成了全书的第一层框架：读者将阅读到的是一份于1765年放入一个铁盒的历史文献，1809年，它在战火中被偶然发现，随后由一位拿破仑军队的军官翻译成法语。在我得知了作者波托茨基以及这部手稿的身世后，我认为这本身就是一部传奇而神秘的"萨拉戈萨手稿"。

波托茨基1761年出生于东欧的波多利亚，由于他母亲拒绝说波兰语，所以他接受了法语教育。十七岁时，他赴维也纳，以骑兵少尉身份加入奥地利军队，后来又成为马耳他骑士团骑士，参加了对北非巴巴利地区的远征。波托茨基有一种浪迹天涯的情结，他加入考古远征队后，去过匈牙利、塞尔维亚，由此对斯拉夫世界产生了浓厚的兴趣；当荷兰发生反对威廉五世的起义时，他去到那里，"想看一看内战的场面"；他还赴莫斯科参加了沙皇保罗一世的加冕典礼，随即游历高加索；他甚至作为学术负责人，参加了一个由240名成员组成的旨在与中国建立友好关系的使节团远赴中国。波托茨基不仅是位旅行家，走遍了欧洲大陆，他还是一位外交家、政治家，曾被沙皇亚历山大一世任命为外交部亚洲司官员，而在波兰受其邻国觊觎时，他表达了对普鲁士的敌视态度，还拿出钱来用于波兰更新武器装备，进入波兰国会后，积极倡导独立自由的政治主张；当俄军入侵波兰时，他则向国会递交了一份全民征兵的提案，并作为志愿兵加入了立陶宛军队。我觉得被波兰国王称之为"我们的头号雅士"的波托茨基，骨子里是个浪漫的向往四处飞翔的人，所以，1790年，他成为波兰第一个乘坐热气球的人，当他乘着热气球在华沙的天空里飘移时，我想，他的确是比别人看到了更多的人、更多的事、更多的世界，而这一切注定会被他写入自己的手稿，他将用千变万化的视角，为人们展示一个世界的全貌。

波托茨基是从1797年开始用法语撰写《萨拉戈萨手稿》的，连他自己都没想到，这将是一次漫长的写作，直到生命结束。1804年，在彼得堡以校样形式印刷了《萨拉戈萨手稿》第1天到第十天的内容，次年，同样以校样形式印刷了第11天至第13天的内容，但它们都从未进入发行销售的渠道。1807年，波托茨基决定彻底告别政坛，回到波多利亚。离开彼得堡时，他将一份手稿交给法国大使馆一个叫加布里埃尔－艾德蒙·卢梭·德·圣艾尼安的官员，这份手稿即为《萨拉戈萨手稿》前22天的内容。之后，他饱受病痛折磨，负债累累，还与妻子离了婚，但他坚持写作。1809年，在莱比锡以"莫雷纳山脉冒险记"之名出版了《萨拉戈萨手稿》开篇的德译本。1813年，在巴黎出版了《阿瓦多罗》，第二年，又紧接着出版了《阿方索·范·沃登生命中的十天》，这是波托茨基生前出版的仅有的两个法语节选版本，从中可以探知，小说的前56天最迟是在

1812年写完的。

两部节选本的出版，显示了波托茨基对创作的犹豫，或许他对小说完整面世的可能性产生了怀疑，或许他自感体力不支，无法将小说写完。所幸的是，波托茨基最终支撑着写完了全书，但是，他彻底崩溃了，1815年12月11日，他自杀身亡，据说他花了几个月时间，从一只茶壶盖上取材，磨制出一枚子弹，然后将子弹装入了枪膛。在《萨拉戈萨手稿》中，波托茨基写了名叫迭戈·埃瓦斯的故事。埃瓦斯是个无所不知的大学者，他将自己的一生献给了学问，希图有一天获得当下的荣耀和未来的不朽，但却始终不受人理解，被命运辜负。他耗尽全力写出的洋洋100卷的《百科全书》手稿被猖獗的老鼠咬碎、吞噬，而他从手稿的残骸中顽强地爬起来，又用8年时间重新写完后，竟又被出版商一口拒绝。暮年时，他意识到自己浩如烟海的著作将一无所存，他的人生不会留下任何痕迹，于是陷入了深深的绝望之中，身心俱焚，他那段发自内心的呐喊是多么震撼人心，而写下这个故事的波托茨基最后竟然与他笔下的人物一样，选择以自杀的方式结束生命，让人唏嘘不已。

波托茨基去世后，他留下的手稿也被淹没了。1847年，埃德蒙·霍耶茨基根据一份他在波托茨基家族档案室里发现的手稿，在莱比锡出版了《萨拉戈萨手稿》的波兰语译本，但他此后很可能销毁了这份手稿。而在法国，波托茨基的名字长期被人遗忘，以致他的这部以错综复杂的叙事、丰富多彩的情节、幽默的笔调、离奇的情与欲、不断闪现的大胆构思见长的杰作被人无耻地剽窃了多次。一直到 1989 年，也即波托茨基逝世一百七十四年后，《萨拉戈萨手稿》才以原创作语言完整地再现于世。我听《萨拉戈萨手稿》中文版的监制、浦睿文化的余西先生说，《萨拉戈萨手稿》曾被波兰导演沃伊切赫·哈斯搬上银幕，那也是一部有着"浩浩汤汤"长度的电影。

2020 年 1 月

诗是岩石缝隙中精神的枝条

　　今天，中文系教授涉猎诗歌创作的并不多，旧体诗和现代诗两手开弓的则更为稀见，而汪涌豪就是难得的一位。汪涌豪是复旦大学中文系教授，博士生导师，主要从事中国古代文学、美学和文论研究，他也是文艺理论家和批评家，担任上海文艺评论家协会主席，在这样的学术背景下，他进行诗歌创作实践，是令人关注的。近日，汪涌豪诗集《云谁之思》由译林出版社出版，规模性地展示了他的新诗创作成果，并从中透露出他的创作理念和艺术追求，让我们从中体会到诗歌恰是岩石缝隙中精神的枝条。

　　《云谁之思》是一部行吟诗集，分为六辑，共一百四十首诗，记录了诗人近十年间在欧洲大地游走时的所见所思。对于诗人来说，如果真的就是描绘见到的景致，那是不可思议的，因为最能体现诗歌本质的风景其实很有可能并未这样发生，甚至并未真实地展开过，诗人所见到的只是以诗歌的形式所呈现的他自己心中的景观。在《为什么是巴黎》中，诗人写道："但是巴黎，／我不信你是这样的城市。／你桥上的风景／和冢中枯骨堆叠出的光阴，／是谁可从容赴约的浪漫飨宴？／你应对沉醉以后／另一个自我的轻愁与薄醉，／又是时尚的谁／和准备迷惑谁的时尚的温柔的陷阱？／我也不信你如花开放的／每一栋建筑，以及／许给获胜者头上的月桂的香味／能长久维持赢者的肾上腺，／一如芭蕾仅以足尖挑逗月光，／就能与斑斓的胶片一起／掀翻印象派浸润着午后阳光的／魔法色盘。"此处的巴黎显然不是通常我们可以历数的那个样子，而是诗人内心的感受和感触，传达给我们的是经过诗人蒙上后现代阴翳的眼睛过滤后的有些底片化的光景，有叠影，有勾勒，有深入内里的人文情怀的宽厚，有法式味道的各类艺术涂抹的色彩，更有对昔日"老欧洲"精神层面的追念。

汪涌豪认为，经历了长久的物欲喧嚣，诗歌终于找到了与人共处的最合适的位置。如果说 20 世纪 80 年代，诗歌是迷惘与激情的出口，现在，人们已能平静地接迎诗歌走进自己的世界，不是要它承载自己的生活，只是想在某个时刻，让自己变得更沉静深情一些。在《云谁之思》这部诗集中，诗人留下了许多他在行走欧洲时的特殊时刻，这些时刻无关"诗与远方"的时尚，只是因为发现诗特别能陪伴他，既可以让他抒发乍遇异文化冲击所生成的尖锐体验，又可安顿他各种心绪，使涌动的激情及平静后的反思——找到宣泄之处。事实上，这些诗不是诗人行旅中的急就章，而是在走了较远较久后的积累，这就没有走马观花的肤浅，也便获得了深刻的洞见和深彻的感动。所以，当诗人走在雅典这座历史名城的石子路上，心里念叨着神庙、剧场和济慈的诗句，并且以这种被整塑过的目光看周遭的一切，才会特别疼惜这座名城当下的败落。

《云谁之思》体现了汪涌豪对诗歌艺术的独特追求，也是他向纯正的古典的致敬。在汪涌豪看来，诗歌原是用特殊的语段和声韵来替美加冕，用想落天外的意象和意境的营造来给人以深至的安慰，为一切不明所以和不合逻辑的情感张目，因此有仅属于自己的语法，并从未放弃过自作衡裁的权杖，这是诗的率性，也是诗的仁慈。但一段时间以来，人们不但不善利用，反而各种主义将其挟持到大众认知的边缘，或矜化外之孤高，或张俗世之粗鄙，以让人看不懂为傲，这就败坏了诗的令名。因此，汪涌豪在他的诗中从字节到意象，努力追求典雅诗美的实现，比如《阿赫玛托娃的月亮》，诗的整体展开就很注意在格调上与女诗人的作品相应。汪涌豪有个夙愿，希望能接续新诗后来的传统，适切地调用古典资源，尽可能开显诗歌特有的"汉语性"。《应该有卜居的隐者》这首诗写道："时荏苒而不留，/ 嗟徂岁之暑与寒的相推，/ 是怎样难得的机缘，/ 让一个植杖翁惊艳，恍惚，/ 假脱然的清风相送，/ 来到他似曾相识的桃源。"以古代田园诗的意象与意境，来描摹荷兰一个至今保留着超然物外的诗意、静谧的小村落，这不正是中国人心中的桃源吗，实在是一种精神的契合。

2019 年 12 月

随处皆是风景

　　陕西作家梦萌最近由文汇出版社推出了他的散文集《随意即风景》，如同书名，但凡他笔下写到的都是满眼的风景。这部散文集由七个小辑组成：《怡情山水》《神与物游》《童乡之赖》《万有灵犀》《市井趸趣》《魅在舌尖》《文心思奇》，可谓包罗万象，琳琅满目，可见作家足迹遍地，眼观八方，事事留心，遂成笔下缤纷万千的风景。

　　我总觉得一个人，能够从万事万物中见到风景，那是要有一些定力的。首先，需要平和安宁的心态，以为岁月静好，从容处世；其次，需要美的眼睛和善的心灵，不论何时何地，何人何物，都以善度衡，获取美的内涵；第三，需要热爱生活，拥抱生活，有一种入世的激情，因此去看去听去观赏去品尝，然后都成了笔底风景。显然，梦萌就是这样的作家，从七个辑名里就能体会到他沉浸于切实的生活之中，既放眼名山大川，也回眸童年故乡；既沉思器物之道，也快乐感官之魅；既追怀远古幽思，也叹慨今日世事百态。

梦萌的散文有着鲜明的个人风格。梦萌是细致的，有精密的观察，《清清骆马湖》中，他写在湖水中缓缓穿行的船队，晓雾，霞光彼此牵绕，云蒸霞蔚、落英缤纷，仿若一幅幅电影画面。梦萌是典雅的，有优美的语言，《大雁无言》对自然环境的破坏所导致的雁阵消失备感沉痛，但不是咄咄逼人的责难，而是通过拼图般的记忆还原曾经有过的人与自然的和谐，还原雁阵掠过时的童话般的隽美。《扫帚苗》对乡村农作的描述生动而具体，母亲对棉田的护卫就像是护着婴儿，所以虽然孩子喜欢，但还是非常理性地处置棉田里疯长的扫帚苗，既不让它与棉花争夺养分，又使它适当地存在，以扫除病虫害，很不一般地写活了农事。梦萌是敏感的，所以有缜密的心思，在《纤纤黄狗花》中，他对母亲的书写真挚而感人，"不知打何时起，她的发髻上整天都别着一朵黄狗花，映衬得面容更显得憔悴苍白。唯独深夜，当儿女都熟睡后，她才偷偷抚着那小花，哼着那歌谣，整个夜空也容纳不下她的一声声暗泣与叹息。"我在这样的文字中默想一个大脚片的女子，如何走过那些艰难的岁月。

我觉得当下散文写作的一个很大趋势是由"轻"向"重"，很多读者认为风花雪月、小街廊桥之类的轻俏散文，可以交给更多一般的作者去创作，而作家写作不应停留在这样的层次，应当更加开阔——视野的开阔、胸襟的开阔、思想的开阔、认知的开阔、文化的开阔，并将这种开阔传达给读者。确实，在一个环境复杂而严峻的时代，面对接踵而至的种种世象，不要说读者，散文作家真的可以毫不关注和关切吗？真的可以只行小情小调的吟咏，而不期冀自己的作品进行富有深度和厚度的思想耕耘与文化拓疆吗？梦萌散文集中的一些篇章正合于这样的期冀。比如《北大之北》《访鲁迅故居》《忽想萨哈夫》《呼兰河的呼唤》等篇什，有对百年建筑在都市化进程中无法生存的惆怅，有对叛逆世俗的勇气的钦敬，有对谎言的讥刺，有对历史的诘问，而这些都出自梦萌在日常生活中的随意般的所遇所思。我一直相信，文字的力量在于思想的力量，而思想的壮阔才是文学真正的风景；对于梦萌来说，他的即行即思，也便呈现为随处皆是的风景。

2020 年 7 月

"夏衍的考试"

　　近日读《丁景唐传：播种者的足迹》，里面写到的"夏衍的考试"颇令人寻味。

　　夏衍是丁景唐20世纪50年代在上海市委宣传部工作时的上司，当时，夏衍担任中共华东局宣传部副部长、上海市委宣传部部长。1952年夏的一天，丁景唐突然接到通知，去听夏衍作报告。当他走进会场，才知道居然碰上了"突然袭击"——原来夏衍安排了一场文化考试。"考生"仅限上海的部分文艺干部，约一百人左右。试题包括政治、时事、文艺和自然科学，包罗万象，可谓"百科知识"。试卷有问答题、是非题、填充题等题型。考试结束后，丁景唐等人走出会场，像学生时代那样，急急地互相对答案。他说试题里有共同纲领，上海市人民代表大会，七届二中全会，印度的首都，太阳系几大行星，鲁迅、郭沫若、茅盾的文学名著等。著名剧作家、时任上海市文化局副局长于伶说考题里还有米价和上海到北京的铁路长度，于伶的夫人柏李还补充说有古典文学知识。

"夏衍的考试"立刻流传开去。显然，夏衍主持这场考试是有用意的，一方面是了解和掌握负责文化工作的主要干部的学识情况，另一方面也是提醒这些干部要认识到自己的不足和局限，尽快通过学习提高自己的知识水平，不能在文化部门做领导，却对文化领域一无所知，以避免"外行领导内行"的质疑和尴尬。丁景唐清楚地记得自己答错了几道题目，比如印度的首都是新德里还是旧德里，太阳系有哪几大行星等，他或者答错了，或者没答全。

考虑到参加考试者的"面子"问题，夏衍规定答卷一律不署名，测验结果只供领导参考，不公开成绩，但在事后把正确答案发给大家，让每个人做到心中有数。时任上海市市长陈毅知道这场考试后找夏衍谈话，他肯定搞这样一次考试是好的，但他说，你们文化人办事就是小手小脚，要我来办，答卷上一定要署名，测验结果一定要公开，只有让他们丢一次脸，才能使他们知道自己的无知。陈毅还提出，要给水平不高的干部举办补习班。

1954年6月30日，夏衍在上海人民大舞台为第二次文艺干部文化考试作了动员报告。这次考试扩大了"考生"的范围，共涉及华东局宣传部、上海市委宣传部文艺处、华东行政委员会文化局、上海市文化局、上海市文联、中国作家协会上海分会、解放日报社、上海人民广播电台、上海电影制片厂、新文艺出版社、华东人民美术出版社、新美术出版社、少年儿童出版社、上海美术家协会、上海音乐家协会、上海人民艺术剧院、华东话剧团、华东人民艺术剧院、上海乐团等二十四个单位的六百七十六人。

当年7月7日开考，考试分几个考场同时进行。考试内容是30道政治文艺常识测验题，包括政治、时事、历史、地理、中外古今文艺名著与作者。考试形式有填充题、说明题、是非题三类，每题设5分、3分、2分不等。政治、时事类涉及有日内瓦会议、印度支那三个国家、社会主义分配原则、我国宪法的性质等；历史、地理方面涉及有王安石、李自成、我国人口总数、越南奠边府、危地马拉等；文艺方面涉及有敦煌莫高窟壁画、德沃夏克、《儒林外史》《兵车行》《三姐妹》《彷徨》《子夜》《向太阳》等。在这次考试中，有半数以上的人没有达标。

对"夏衍的考试"，有人表示不理解，也有人对考试结果表示悲观。但是，夏衍说："我从来不悲观。"他还说："现在我最担心的是全民文化素养问题，特别是从领导干部到基层干部的文化素养的问题，他们是提高全民文化素养的关键所在。"那么多年过去了，今天，我们重温"夏衍的考试"，能更加深刻地感受到夏衍以及陈毅他们当年的高瞻远瞩和深谋远虑，即使在当下，也有重要的现实意义和认识价值。

2020年8月

学徒工颜滨

　　颜滨在上海元泰五金店做学徒工，十九岁的他已经学了几年，快要满师了。那是1942年，太平洋战争刚刚爆发，日本侵略军进占上海租界，上海全面沦陷。就在元旦这一天，颜滨决定开始写日记，记录下特殊岁月里的生活。连他自己都没想到，七十年后，一位历史学者很偶然地在孔夫子旧书网上看到了散落在外的他的十六册日记本，将之编辑成《1942—1945：我的上海沦陷生活》一书，这些日记成了他留给后人研究那一段历史的极为珍贵的第一手史料。

　　我读完颜滨1942年至1945年的日记后，一位富有朝气、志向远大、勤奋好学、积极向上的年轻学徒的形象久久地站立在我面前，我为上海这座城市即使在最艰难的时候也有普通的年轻人在努力奋斗而备感骄傲。

　　颜滨年幼丧母，后又失父，家境贫困，他十四岁时从宁波洪塘到上海读初中，毕业后就到元泰五金店当了学徒。虽然身在小小的五金店，但颜滨时时关注战事，为自己没能去抗战前线而深感愧疚。他在 1942 年的日记里多次写道:"我的心中早就有一个想法,向内地发展,尽我的力量贡献给国家。万一奋斗失败,而死在那祖国的怀抱里,这也是我所愿的,若能为国牺牲那也是求之不得的。""那前方忠勇的将士值得我们的敬仰,那为国捐躯的先烈们值得我们的崇拜,我真恨不得立刻在他们的面前叩下一千个响头,以赎我苟且孤岛的罪恶,以表我敬仰之意。""目下的敌人已只能做最后的挣扎,以图做困兽之斗。只要我们再接再厉,那么胜利之期实在已不再远了。"从中,我们可以感受到他朴素的爱国情怀和抗战必胜的信心。为了强身健体,一洗"东亚病夫"之耻辱,颜滨每天清晨跑步半个小时去法国公园(今复兴公园)打太极拳。1944 年 12 月 2 日的日记里,颜滨记述说:"气温突然转至三十度(华氏)以下,清晨起来,只觉朔风凛冽,吹面若刺,赶紧加上一件夹衣,而尚觉不胜寒栗,乃振起精神,逆风而跑至公园,手指虽疼痛不堪,然仍脱去长衣,强忍寒浪之袭击,舞罢一套太极。"

在日记中,颜滨记录了日军侵占上海后民生凋敝的情形,那时苏州河旁的大多数铁号都遭解散,他所在的元泰五金店生意清淡得可怜,甚至几乎是完全停顿了。他的堂兄仁佑失业后沉迷于赌博,家破人亡,最后失踪,生死不明,因此他告诫自己不得堕落,在工作间隙抓紧时间读书学习。颜滨参加了夜校补习班,他报了两门课,一门是国文,一门是英语,这样,他就必须每天晚上都得去上课了。那所夜校设在爱多亚路（今延安东路）上的浦东大厦里，七楼还有个中华业余图书馆，所以，颜滨时常赶在补习班开课前，提前半个小时先去图书馆，他在那里看《中学生杂志》，借阅巴金的"激流三部曲"。他对自己要求很高，为考试屈居第三名而感到可耻，为尺牍默书错了五个字而深深地懊悔，也为国文考试夺得第一而得意洋洋。他在日记里细述了学习的不易："夜课刚至中途，忽然警报大鸣，电灯立时熄去，顿时全校同学皆处于茫茫的黑海中。屺秋、立鹤皆来访我，本来我们又可且行且谈，但在这时面不见人影，伸手不见五指，并且时雨才止，到处充满了水潭的马路上，怎么可能呢？只得各自在黑暗中摸索着回去。"

沦陷时期的环境非常压抑，但颜滨和志同道合的好友同学却时时为自己打气，他们自办了一份油印文学杂志《星火》，憧憬着未来的光明；他们在严冬酷寒之日相约聚会，从霞飞路（今淮海中路）步行前往贝当公园（今衡山公园），在那里引吭高歌《满江红》；他们去金都大戏院（今瑞金剧场）观赏由一青剧团公演的《党人魂》。这部描写革命志士秋瑾和徐锡麟的话剧看得"我的血在膨胀，我的热泪在奔流，我的拳头紧握着，我的心狂跳着"；他们为日军的被袭而欢呼，当防空警报骤响时，非但不躲避，反而出门观看，"果见机队三二成群，高翔于霄海之中，又闻隆隆的轰炸之声，人皆现笑容，而无恐惧之声，不由精神为之振奋。"颜滨生动的记录，常常让我读得动容。

我不知当年的学徒工颜滨现在是否在世，如果健在，今年也有九十七岁了，但不管怎样，他写下的日记已向世人定格了艰危时代中一位奋发向上的普通却不凡的上海青年。

2020 年 6 月

图书在版编目（CIP）数据

好书不已 / 简平著 . —杭州：浙江大学出版社，
2022.2

（三味书屋）

ISBN 978-7-308-22279-2

Ⅰ.①好…　Ⅱ.①简…　Ⅲ.①世界文学—文学评论—
文集　Ⅳ.①I106-53

中国版本图书馆CIP数据核字（2022）第010661号

好书不已

简　平　著

责任编辑	叶　敏
责任校对	孔维胜
装帧设计	蔡立国
出版发行	浙江大学出版社
	（杭州天目山路148号　邮政编码310007）
	（网址：http://www.zjupress.com）
排　　版	北京辰轩文化传媒有限公司
印　　刷	北京中科印刷有限公司
开　　本	880mm×1230mm　1/32
印　　张	10.5
字　　数	190千
版 印 次	2022年3月第1版　2022年3月第 1次印刷
书　　号	ISBN 978-7-308-22279-2
定　　价	75.00元

浙江大学出版社市场运营中心联系方式：　（0571）88925591；http://zjdxcbs.tmall.com

《好书不已》勘误表

页码	行	原文	更正
3	倒1	一平方英尺 =0.0929 米	一平方英尺 =0.0929 平方米
5	1	藏于地下室中。	藏于地下室中，
6	1	中国书人的希望之旅	说明：接排到第五页
6	倒6	书籍装祯	书籍装帧
10	3	自传体小说	书信体小说
13	倒6	一生坎坷，多次身陷图圄	一生坎坷、多次身陷囹圄
16	2	捉肘见襟	捉襟见肘
22	倒7	令人惊悚地反抗暴力统治和刻骨铭心的爱情故事	令人惊悚的反抗暴力统治和刻骨铭心的爱情故事
29	2	不仅仅只是	不只是
29	倒1	环型山	环形山
30	11	绝对是一处惊艳	令人惊艳
73	8	复制古藉	复制古籍
75	倒2	限量印制了 550 十本	限量印制了五百五十本
78	倒1	迈克尔和琳达具备的"工匠精神"不仅影响着他们的合作者，事实上，那些合作者同样也是工匠精神的传承者	迈克尔和琳达具备的"工匠精神"影响着他们的合作者，事实上，那些合作者同样也是工匠精神的传承者
103	倒5	帐目	账目
116	倒6	卷曲着身子	蜷曲着身子
141	1	坑壑一气	沆瀣一气
144	10	那卷夜宴图中	那卷《夜宴图》中
161	7	提练	提炼